日本新锐作家文库

光之子
くまちゃん

〔日〕 角田光代 著

弭铁娟 译

青岛出版集团 | 青岛出版社

山东省版权局著作权合同登记号 图字:15-2021-63号

图书在版编目（CIP）数据

光之子 /（日）角田光代著；弭铁娟译 . — 青岛 : 青岛出版社，2023.4

ISBN 978-7-5736-1009-6

Ⅰ. ①光… Ⅱ. ①角… ②弭… Ⅲ. ①短篇小说—小说集—日本—现代 Ⅳ. ①I313.45

中国国家版本馆 CIP 数据核字（2023）第 043399 号

书　　　名	GUANG ZHI ZI 光之子
著　　　者	［日］角田光代
译　　　者	弭铁娟
出版发行	青岛出版社
社　　　址	青岛市崂山区海尔路182号（266061）
本社网址	http://www.qdpub.com
邮购电话	0532-68068091
责任编辑	霍芳芳
特约编辑	张庆梅
封面设计	今亮后声·任晓宇
插画设计	尔凡文化
照　　　排	青岛新华出版照排有限公司
印　　　刷	青岛双星华信印刷有限公司
出版日期	2023年4月第1版　2023年4月第1次印刷
开　　　本	32开（889mm×1194mm）
印　　　张	13.5
字　　　数	200千
印　　　数	1—6000
书　　　号	ISBN 978-7-5736-1009-6
定　　　价	52.00元

编校印装质量、盗版监督服务电话:4006532017　0532-68068050

本书建议陈列类别:日本/文学/畅销

不完满的爱

角田光代，1967年生于日本神奈川县横滨市，毕业于早稻田大学文学系，在读时就已发表多部"青少年小说"。1990年，她凭借《幸福游戏》获第9届海燕新人文学奖，自此在日本文坛崭露头角。1996年，她以《假寐夜晚的UFO》获野间文艺新人奖。作为小说家，角田光代无疑是成功的，2003年她凭借《空中庭园》获妇人公论文艺奖，2004年凭借《对岸的她》获第132届直木奖，之后又相继斩获包括第32届川端康成文学奖、第2届中央公论文艺奖、第40届泉镜花文学奖等日本文坛大奖，俨然拿奖拿到手软的"获奖专业户"。角田光代凭借实力跻身于日本当代最杰出的女性作家之列，与吉本芭娜娜、江国香织一同被誉为当代日本文坛三大女作家。2010年起，随着其小说《空中庭园》《对岸的她》《三月的邀请函》《第八日的蝉》等不断被译介，角田光代在我国也受到读者的认同和喜爱。

角田光代笔耕不辍，现如今已完成一百多部作品，相继斩获日本文坛各项大奖。她的作品不仅体裁多样化，既有长篇小说、短篇合集，也有大量的随笔散文，而且题材更是多种多样。

有人说，这是一部连环失恋的短篇小说集，每一个短篇看似独立，实则环环相扣。每一个故事都是关于恋爱中"爱"与"被爱"、"甩"与"被甩"的话题。前一个故事中"被爱"的主人公，在下一个故事中就成了"爱"得卑微、低到尘埃里的那个人物，最终也依然未能摆脱被"甩"的命运。

恋爱中，先坠入爱河的那一方往往爱得卑微、爱得小心翼翼。尽管其所有的心思、行动和生活都变得以对方为轴心，但被爱的一方却往往不以为意，依然自由自在、随心所欲。在这种不对等的爱中，被爱的一方往往会在不知不觉中将另一方的爱挥霍一空，从而使两人的恋人关系走到尽头。这本书中所描述的正是这种不对等的恋爱。

爱自己的人，自己不爱；而自己爱的人，却不爱自己。人生总是这样阴差阳错，像张爱玲所描述的那种在茫茫人海中"没有早一步，也没有晚一步"，在对的时间遇到对的那个人，你爱的那个人也正好爱着你，这种概率据说只有万分之四点八，而最终能够走进婚姻的概率则更低。那么大多数品尝过单相思之苦的人，或许能在这本小说里找到共鸣。

第一个故事《小熊》的女主人公名叫古平苑子，她通过一个偶然的机会结识了穿着小熊图案套头衫的男主人公持田英之——一个居无定所，整天梦想着成为艺术家的无业青年。当晚两人发生了一夜情，由此苑子爱上了持田，极力想走进持田的世界，想帮他实现梦想，然而最终却被持田玩失踪给甩了。

在第二个故事《偶像》中，再次登场的持田英之这次转换了立场，他成了一个追求者。他和友里绘在夏天海滨浴场的打工地相遇，然后同居，就在他想要放弃梦想，为友里绘改变自己的生活，努力找到了一份固定工作时，却被友里绘给甩了，因为友里绘遇到了她的真命天子保土谷槙仁——一个她一直崇拜的歌手。

在第三个故事《恋爱博弈》中，再次登场的友里绘从前一个故事里那个自由自在、随心所欲的被爱的角色，转换成了一个小心翼翼、一切以偶像为中心、卑微到尘埃里的失去自我的人。在恋爱博弈中，先坠入爱河的一方，往往一开始就注定了要输。这个故事里的两位主人公也是最令人惋惜的一对。女孩儿爱得小心翼翼、患得患失，并失去了自我，直到最后都不敢去确认一下男友槙仁是否也爱着自己。虽然说起来是她主动选择的分手，但其实她是恋爱博弈中那个败下阵来被甩的一方，因为她的离去是违心的。而槙仁直到深爱着自己的女孩儿失望地远去，他都不知道自己究竟错在了哪里。人就是这样，往往在失去以后，才会意识到对方的好。可为何不在失去前，再努把力去挽留一下呢？在双方背向而去的时候，如果都能再转一下身，告诉对方你有多爱他（她）该多好。命运的转变，也许就在转身的一刹那。

在第四个故事《蝙蝠》中，男主人公槙仁从上一篇中被爱的角色，变成了先爱上对方的那一方，让他动心的是一心想要成为女演员的希麻子。尽管槙仁为她做出了改变，也在上一段恋情分手后得以成长，甚至为了希麻子不惜斩断了和青梅竹马的小百合的联系，但最终依然没有摆脱被甩的命运。

在第五个故事《浮萍》中，女主人公是上一篇中抛弃了槙仁的希麻子，这次她发现了新目标——事业有成的插图画家久信。她计划缜密地成功接近了目标，然后与其同居，为了对方她甚至舍弃了自己一直追求的演艺事业，但最终并没有摆脱被甩的命运。当再也见不到久信以后，她发现自己失去了一切，没有了过去，更没有了未来，像浮萍一样无依无靠。

第六个故事《光之子》是最具匠心的一篇，作者在这里圆满地把这六个故事连成了一个圆环，上一篇里被希麻子费尽心机追求而不得的久信，在这一篇里却对少年伙伴文太有着不一样的感情。第一篇里，被英之甩掉的古平苑子，在这一篇强势登场。

最后一篇《少女咨询室》，可以说是作者对前六个故事的精辟归纳。在这一篇里，作者直击失恋的本质，那些从三个失恋的女人嘴里说出来的成段的金句，又何尝不是作者对恋爱和人生的感悟？

每一个人、每一段爱情都不一样，分手不是世界的末日，不是对一个人的完全否定，而是彼此不再需要了，同时也是另一段爱情的开始，是一次成长的历练。不完满的爱司空见惯，但追逐爱的心至死不渝。

希望这本书能够让您找到共鸣。

弭铁娟

2023 年 1 月

目 录

小熊

遇见小熊是在四月的某一天，那年古平苑子二十三岁。

苑子二十二岁大学毕业后，在一家经营儿童服装的公司工作。那时她刚毕业一年，身上的学生气还没有完全褪去，每到周末，经常和她聚到一起的依然是大学时代的那些朋友。

那一天有个赏樱的聚会。从三月末开始，圈子里的朋友们就开始为这个聚会发通知了。一会儿通知说今年的樱花开得早，决定把赏樱聚会定在四月第一周的周六。接着又有人通知说，到了那天樱花可能连一半都开不了，于是又把聚会往后延了一周，改在下一周的周六。但很快又有人通知说，下周六可能有雨，暂时还定不下来。通知一会儿一变，一直到了跟前，才把聚会定在了四月第二周的周五晚上，地点是井之头公园。

这天，六点半一下班，古平苑子就冲出了公司。她先乘地铁，再换乘JR①的列车，一路急匆匆地赶往井之头公园。虽然樱花已经开始凋落，可是公园里赏樱的人依然是比肩接踵。苑子一边小心翼翼地注意着别踩到别人铺在地上的塑料布，一边朝着同伴们的赏花地点找去。聚会小组每次在这里的赏花位置基本上是不变的，苑子很快就找到了那些同伴，他们当中有些人已经喝多了，正在那里大声吵闹着。

在一张铺开的塑料布上，一个挨一个地挤坐了十五六个人，空瘪的啤酒罐扔得到处都是，正中央摆放着一个桌用小型煤气炉，炉子上放着一个大锅，周围摆满了装着烤鸡串、稻荷寿司以及各种小咸菜的纸盘。这些大学时代的朋友们在看到苑子的那一刻，顿时欢声一片。大家互相挤了挤，腾出了一块儿地方让她坐下，有人把一只盛满啤酒的纸杯递到了苑子的手里，不知是谁突然

① Japan Railways 的简称，日本铁路公司。译者注，下同。

扯着嗓子大声叫道："干杯!"于是大家也拼命地大声应和着："干杯!"同时，手里的纸杯胡乱地碰作一团。啤酒沫溢出杯子，沿着苑子的手背往下淌，苑子一边笑着，一边不得不急急慌慌地把嘴凑上去喝了一大口。

多了几个陌生的面孔，这种情况苑子早已习以为常。这个圈子的主要成员包括苑子在内，一共是七个人。这些人当初都是"全国车站便当研究会"的同期会员。从大家还都是学生的时候起，每次聚会总是会有人带着恋人或朋友来参加。有的人来过一次，就成了他们的固定成员，每次聚会必来。而有的人只来过一次，以后就再也没见过。比如那个名叫木谷文弥的男孩儿，大学时读的是经济系，他每半年就会换一个女孩儿带来参加聚会，每次都跟大家介绍说是他的"女朋友"。忘了是什么时候了，有一次，被他称作"女朋友"的那个女孩儿，也带来了一个陌生的男孩儿，跟大家介绍说是她的"男朋友"，那个女孩儿在后来的聚会上再也没有出现过，倒是那个男孩儿，好像喜欢上了这个圈子似的，后来每半年一次的聚会，每次都必来参加。

有人往苑子的纸杯里加满了啤酒，并递给她一个纸盘，盘子里盛满了从火锅里捞出来的各种食物。有人向大家介绍着今天是谁为大家占的地方，为了占这个地方有多么不容易，等等。苑子在淡淡的暮色中，一边喝着啤酒、吃着不知都是什么食材的火锅，一边笑着点头应和。她在心里不由得暗自感慨：唉，这里才是我真正的归属啊！

欢闹了一阵以后，大家安静下来。不知是谁提议说："今天有的人是第一次来，我们大家先做一下自我介绍吧。"于是大家依次开始做自我介绍。麻实子给大家介绍了她带来的同事，倪希的男朋友介绍了他带来的朋友，古泰介绍了他带来的在居酒屋认识的一位女孩儿，麻佑太郎带来的是一对和他一起工作的男女朋友。一方面因为人数太多，另一方面苑子也觉得反正有的人来过这一次就再也不来了，所以她并没有刻意去记那些人的名字。每当一个初次前来的人做完自我介绍，就会引来一阵欢呼和掌声。轮到苑子的时候，她像过去一样自我介绍道："古平苑子，白羊座，O型血，宅女，正在招募男朋友。"

"我叫持田英之。"她从来没有见过这位正在做着自我介绍的男士。他既没说自己是谁的朋友，也没说是谁带来的，低下头行了个礼就坐下了。"哇!"苑子一边和大家一起噼噼啪啪地鼓着掌，一边想：这个人是谁的朋友呢？但苑子除了在脑子里闪过这一丝疑问外，对这个人便再也没有其他印象了，他的名字怎么写也不知道，更没想刻意去记。

因此，随着大家酒喝得越来越多、醉得越来越厉害，原来的位置也都被打乱了。不知何时，那个男的已经坐到了苑子的身边，和苑子聊了起来。苑子记不得他的名字，所以说话时一直叫他"小熊"，因为他穿的套头衫的胸前印有一只小熊。聊的无非是当时赏花场景中的事。因为那时的苑子已经醉得很厉害了，所以，自己都问了些什么，小熊都回答了些什么，她转瞬就全忘了。

苑子他们这个圈子，每年都在井之头公园举办一次赏樱聚会。也许是因为公园周围大学比较多，来这里赏樱的人以年轻人居多，欢闹的方式也与众不同。虽然天气还很凉，却有人往冰凉的湖水里跳；虽然还不到放烟花的季节，却有人不管不顾地在公园里大放烟花；还有弹着吉他大声唱着歌的；有跟其他圈子的人打起来的，每一次都会在深夜把警车招来。好像没有谁真正去赏什么花。

那一年的公园也吵得让人烦。这里那里欢腾着的笑声，听起来近乎吼叫。远远地能够看到有些男的半裸着在树上攀爬。苑子他们这个圈子的喧闹声一点儿也不比别人的小。有人把啤酒洒了，大家也会大声地怪叫一阵；有人把大福年糕扔进了火锅里，也会引来大家一阵哄笑；有人甚至笑得滚倒在地上。轻柔的晚风拂过，樱花花瓣纷纷扬扬地飘落下来，却没有一个人去欣赏这些。当警车像往年一样开来的时候，苑子也和大家一样，嗓子早就喊哑了。

"哎，你家住哪儿啊？"在最后收拾东西的时候，小熊问苑子。

"我家？就在吉祥寺和三鹰这两个车站的中间。"苑子回答道。

"我可以去吗？"小熊笑嘻嘻地说。

苑子后来想：如果那天没有喝醉的话，也许自己会断然拒绝的吧。或者，如果自己还是学生的话，也许会说"那我们索性喝到天亮得了"。可是那个时候，苑子已经醉得不辨东西南北，好像对什么都无所谓了。让男孩儿在自己房间里留宿这种事，早在"全国车站便当研究会"那会儿就已经习惯了。再说自己早已不是学生了，所以苑子同意了。

"可以呀，如果你能老老实实地什么都不做的话，来就来吧。"苑子用别人听不到的声音，悄悄地在小熊耳边说道，同时脑子里闪过和这个男人一起相拥而眠时，那健壮的身体传递过来的温热的感觉。

有几个人要去唱卡拉OK，有几个人要去居酒屋接着喝，还有两组人说要回家，苑子在公园里和大家挥手告别。"回头见。""电话联系啊。""再见！""再见！"大家互相道着别。看着苑子和小熊两个人并肩站在一起挥手，大家谁也没说什么。苑子和小熊走在还残存着喧嚣余韵的公园里，走了没多久，小熊就握住了苑子的手。

"干吗呀？干吗拉人家的手？"苑子用身体撞了一下

小熊说。

"就是想拉嘛。"小熊回答说。苑子笑了，小熊也笑了。

有的男孩儿就睡在了公园的地上，有的恋人坐在长椅上深情地拥吻着，有的人在默默地收拾着用完的场地，有个女孩儿正蹲在地上痛哭。苑子和小熊拉着手从这些人中间穿过，朝着公园出口的方向走去。夜幕中，公园的一角在外面马路的路灯的映照下，泛着朦朦胧胧的光亮。

就要走出公园出口时，小熊突然停下脚步，对准苑子的嘴唇深深地吻了过来，湿热的舌头温柔地在苑子的嘴里探来探去，这时苑子感觉自己就像一个困意越来越重的人，突然睡倒在一个柔软的床垫上一样舒服。这个人的吻真棒啊！苑子这样想着，竟有一种占了便宜的感觉。所以，当小熊的嘴巴离去后，苑子竟主动把自己的舌头伸进了小熊的嘴里，她这才意识到自己已经很久没有接过吻了，这个样子简直像个饥不可耐的女人。于是她急忙松开了嘴巴，心中有些失落。

"今天好开心啊!"小熊拉着苑子的手使劲摇晃着说。他的话让苑子失落的心情好了很多。

"嗯,真的好开心呀!"

苑子也应声说道,脸上露出了笑容。小熊也笑了。苑子仔细凝视着小熊微笑的脸庞,发现这张脸虽然谈不上有多帅,却非常可爱。那件胸前印着小熊图案的套头衫,看上去有些土气,但穿在小熊身上很相衬。醉醺醺的苑子用仅剩的一点儿清醒想着。

两个人迫不及待地进到苑子的房间,灯也不开就滚到了床上。一阵激情过后,苑子终于从大醉中清醒了过来,她捡起小熊匆忙中扔在地上的那件印着小熊图案的套头衫,把它展开,仔细地端详起来。小熊的图案线条简洁,有些像童装上印刷的图案,套头衫是淡黄色的,小熊的图案是以粉色为基调印上去的。苑子想:小熊穿着它难道从来没有觉得土气吗?或者是特意挑选的这种有些土里土气的服装,为的就是追求这种与众不同的酷劲?

"洗完了,谢谢。"

从浴室更衣间出来的小熊说道。只见他上身穿着T恤衫，下面穿着平角内裤，T恤衫上竟也印着一只和套头衫上一模一样的小熊。T恤衫是那种特别娇艳的淡蓝色，上面的小熊也和套头衫上的一样，是粉色的。

苑子真正称得上有恋人的时期，还是在三年前。她正式开始谈男朋友是在刚考上大学那年的冬天，分手是在升入大三那年的梅雨季节。那个人也是"全国车站便当研究会"的成员，叫藤崎光太。是苑子对他一见钟情，主动开始追求的："拜托，做我的男朋友吧！"于是两人开始了正式交往。交往半年以后，两个人的关系变得微妙起来。光太好像喜欢上了研究会里的另外一个女孩儿——大学一年级新生四方香乃子，也不知是不是人太老实的缘故，他既没敢脚踏两只船同时和两个人交往，也没敢告诉苑子他喜欢上了香乃子，而是继续和苑子交往着。

其实对于光太喜欢香乃子的事，周围的朋友们也都心知肚明，只是谁也不说而已。即便是反应迟钝的苑子，也能从光太对待香乃子的态度和眼神里多多少少地感觉到一些，她只是装作什么也不知道罢了，那态度仿佛在告诉大家"光太可是我的男朋友"。

然而，苑子向大家明确地表明了态度后，心情并没有就此变得安宁。之后，光太的一举一动，都让苑子变得神经过敏起来：研究会的聚会，光太坐在了哪里，香乃子坐在了哪里啦；光太一晚上看了香乃子几回啦，都说了些什么啦；研究会的成员都说了他俩哪些传言啦；光太没和自己在一起的时候，是不是和香乃子在一起啦，或者有没有和她联系啦；等等。苑子变得神经兮兮的，而且她自己也意识到了这点。苑子那阵子特别害怕照镜子，因为她怕看到一个眼睛吊着、瞳孔里发出绿色的光、耳朵尖尖地竖立着、头发一根根支棱着的可怕的女人形象。当然，偷偷地往镜子里瞄一眼，看到的还是那张和往常一样、没有任何变化的圆脸。可是，那种放心的感觉转瞬即逝，因为很快镜子中苑子自己的脸和香乃子的脸便重叠起来了。香乃子那张脸上，有一双细长而又清秀的眼睛，双眼皮清楚而醒目，薄薄的嘴唇，挺直的鼻子，纤细的脖颈。香乃子比自己漂亮多了！不，不是这样的，她也就是一般人的长相，可是刚一这样想，苑子马上又开始怀疑起来：真的是这样吗？如果自己和香乃子一起站在一百个男人面前的话，究竟会有多少个男人投自己的票呢？十个？或者五六个？明明知道自己想的这些是那么无聊，可当这个念头一上来，苑子依然会止不住地去想。

升入大学三年级的时候，苑子开始憎恶香乃子。她讨厌香乃子笑的样子；讨厌她说话的声音，不管她说什么，听起来都像在勾引男人；香乃子穿件新衣服，苑子会觉得花里胡哨，怎么看都不顺眼；香乃子整天待在研究会里，也让苑子觉得难以容忍。最后，连苑子自己都不知道自己究竟是爱光太呢，还是单纯地讨厌香乃子了。因为现在苑子的脑子被香乃子占用的时间早已远远地超过了被光太占用的时间。

在大学三年级那年入夏前，苑子终于向光太提出了分手，光太很痛快地就同意了，于是苑子又急忙追加条件："两个人谁也不许从'全国车站便当研究会'里退出。为了不让研究会的其他同学感到别扭，两个人依然要像过去一样该说什么就说什么。"苑子说这些，是因为她觉得无论怎样的方式都行，就是不想从此和光太形同陌路，尽管当时她并没有意识到这一点。

苑子跟研究会的朋友们说是她把光太甩了。这也不算撒谎，的确是真的，但苑子并没有告诉大家自己为什么把光太给甩了。她打死都不会说：再这样下去，自己说不定会拿刀杀了香乃子，她害怕自己真会那样做，所以只好和光太分手。

而光太和香乃子并没有交往。在苑子听到的传言中：有的说光太向香乃子表白后，被香乃子拒绝了；有的说香乃子有一个和她年龄相差很多的男朋友。每当有这类传言时，苑子总是拼命地竖起耳朵去捕捉每一个句子，却始终无法辨别那些话的真假。不过在升入大学四年级后不久，苑子知道光太又有了新的女朋友。那年夏天的聚会，光太带着那个女孩儿一起来参加了，说是两个人选了同一门外语，在同一个外语班学习。那个女孩儿又瘦又小，只有两只眼睛大大的，就像个营养不良的儿童。

至少当时在苑子看来是这样。苑子一边在心里咬牙切齿地说："我可不是为了把他让给你，才跟他分手的！"一边却故作潇洒，满面笑容地对那个女孩儿说："以后常来啊。"

光太现在也依然是聚会的成员，他和那个"营养不良的儿童"好像在大学毕业后就分手了。现在他好像和一个女孩儿在交往，不过他从来没带那个女孩儿来参加过聚会，他自己也从未说起过。香乃子在大三的时候，说是要参加就职活动，就退出了研究会，苑子也不知道她现在在做什么。

因为小熊那天来参加赏花聚会时就像是研究会里哪个会员的朋友一样，苑子一直以为他是研究会里哪个朋友带来的，也从来没有怀疑过，所以那天她才敢把小熊带回到自己租住的房子并让他留宿。可是第二天，只见小熊留下一张纸条，人却不见了。纸条上写着："谢谢啦，回头再联系。"即便是这样，苑子也没有惊慌不安，她以为只要问问研究会里的朋友，总能联系上他。

自从赏樱之夜小熊不辞而别后，一个星期过去了，十天过去了，依然没有小熊的电话，难道是一夜情后，占了便宜就跑掉了？苑子想不通。她每晚睡觉前总是会回忆起小熊的笑容、接吻时嘴唇上留下的触感、身体被温柔地抚摸着的感觉以及身体里留下的激情和高潮。苑子忍不住对小熊的思念，只好挨个给研究会的朋友打电话询问。

"你好好想想，就是那个穿着件印有小熊图案的套头衫的，想起来了吗？就是那个持田君。"

可是无论她怎么说明，大家的回答都一样："是吗？有那么个人来着？"

有个人说："噢，好像是麻实子的朋友吧。"

于是，她打电话给麻实子，麻实子却说："我带去的全是女孩儿啊！会不会是麻佑太郎的朋友呢？那天他不是带了一对男女朋友来吗？"

于是，苑子又给麻佑太郎打电话，得到的回答是："我带去的那个男的叫坂田大五郎，那天晚上他和我们一起又去了卡拉OK，一直唱到第二天早上。"

"哦，就是和苑子一起离开的那个男的吧？长着一张可爱的圆脸的那个?"在问到二木时,终于有了回应,可接下来对方又说,"嗯!他不是你带去的吗?看着你们俩那么亲密地一起走了,还以为是苑子的新男友呢。"

她又问了文弥和光太以及那天麻佑太郎带来的几个新朋友,可谁也不记得有个叫持田什么的人。

当苑子发现彻底失去了小熊这个人的线索时,她惊呆了。不,应该说,当时她的脑海里首先浮现出的是小时候读过的童话开篇里描写狂风呼啸时的诗句:"呼!呼隆!呼!"苑子想,难道这就是现代版的《风之又三郎》吗?

这样想来,那件印有小熊图案的套头衫总让人觉得怪怪的。就连他脱了那件套头衫后,里面穿的又是一件小熊图案的T恤衫这一点,也让人觉得毫无真实感。嗯,那个人肯定不是生活在我们中间的人类,而是《风之又三郎》里的什么人物,比如妖怪呀、精灵呀、座敷童子之类的。嗯,没错,肯定是那样的!

苑子只能用这种解释来说服自己,因为这件事太让她感到震惊了。尽管才相处了短短的几个小时,而且苑子几乎醉得不辨南北，然而苑子却爱上了小熊。苑子这时还无法冷静地判断自己究竟是真的爱上了小熊，还是因为一夜情后，仅仅是对在一起时的那种感觉产生了依恋。可是她知道自己内心那种"想你！想你！想你！"的感受，应该归档在恋爱这一类情感的"抽屉"里。

可是没办法呀，因为那是又三郎呀，是这个世界上不存在的东西啊。

这样想来，苑子终于能够把那天的一切看成现实中从未发生过的事，从而一点点努力地回到和以往一样的日常生活中来了。她每天早上六点起床，打开电视看早间的运势占卜节目，每天的运势总是有喜有忧。七点半从家里出来，八点四十五分到达位于京桥的公司，先清扫桌子周围，然后开始她一点儿也不感兴趣的工作——整理各种票据，确认订单——一直忙到傍晚下班。在更衣间和公司里的女孩儿们一起发发牢骚后，换好衣服去赶六点四十五分的地铁，在神田站换乘JR的列车坐到吉祥寺下车，在车站下面的商店买些熟食，然后迈着疲惫的步伐，沿着与铁路线平行的一条小路慢慢走回家。苑子内心想道：这就是我一天的生活，没有比这再平常、再平淡的了，明天、后天也不会有任何改变。从那一天开始，小熊的笑脸也好，绘有粉色小熊图案的T恤衫也好，苑子都在拼命地把它们从自己的生活中排挤出去，她在努力着。

苑子的努力终于有了成果。当苑子几乎快要把赏樱那天的事忘掉，努力恢复到一如既往的平淡生活时，四月末的一天，苑子像平常一样下了班，一想到黄金周就要到了，而自己还不知道怎么过时，她就有些郁闷。当苑子快走到租住房子的楼下时，蓦然看到大楼前的住户的邮箱处有个人影，刚开始苑子还以为是小偷，她吓了一跳。没想到笑眯眯地走过来的竟是那个早被苑子归于神灵或鬼魂一类的小熊！

"嘿嘿，我又来了。"小熊不好意思地笑着，目不转睛地看着苑子说道。

"哎呀！吓死我了！我以为是谁呢！"本来苑子想让自己的语气尽量表现出不高兴来，可是飞进她耳朵里的自己的声音是那么滑润而富有张力。

"可以去你家吗?"小熊问。

"吃了吗？如果还没吃的话，一起吃吧。"苑子回答说。

"唉。"接下来苑子又深深地叹了口气，沿楼梯上了楼。穿过走廊，来到门前，拿出钥匙开了门。"请进吧。"苑子一边开门，一边把小熊的全身上下打量了一番。他下身穿着一条肥肥大大的牛仔裤，上身穿着件T恤衫，领子已经变得松松垮垮，和上次来时穿的那两件衣服一样，这件长袖T恤衫上也印着一个粉色的笑眯眯的小熊。

她拿出在商店买的熟食，又从冰箱里拿出些蔬菜做成沙拉，把火腿切片，把买来的罐装汤摆上饭桌，打开一瓶廉价的葡萄酒，和小熊一起干杯。

"小熊，你的真名叫什么呀?"苑子一边吃着一边问道。

"持田英之。持久的持，田园的田，英语的英，贫乏的乏字去掉上面那一撇，名字叫英之。"小熊耐心、认真地回答道。

"哦，今年多大了?"

"二十五，到夏天就二十六了。"

"做什么工作的啊?"

"每天都不一样，到昨天为止，一直在给大学或者补习学校什么的做保安。"

苑子的每一个提问，总能得到小熊迅速而流畅的回答，倒不像在撒谎。

"上次你连个招呼也没打就走了，想跟你联系却没有你的联系方式。没办法，只好挨个去问朋友们，可是竟然谁也不认识你。那天赏樱时你是怎么混到我们那群人里去的? 不可能是朋友带你去的，对吧?"苑子问道。

听了苑子的质问，小熊竟然一点也不觉得羞愧，笑眯眯地回答说:"赏花的时候，大家都醉了，竟然没有一个人注意到我，我就那样厚着脸皮混进去了，于是，就白吃白喝了一顿。"

"哦? 原来小熊是这样一个人啊。"

自己这样轻易地敞开大门迎进来的这个陌生男人，说不定是个品质恶劣的人呢。苑子的脑子里突然闪过这样的念头。可是总觉得这个男人怎么看都不像个坏人。

又一想，其实就在不久前，自己那帮人不也做过和小熊同样的事吗？那时大家还都是学生，谁也没有钱，去卡拉OK包厢唱歌，报人数时，只让店员看到四个人，实际上却混进去十二个人。去居酒屋喝酒时，店里明文规定不让自带酒水，他们却把便宜的酒水带进去，趁店员不注意时偷偷喝。当得知谁打工赚了钱，大家就会厚着脸皮跑到人家租住的小屋里白吃白喝一顿。在居酒屋喝酒时，看到旁边的桌子上还剩有大量的炸薯条，便装作若无其事的样子拿到自己这张桌子上来，大家一起吃。也就是说，在学生时代，自己以及周围的人也都和眼前这个小熊一样，不拘小节，放浪形骸，所以苑子能够理解小熊的行为。这样一想，苑子倒觉得眼前这个陌生的小熊，实际上还是个不错的男孩儿。

"小熊，我问你，明天当我醒来时，你是不是又会不辞而别啊?"

两个人紧挨着躺在一张单人床上，关了灯，苑子在黑暗中问道。

"明天不工作，如果你同意的话，我可以留下来。"

小熊回答。

"你能不能别再像上次那样，连个电话也不留，就悄无声息地消失了？"

"嗯，不会了。"小熊老老实实地回答道，"明天早上好想去吃茶店吃早餐啊。"

"吃茶店？"苑子笑了，小熊却没有笑。

"好想吃那种抹着厚厚的黄油的烤面包片，还有蛋黄煮得有些发黑的那种煮鸡蛋，还想喝那种带点酸味的咖啡。"小熊像在说梦话一样轻轻地说着，一双手臂像抱着枕头一样，紧紧地把苑子抱在了怀里。

五月连休，因为小熊一直在，所以苑子也不再无精打采。

四月末那天傍晚突然不期而至的小熊，第二天早上果然没走，依然睡在床上。苑子上班去了，晚上八点，当她下班回到家时，小熊竟然做好了晚饭在那里等她。第二天早上虽然他和苑子一起出的门，但傍晚七点半，当苑子下班走出吉祥寺车站时，小熊竟然在出站口等她。

就这样，直到连休长假开始，小熊一直都待在苑子的住处。进入连休假期，他好像也没有要走的意思。

连休的第一天，两个人一起在家附近溜达了一圈，还做了丰盛的晚餐，吃完饭后，一起看了租来的录像带，然后在小小的单人床上缠绵一番后，紧紧地相拥而眠。第二天，两个人在床上又缠绵了一上午。下午，他们坐上轻轨电车来到立川的公园，在公园小卖部里买了一个塑料飞碟，两个人像两条撒欢的小狗一样在草坪上跑来跑去，一直玩到傍晚。晚饭是在吉祥寺的一家居酒屋吃的，吃完又接连在三家酒吧喝了酒。

就在这短短的几天里，苑子感到人生仿佛拉开了新的一幕，这新的一幕让她感到神清气爽，却又有种仿佛这些都不属于自己似的错觉。曾经那么喜欢的一个男孩儿，在自己的主动追求下成了自己的男朋友，而他后来却喜欢上了别的女孩儿，即便如此，自己却依旧离不开那个男孩儿，甚至因此而憎恨上了那个跟自己一点儿关系都没有的女孩儿并恨不得拿刀杀了她。这些令人厌恶的记忆，突然间得到了净化，就像泥沙一样从手指的缝隙间沙啦沙啦地溜走了。

虽然苑子还不清楚小熊究竟是个怎样的人，但至少这些天她不必再跟谁耍手腕斗心眼儿了，也不用再和哪个女孩儿攀比了，无论是外貌还是内在，再不会觉得自己丑陋不堪、毫无自信了。过去，当自己意识到喜欢上某个男孩儿时，却也意味着自己不得不去憎恶另外一个人，而现在这种感觉完全没有了。

而且，小熊也让苑子想起了自己那没有责任感的学生时代，也是像那天的小熊那样，仅仅因为想喝酒了，她便混进别人的宴会蹭酒喝。在苑子面前，他从不掩饰自己的孩子气，去那家吃茶店吃早点的时候，只见他脸上带着调皮捣蛋的孩子般的诡笑，把人家店里的胡椒盐瓶子偷了出来。还有，他若无其事地逃票，喝醉酒躺在路旁不起来，两只脚踢蹬着，哈哈地傻笑。

苑子恍惚中感到，自从她工作以后，这种傻乎乎的不负责任的幼稚行为，好像离她越来越远了。每天穿着丝袜、化着精致的妆，挤在满员的轻轨电车里去上班的那个自己，好像就在不久前，手里还有着大把的自由，而今却渐渐地松开手让它们溜走了。"全国车站便当研究会"原来的那些会员们，虽然每年依然会聚会一次，可是为了凑齐，大家总是不得不提前一个月就开始敲定时间。以前无论是平日还是休息日，大家几乎没有不能出席的时候，而现在每次聚会却只能定在周五。如果偶尔定在了周一或者周四，大家就不得不赶在末班车时间之前解散。过去大家经常在一起谈论的电影呀小说呀之类的，甚至毫无内容、东拉西扯的话题，也慢慢地被工作上的牢骚话所代替。再过一年，这样的喝酒聚会大概就会变成老同学的聚会，共同话题也会越来越少了吧。来的人也将从七个变成六个或五个，谈论的也只能是一些怀旧的话题了吧。苑子这样茫然地想着。

虽然小熊比自己大两岁，但他属于苑子失去的那些过去时。他让苑子知道，原来一个人还可以这样幼稚地、不负责任地生活，为了一件根本就不值得笑的事傻乎乎地笑上半天。

连休的最后一天，小熊有些不好意思地说："我想去看一场现场演唱会。"

于是那天傍晚，苑子陪着小熊一起来到涩谷的一家 Live House①。只见店门口贴着一张演出者名单，这是一个苑子从未听说过的乐队。本以为没有多少人来看，没想到进入位于地下的 Live House 后，那里却像满员电车一样被挤得水泄不通。他们随着人流，一个挨一个地挤到酒吧柜台前买了啤酒，又被人流挤到了紧贴墙壁的地方，苑子站在那里和小熊一起慢慢地喝啤酒。

七点一过，现场演唱会开始了。敲架子鼓和弹吉他的是两个长得不算清爽的中年欧美男人，站在 DJ 位置上打碟的是一个戴着毛线帽的年轻男孩儿，主唱是一个日本大叔，长得就像那种经常在无座的露天酒吧里站着喝酒的中年大叔一样。苑子不懂他们演奏的音乐属于哪种类型，说不上是朋克，还是噪音，或者是嬉皮，也没有主旋律，只听到那个"站着喝酒"的中年大叔在那里哎嘿嘿、呜嗬嗬地拼命吼着。DJ 把音响弄得"啾！嘤、嘤、嘤……呜！嗡、嗡、嗡……"，有时音量大得甚至把吉他的声音都盖住了。苑子被这些简直可以称得上是噪

---

① 小型现场演出的场所，舞台和场地都相对很小，针对一些地下的乐队和艺人演出。

音比赛的音响弄得头昏脑涨，她勉强支撑着才没让自己晕倒。可是，满满一大厅的人，却毫不混乱地一起叫着、跳着、挥舞着手臂，碰撞着身体形成一波又一波的人潮。苑子被冲撞得东倒西歪，手里的啤酒也洒了出来。她在人潮中偷偷地瞄着小熊，虽然小熊没有像其他观众那样挥着拳跳着脚，却也在用一种陶醉的目光看着台上的表演。在红黄光束中一会儿清晰一会儿隐去的小熊的侧脸，让苑子觉得他像极了那些聚精会神地盯着电车、救护车或者虫子的尸骸看的孩童。他那毫不设防的样子，与其说像孩童一样可爱，不如说会让人心生怜爱的感觉。只见他微微地张着嘴巴，目光直直地盯着舞台，那样子实在是有点儿丑。他对那些演奏家的敬畏之情，恨不得从全身洋溢出来，甚至给人一种他马上就会哭出来的感觉。毫不掩饰自己仰慕的眼神的小熊，就像他那件T恤衫上笑着的粉色小熊一样，怎么说呢，实在是不好看。小熊这难看的样子虽然让苑子有些失望，但同时也让她有些感动。

"你喜欢这个乐队？"苑子问道。演唱会结束后，回家的路上，他们一起走进了位于吉祥寺的一家烤鸡串店，店里人很多，两人挤坐在烧烤台前的位置上，苑子的左臂紧紧地贴着小熊的右臂。

"早就不仅仅是喜欢的问题了。"小熊瞪大眼睛，整个身体转过来冲着苑子解说起来。那个主唱的大叔，不仅是个歌手，而且听说他还是个世界闻名的综合艺术家。那个弹吉他的欧美人，是个出生于西班牙的诗人，他的作品现在在美国火得不得了。那个敲架子鼓的欧美人是个住在巴黎的美国人，据说他就是一个传说中的独立乐队的架子鼓鼓手，那个乐队在二十年前曾轰动美国。他们并不是因乐队演奏才聚到一起的，而是一帮以艺术为纽带的朋友，偶尔会突发兴致组起乐队，在世界各地举办内部演唱会。据说，虽然他们乐队的名字总是随着现场演唱会的不同而改变，但粉丝们总能闻风而来，所以他们的现场演唱会永远都是超满员的状态。

苑子还是第一次看到小熊为了说明一件事如此不厌其烦地大费口舌，于是也心情愉快地迎合着问道："综合艺术家是什么呀？那个人叫什么名字？那个乐队叫什么名字？"她和小熊一样，也睁大眼睛，表现得好像自己对这些有很大兴趣似的，不间断地插上一两个问题。

于是，小熊就更加精神头儿十足地说明起来："综合艺术家就是超越了艺术类别的创作家。他既作曲，也画画，还搞造型美术，同时他还写诗，甚至搞一些行为艺术。你还记得前不久电视里放的那个阿迪达斯的广告吗？里面有个浑身涂满了油漆的男人在空旷无人的操场上奔跑的那个广告，那个人就是他！制作是他，出演的人是他，美术设计也是他。那个架子鼓鼓手以前所在的乐队演奏的背景乐曲，五年前在日本流行过一阵，甚至还被选为电影的主题曲呢。"

听着小熊的说明，苑子一点儿印象都没有，连想表现出"哦，原来是那个人呀"之类恍然大悟的样子都不能，只好随声应和着"哦""嗯"。当小熊看出来苑子连综合艺术家的名字和他的作品，还有那个西班牙人的名字以及传说中乐队的名字都不知道时，脸上露出了半是尴尬半是轻蔑的表情，那样子给人的感觉好像是在斥责苑子没文化、没教养似的。

"小熊，你也偶尔玩玩音乐、画画画儿什么的吗?"苑子转换了话题。无论那个人多有名，与其听小熊谈论一个陌生的大叔，苑子更想听他说说自己。

"我吗? 不能说哪一个方面，我想做的是不被艺术类型束缚的那种东西。比如说绘画，如果仅仅是绘画就没意思了，虽然看上去是绘画，可是走近了却能发出声音；虽然是雕刻，表面上却密密麻麻地刻着小说。类似这种在人们划定好的各种艺术类型的交集的范畴里，我在想自己是否能做点儿什么。"小熊说道。

即使转换了话题，小熊的热情依然丝毫未减。苑子第一次听到刚刚成为自己恋人的小熊描述的"未来之梦"，她有些安心，也很兴奋。可是仔细想来，小熊现在究竟在做什么，苑子还是一点儿也不知道。即便如此，苑子依然不敢问"具体来说，那究竟是做些什么呢?"之类的问题，她觉得那是一种奢望，而且她也怕小熊又用那种轻蔑的眼光看自己，只好忍住没问，只是应声发出"嗯，嗯，哦，真棒呀"之类的感叹。

当苑子回过神来，才发现烧烤台前的客人已经走了一半了。座席的位置宽敞了很多，可是小熊好像并没有注意到这些，依然紧贴着苑子继续说着。苑子也没有把自己的座椅移开，左臂依然紧贴着小熊的右臂，感觉着小熊身体的热度，继续听着。

小熊一直没完没了地说着，好像也没有注意到自己杯子里的啤酒已经喝光了，苑子只好趁着说话的间隔一次次地为他续上。后来苑子把他面前的啤酒换成了酸味鸡尾酒，他好像也没留意到似的，一边咕嘟咕嘟大口喝着，一边继续往下说。

虽然苑子不知道小熊具体想做什么，却能感觉到他想要做点儿什么的那种迫切的愿望，所以很羡慕他。苑子本来一直想做传媒工作，可是找了很多家公司，全都没成。最后她拿到了三家公司的内定通知，第一家公司做儿童服装，第二家是出版医学类参考书的出版社，第三家公司做复印机。苑子之所以选择了这家做儿童服装的公司，是因为这家公司说他们将致力于发展面向儿童的文化事业，将来也许会成立一个翻译出版优质儿童绘本的部门，苑子茫然地期待着将来被分配到那个部门去。可是进入公司半年后，她就不再去想这些非现实的东西了。为期三个月的新员工入职培训结束后，苑子被分配到了商品管理部。具体说来，她的工作就是把仓库里大量的童装分门别类，确认发出去的货物是不是准确无误地发送到了指定的地方。今年，她终于从仓库解放出来了，而这次分给她的工作却是没完没了地把发票上的数字输入计算机中。文化事业部、广告部之类，对于苑子来说，就好像火星和火星人一样，距离自己那么遥远。过去，苑子闲暇时可以看看电影、读读小说，和朋友聚在一起边喝酒边聊天，一聊就能聊上好几个小时。有时仅仅为了某个车站的便当，她也会特意坐好几个小时地方上的慢车，跑到那个车站去品尝。而今，她早已被机械似的、没完没了的数字输入淹没了。在初二时，苑子的身体一下子停止了发育，但苑子觉得自己精神方面的发育是在进入公司工作后才一下子停止的。有时苑子甚至想：是不是因为什么也没吸收，所以才不再长高了呢？会不会越长越往回缩呢？

"好羡慕你呀，小熊。"苑子在小熊正好说完一段话的时候，直接把自己正在想的话说了出来，"因为我的每一天都好像是前一天的复制一样。"

话被打断了的小熊，在那一瞬间，脸上又隐隐约约浮现出那种轻蔑的表情，他看了苑子一眼。

"人不能把什么都想得很无聊，那样会让人沉沦下去的。"小熊用一种很认真的语气说道，然后一口气把杯子里的酸味鸡尾酒喝干。走出烧烤店，外面的气温舒适宜人，黑暗中，公园里的植被仿佛被打湿了一样，黑漆漆地延伸开去。

小熊并肩走在苑子的身旁，苑子拉着小熊的手问道："明天不走吧?"

"如果你愿意，我就留下来。"小熊回答道。苑子的视线落在了小熊的T恤衫上。

"这个人到底有几件这样的小熊T恤衫啊?"苑子边走边想。

"这件T恤衫，和赏樱那天穿的是不是同一件呢?"苑子本来想问问的，可不知怎么总担心又会看到他那轻蔑的目光，终究还是没敢问。

"你这件Ｔ恤衫，真的好棒！"苑子说出来的竟然是这样一句言不由衷的话。只听到小熊嘿嘿嘿地笑了。

第二天，苑子在下班的路上顺便给小熊配了一把家门的钥匙，又在商店买了些熟食。买完东西她便急匆匆地往家赶，一想到不知小熊是否还在家，脚下的步伐便不由自主地加快了，最后竟跑了起来。

昨天苑子还在想，即便小熊就这样在自己这里住下去也没关系，于是决定今天给他配一把钥匙。她想：如果小熊想朝着"综合艺术家"的方向努力，而不得不减少打工时间的话，那么，自己不管是在物质上还是精神上都要支持他。虽然苑子至今也不知道"综合艺术家"究竟是什么，可是苑子觉得，与其让眼前这些平淡无味的日子把自己吞噬掉，还不如通过对小熊的支援，把这种趋势阻挡住。

吉祥寺街道旁的灯光慢慢地消失在自己的身后，夜色越来越浓了，空气中弥漫着一股泥土和青草混杂的气味。苑子深深地吸了一口气，使出浑身的力气向前跑着，

"小熊！小熊！小熊！"，苑子像祈祷一样在内心呼喊着。

她三步并作两步跑上楼梯，掏出钥匙打开门，只见小熊正在厨房里搅拌着锅里的东西。看到苑子进来，小熊笑着说："回来啦？"

"小熊，喏，给你。"苑子急忙脱了鞋，进到房间，把紧紧攥在手里的钥匙递到小熊手里。因为她一直把钥匙紧紧攥在手里，钥匙带着温热和汗湿。

大概有一个月，小熊一直都待在苑子家里，有时外出的时候，也会事先打个招呼，告诉苑子"要回自己家一趟"，而在两三天后肯定会回来。

过了六月中旬，进入梅雨季节后，小熊不在的日子渐渐多了起来。那天，他说了声"我很快就回来"便出了门。可是一个星期过去了，他依然没有回来，到了第八天，他终于回来了，可很快又走了，这一走，十天半个月便再也没个音讯。不过苑子知道他终究会回来的，便也没有多想。而且小熊说过他最不喜欢打电话，所以，即便小熊不给苑子打电话，苑子也从来不会太在意，她自己也从不主动给小熊打电话，虽然她已经问到了小熊的电话号码。

苑子愈加不安起来，便试着给小熊拨了电话，电话的声音响了很久很久也没有人接。下班后走在回家的路上，苑子像占卜似的，边走边嘀咕："在、不在，在、不在……"抬起头看着自己家的窗户，灯没有亮。慢慢地，她竟害怕看到那黑漆漆的窗口了，于是每天早上去上班时，苑子总是故意把灯打开再出门。

因暑假加班没休息而申请来的轮休假，六月的时候就批下来了。她本来和小熊约好在九月初，利用四天休假再加上周六周日，找个地方去旅行的。日本北陆那边有一家美术馆，常年举办他喜欢的那种综合艺术展，他们本来打算先去那里看看，再乘坐地方铁路的电车去吃苑子极力推荐的车站便当，然后再去泡温泉，一直泡到手上的皮起皱为止。可是眼看到了休假的日子，小熊依然没有回来，每次打电话听到的只是电话的铃声。

就这样到了休假的日子，依然不见小熊的人影。苑子无意中想到，说不定小熊会直接去那个美术馆呢。于是苑子按照原计划，一个人先去了富山县。到了那里，她每天除了美术馆，其他地方哪儿也不去，每天躲在美术馆门口，注意着每一位进来参观的人，却始终没有看到小熊。

她也竭力不让自己像以前那样把小熊想象成一个神话传说里的精灵鬼怪而非人世间的真人，两人在一起的这一个月，他们一起吃饭、一起缠绵，她再也无法把他想象成现实中不存在的人了。

旅行回来后，苑子又直接坐小田急线电车去了梅之丘。以前问小熊电话号码的时候，虽然没有问具体住址，但听小熊说起过，他好像租住在梅之丘附近一个没有浴室的简易公寓楼里。苑子记得清清楚楚，小熊说过，因为不常回去住，所以那个住处快成储藏间了。

苑子在梅之丘的各个街道上转了很久，可是不知道怎样才能找到小熊说的那个没有浴室的简易公寓楼。苑子也期待着能在24小时便利店或者路边遇到他，但这样的奇迹并没有发生。

苑子在内心对自己说：算了吧，死心吧。自己这是被小熊抛弃了。其实，这也意味着对于他来说，自己连个恋人都算不上。可是，每天下了班，她还是会不由自主地到梅之丘这边来。苑子每天都在梅之丘的大街小巷转来转去，有时也会站在梅之丘车站的检票口处，瞪大眼睛，在旁边看着来来往往的人们。

有一次，苑子还真的在车站遇到了小熊，但不是在梅之丘，而是在新宿。那是十二月初的一天，苑子正在往小田急线的检票口走，突然发现在反向人流里有个人的样子有些熟悉，她停住了脚步，仅仅踌躇了一瞬，就追了上去。只见那个人上身穿着一件套头衫，下面穿着一条牛仔裤，苑子跟在这个男人的身后走出几米后，便确信他就是小熊，绝对没错！于是苑子从后面一把抓住了他的手腕。当那个人回过头来时，苑子看到眼前这个人果然是小熊，他那件套头衫胸前印制的小熊依然可爱地笑着。

"终于被你找到了。"从小熊的眼神里，苑子看到了这句潜台词。

"为什么就那样消失了？为什么连个电话也不打？你把我当成什么了？你在耍我玩儿吗？"苑子把小熊推得靠

在了有些污渍的墙壁上，她顾不上周围人的目光，冲着他大声吼叫。吼着吼着，眼泪就哗哗地流了下来。小熊急急忙忙地拉着苑子的手出了检票口，穿过地下通道，来到了位于中村屋地下的一个茶馆，苑子抽泣着要了一杯咖啡。像自来水管的水龙头崩漏了一样，苑子一股脑儿把所能想到的话全都稀里哗啦地倒了出来。

"小熊，你也太可恶了吧！不是说好了，不再突然消失。我一直都在等你，担心得要命。而且，不是说好一起去旅游的吗？你这样做太差劲了！如果你不喜欢我也没关系，我不会死皮赖脸地追你的，但是你总得好好地做个了断才对吧，毕竟咱们都是成年人，分手就好好说分手，你这样逃掉算怎么回事啊？"

小熊只是不时地抬起眼皮，怯怯地看一下苑子，什么话也没有说。冰咖啡端上来后，他也只是低着头缩着肩，谨小慎微地一点儿一点儿地用吸管吸着冰咖啡。

"如果你不喜欢我了，就请明确地告诉我，没关系；如果说你从一开始就没喜欢过我，也请直接说出来。否则，我都不知道我们这到底算怎么回事！"

端上来的咖啡，苑子连碰都没碰，只是不断重复着同样的话。苑子期待着小熊反驳自己，能告诉自己并不是不喜欢她。可是等了半天，一点儿也看不出他有要说点儿什么的意思。于是她怄气一样斜靠着椅子，面对着坐在对面的小熊，怒目圆睁地说道："说话呀！怎么哑巴了？"

　　"嗯……"小熊终于开口了，用一种怯怯的眼神偷偷瞟着苑子说，"我，的确还不是个大人，可能一直都会这样，像个孩子一样，永远也长不大，也不打算改变自己，因为这就是我。给你添了那么多麻烦，所以请把我忘了吧。"

　　苑子终于隐隐约约地明白了，她和这个人一起度过的那些明媚灿烂的日子终于结束了，虽然内心并不想接受，可嘴里说出来的是："你这样做也太不像话了吧？！说忘掉就能那么简单地把一个人忘掉吗？你说得倒容易。"车轱辘话絮絮叨叨地越说越来劲，小熊只是低着头默默地听着。因为他一直不肯抬起头来，苑子只能对着他身上那件套头衫上微笑着的小熊图案没完没了地说着。

"不是一直都那么开心吗？我们在一起不是没有任何不合适的地方吗？你不是想什么时候来就能什么时候来吗？我不是都随了你吗？"苑子说着说着，突然意识到，自己又像过去那样，用一种卑微的态度，在恳求那只粉色的小熊。苑子恨死自己这个样子了。

"嗯，对不起，我也不知道怎么办才好。我不是你喜欢的那种男人。"小熊依然低着头轻声说道。

苑子知道自己是永远也问不出这个男人究竟是怎么想的了，于是最后决定：潇洒地离开他！

"明白了。再见！"就好像唾弃了那只粉色的小熊一样，苑子说完站了起来。

"哎，等一下。"

在付款台前被小熊叫住的那一瞬间，苑子还以为他后悔了，带着一丝期待回过头来，没想到小熊手里拿着那张付款单说："我今天没带钱。"小熊手里拿着那张薄薄的付款单低眉顺眼地笑着。苑子一把抢过来，狠狠地把付款单摔在了付款台上。付了款，穿过地下街，苑子快步朝车站的方向走去。过检票口的时候，苑子回头瞭了眼，拥挤不堪的人群中没了小熊的身影。当然，也没有看到那只粉色的小熊。

随着年终越来越近，苑子也变得越来越忙碌。苑子每天都在诅咒小熊，越诅咒越觉得当初和他分手的决定是多么正确。

本来那么土气的男人就不是自己喜欢的类型，穿的那件T恤衫难看死了，一个大男人像个傻瓜一样，而且一天到晚总是穿着同样图案的套头衫，一点儿男人的风度也没有。一副穷酸相，绝对不是那种招女孩儿喜欢的男人，一天到晚装腔作势，还说什么"吃茶店"，一听就是个乡巴佬。

"说起来，不过是个仅仅认识了不到两个月的男人，自己怎么可能被这种人伤到？"苑子对自己说道。仔细算来两个人在一起的时间好像真没什么值得回忆的。和光太还相处了一年多呢，相比之下，一个只相处了不到两个月的男人，其实跟本来就没有过这么个人又有什么两样呢？

就这样，苑子在心里反反复复地嘀咕的过程中，因小熊而被大大破坏了的心情，渐渐地像风筝一样飞远了。正月假期结束的时候，苑子又回到了遇到小熊之前的平静生活，并在这平静的日子里，迎来了她的二十四岁。

一月中旬，大家召集了一次名曰新年会的聚餐，参加的人主要还是那些老会员。大家聚在一起开始喝酒时，苑子竟不由得隐隐期待着在那些熟悉和陌生的面孔里，那个穿着粉色小熊图案套头衫的男人又会突然出现在里面。苑子为自己这种不自觉的期待暗自发出一阵鄙视的冷笑。

"对了，上次你找的那个男的，后来找到了吗？"麻实子过来问道。

"啊？哦，那个人啊，是我弄错了。"苑子暧昧地笑着敷衍过去。文弥又带来了一个陌生的女孩儿，说是他的女朋友；光太谁也没带，一个人来的；古泰说他和上次赏樱时带来的那个女孩一起过上了同居的生活。大家用一种很随意的口气问苑子有没有男朋友，苑子也仅仅笑着说："哪位给我介绍一个吧。"夏季到来之前那段不可思议的经历，苑子谁也没有告诉。在苑子的心里，她只当"什么也没有发生过"。

苑子记得当初她曾经预见到：参加聚会的成员将会越来越少，从六个减少到五个，由聚餐会变成毕业生的同学聚会，共同话题会越来越少，除了发泄对工作的牢骚，就是回忆当年。而今真的如她所预见的那样，原来的"全国车站便当研究会"的聚会一年年在减少。到了苑子二十六岁那年，倪希怀孕生了孩子；古泰也结了婚，不过新娘好像不是那个和他同居的女孩儿；文弥调到九州去工作了；麻佑太郎回到秋田的老家，继承了家里的酿酒作坊。

说到苑子，她也再没有想起过小熊，倒是谈了几次像模像样的恋爱。那年的四月，她被调到了一个新成立的进口销售部门，这让她觉得自己的工作比以前有意思多了。虽然几个月前刚和男朋友分了手，可是因为公司派她参加了一个国外的培训，所以她不但没有情绪低落，反而感到兴致盎然。

在国外培训期间，苑子在去柏林参观游览的时候，又一次想起了三年前那个像宫泽贤治小说里的人物一样突然出现又突然消失的男人。

这次培训日程安排得非常紧张，除了参观由北欧商家参展的儿童玩具展览会，就是每天紧赶着去见各个地方的客户。到了最后一天，公司才安排大家去柏林游览参观，算是给大家的工作奖励。于是，苑子这才终于有了些自由时间。同期一起进公司或进公司比自己早一些的同事们有的去库达姆大街购物；有的说想去看看美术馆，去了柏林新国家美术馆；有的说想睡觉，打算一天都待在酒店里。苑子想去原来属于东柏林的米特区转转，便漫步朝那个方向走去。苑子并不怎么关心国际形势，但是柏林墙被推倒的那年，她正好大学毕业，所以记住了这件大事，这次想去那里看看也仅仅是出于兴趣而已。

穿过博物馆建筑群，街道的风景显现出了明显的差异。不论是一排排的大楼，还是铺装的街道，虽看上去都很牢固，却到处都有岁月的痕迹。不知道是不是自己的错觉，苑子总觉得无论是这里的店铺，还是街上行走的路人，甚至连空气中都有一种土里土气的感觉。苑子觉得与其说自己是想来看什么，倒不如说这种变化更让她觉得有趣，于是她加快脚步继续向前走。公园里凡是太阳能够照射到的地方，都像盛夏的海水浴场一样躺满了晒日光浴的人们。本以为很轻易地就能找到柏林墙的遗迹，可是苑子虽然能够感觉到空气的变化，可就是找不到柏林墙原来所在的位置。

走着走着，眼前出现了一个砖瓦结构的建筑群，乍一看像是一个公寓楼群，往里面看了一眼，才发现那里竟有几个像是店铺之类的建筑物，和外面大街上土里土气的感觉相反，这里的几个小店看上去都特别时髦漂亮。于是，苑子选了一家有院子的小楼走了进去。

这些杂货店里摆着店主们独立设计制作的服饰以及各种可爱的小摆设，苑子逛着这些杂货店，恨不得把它们全买下来带走。逛着逛着，苑子在一家店铺前停下了脚步。这个店好像是把两个店铺打通之后做成了一个艺术画廊，门口竖着的一个牌子上贴着一张海报，上面画的螺旋形的图案简直像是世界上所有色彩的总动员，配色鲜艳多彩。在螺旋形的正中央画着一只非常非常小的小鸟，像儿童画一样。这幅画吸引了苑子，于是她移动脚步，走进了画廊。画廊的墙壁被涂成了艳丽的粉色，上面杂乱无章地悬挂着大小不一的绘画。参观的客人里，有鼻子上戴着鼻钉的女孩儿，有类似马希坎人的男人，还有穿着金属铆钉皮革上衣的年轻情侣，每个人都专注地欣赏着绘画。

正当苑子和这些人一起观赏绘画的时候，突然听到背后有人说日语，她不经意地回头一看，这一眼令她吃惊得差点儿叫出声来，因为她看到了那只熟悉的粉色小熊在那里微笑。记忆瞬时被唤醒，那个连名字都记不得了的男人，以及和他一起度过的日子，一下子都涌现在了眼前，苑子甚至觉得这个展览可能就是那个小熊的个人画展。可是当她沿着粉色小熊往上看时，看到的却不是小熊那张可爱的圆脸，而是一张光头男人的脸，一双眼睛炯炯有神。正当苑子为自己的这个想法暗自感到好笑时，突然"啊"的一声又一次大吃一惊。

因为那个中年人正是那次和小熊一起去看的现场演唱会的主唱——那位"综合艺术家"。听到苑子吃惊的叫声，那位中年男人远远地往苑子这边看了一眼。苑子还没从吃惊中回过神来，只好急慌慌地朝着他点点头。那个男人带着一副疑惑的表情也朝着这边点点头，又继续和那个日本女性说起来。

光头艺术家穿的那件T恤衫和小熊穿的那件颜色不同，蓝色的T恤衫上印着粉色的小熊。同样一件图案印刷得不算精致的T恤衫，穿在小熊身上就像妈妈们从超市买给孩子们的处理品，而穿在这位艺术家身上却给人一种很帅的感觉，比其他任何漂亮的款式都显得更加时髦、另类，更有个性。当他正在和那个像是他秘书的女性热烈交谈时，有几个鼻子、嘴唇上镶着金属钉的德国年轻人来到他身边，让他在他们刚刚买的画册上签了名。苑子背对着他们，欣赏着一个挨一个悬挂在墙壁上的大大小小的作品，画面的用色是如此丰富大胆，每一幅作品仿佛都有一种力量，那力量好像随着颜料的味道丝滑地从画面中伸出手来，强烈地震撼着观赏者。画廊里虽然寂静无声，但这里的每一幅画作都仿佛在奏出一种音响，这些音响汇合在一起，形成了一种独特的交响，一种在其他任何地方都无法听到的天籁之音。

不知是在看第几张画的时候，苑子的眼前变得模糊起来，她以为自己流泪了，急忙用手去擦，却并没有眼泪。是旋转跳跃的色彩本身使人产生了一种旋转的错觉，绘画作品仿佛融化开来一样。这些仿佛带着呼吸的富有生气的绘画，苑子还是第一次看到。

苑子终于明白了，那个男人是真的喜欢这位艺术家啊！是真心地用全部生命在喜欢着他、仰慕着他，赞美着、崇拜着他的才能。他越是如此，越是无法让自己平凡下去，那时二十五岁的那个男人，拼尽全力想让自己突破那种平凡。仅仅为了喝酒就混进了陌生的赏花客中间，当天晚上就与在那里刚刚认识的女孩儿上了床，然后像只流浪猫一样住在那个女孩儿家，接着又不知去向，让人觉得"这个男人简直无可救药"。这一切的一切，都是那个男人为了使自己变成一个非凡的人才这样做的。他在认真地、拼命地想要从内心打碎那个自己，为的是从那个平凡的、庸俗的、讨厌的自己那里尽量逃离得远一些。那个男人如果没有遇到这位艺术家的作品，也许能够活得更自由自在一些吧。也许他就能在是否可以穿西服、是否可以谈一次平庸的恋爱、是否可以混一天平庸的日子等这些事情上，多一些选择的自由。

"小熊！"苑子在内心呼唤着这个仅仅和自己一起度过了短短两个月的男人的名字，"小熊，现在我终于有些理解你了。我终于明白，在每一个平凡的日子里，如果不把自己弄得'无可救药'，你就无法在这些平凡日子的尽头抓住那个只属于你自己的独特的东西。所以我能懂你了，小熊。"

在出口附近有一个礼品专卖柜台，柜台上整整齐齐地摆着各类海报、明信片、艺术家的著作以及作品集等。苑子粗略地浏览了一遍，什么也没买，又回到入口处。刚才那个像是秘书的女孩儿已经不在了，光头艺术家正被一对朋克打扮的恋人求着和他们握手。看到那对恋人离去后，苑子来到这位艺术家的身边，本来是想说"很精彩的艺术展"，而说出来的却是："我曾经去看过您的现场演唱会。"

"哦？是吗？谢谢。在哪里看的？"乍一看好像挺令人畏惧的艺术家，当脸上露出了爽朗的笑容时，倒有几分亲切。

"在涩谷。三年前，是以前的一个男朋友带我去的。"

"噢，是涩谷啊。是的是的，我在那里举办过现场演唱会。这次在这里也要举办，请一定来看啊。"

"带我去看演唱会的那个男孩儿，是您的铁杆粉丝。"

苑子在心里暗自追加着说明：那可是您真真正正的铁杆粉丝呢！甚至连自己本来的正常生活都全部抛弃了！不知道这位艺术家是不是粉丝太多，早就习以为常了，他对苑子的话并没有在意，而是问苑子："你是住在柏林，还是来这里观光旅游的？要不要一起去喝杯茶？我在来柏林之前，还在纽约办了一个展览，这里结束之后，还要去巴黎。很久没有说日语了，好像对日语都有些'饥饿感'了。怎么样，要不要到附近的吃茶店去喝一杯？"

"吃茶店"，听到这个叫法，苑子不由得笑出声来。

"我是来工作的，傍晚必须赶回住的地方。对不起，失礼了。"

苑子浅浅地鞠了一躬。以这个姿势看着眼前这个男人时，那只粉色的小熊好像笑了。

"哎呀，太遗憾了。那么，再见，工作加油！我还会在东京举办现场演唱会的。一定要和你那位男朋友一起来看啊。"

苑子点点头，转身离开了。走出去数步后回过头来，看到一位中年妇女模样的参观客胸前抱着一本他的作品目录，走到他的面前请他签名。T恤衫上的那只小熊正冲着苑子笑着，好像在对苑子说"回头见"。苑子把手抬到胸前轻轻地摆了摆，向出口走去。外面的阳光明媚耀眼，大楼、大马路，甚至步行的人们，在阳光下都显得那么呆板苍白。苑子走在路上，眼中依然跳跃着刚刚看过的那些鲜艳丰富的色彩。它们在苑子眼里跳跃着、旋转着，久久都无法消失。

偶像

认识友里绘是在七月，那时持田英之刚刚过了二十七岁生日。

那年夏天，英之到位于叶山海岸边的朋友的海之家①去帮忙。说是朋友，实际上是英之大学时代的一位朋友的师兄。听说那位师兄家在逗子拥有一座饭庄，平时他在饭庄里打杂，每到夏天，他自己就在海岸附近开设一个海之家。"KIYA"是那个海之家的名字，据说这个名字来自一个叫"Restaurant Kiya"的意大利餐厅。与英之想象中简陋的海之家不同，这家店就像是把城里一个特别时髦别致的咖啡店原封不动地搬到了海滩上一样，白色的墙壁上画满了基思·哈林②风格的涂鸦，店里有一个吧台，厨房虽然很窄小，却是开放式的。店里没有空调设备，在炎热的厨房里，英之和其他打工者都得穿着制

① 海之家在日本文化里指夏天限定的复合式商铺，主要在接近海滩的地方营业。
② Keith Haring，美国涂鸦艺术大师。

服工作，制服是白色的开襟针织上衣和蓝色的直筒裤。英之的工作主要是负责采购和清扫，但也做配菜和洗涮的工作，稍微有点空闲又会被派到外面去发店里的宣传广告。

虽然海之家工作的辛苦程度并未超出英之的想象，但他还是在考虑这种打工的生活是否应该告一段落了，或者说他觉得自己该考虑找一份正式的工作就职了。可是他一想到"就职"这两个字，就觉得特别害怕。因此，他只好一边每天忍着酷暑打工，一边梦想生活能有好的转机。

冈崎友里绘在另一个海之家打工，那家店的名字叫"滨中屋"，与英之这家店中间隔着两个店铺。友里绘工作的海之家，或者说除了"KIYA"以外几乎所有的海之家，都和英之想象的差不多。廉价简易、没有墙壁和地板的小平房，贩卖的就是些拉面、咖喱饭和刨冰之类的食物和冷饮。淋浴间和更衣间只要交八百日元就可以使用，店铺门前摆放着遮阳伞和橡皮艇，是租借给客人使用的。

从业人员的抽烟场所设在一排海之家屋子的后面，英之和友里绘常常在那里遇见，慢慢地就熟悉、热络起来了。友里绘说她比英之大一岁，今年二十八岁，明年二月就二十九岁了。父母家在茨城，以前她一直在东京租房住，两个月前决定要来海之家打工，所以把租的房子退了，现在借宿在逗子的一个朋友家。她说等到八月末海之家的工作结束后，还打算回到东京去生活。一支烟的工夫，英之就了解了友里绘这么多，越了解，英之越觉得自己和友里绘有很多相似的地方。英之也是因为要来海之家打工，才把在东京住的房子退掉的。这个夏天，他跟住在藤泽的一个朋友借了一间屋子合住，对于这种像浮萍一样没有根基的生活，英之毫不在意。在这一点上，两个人是那么相似。

英之抽的烟是万宝路的轻柔型，友里绘抽的是柔和的七星。每次看到友里绘手里那个带有星星图案的香烟盒，英之就会想：我们俩大概只有抽的烟的牌子不同吧。

一直到了八月中旬，他们才第一次相约一起去喝酒。那天英之和友里绘下了班，一起坐公交车来到了逗子车站附近的一家居酒屋，然后两个人面对面坐了下来。虽然是喝酒的地方，荧光灯却很明亮耀眼，店里有工人、学生、酒水推销女郎、在公司里工作的职员等各种各样的人，他们在各自的酒桌前热热闹闹地喝着。

"英之，这里的临时工作结束后，你打算做什么呢？"友里绘端起杯子，一口气喝了大半杯啤酒，上嘴唇带着啤酒的白沫问道。

"嗯，干什么好呢？先回东京再说，之后再找工作吧。"

"看来你也打算回东京啊。我虽然喜欢叶山，但这里好像没有什么工作机会。现在我借住在一个朋友家，是个女性朋友，不过最近她似乎希望我尽早搬出来，因为她最近好像交了个男朋友。虽然她没明说，但你知道这种事是能感觉到的。她从来没把男朋友带回来过，其实即便她带回来住，我也根本不会在意的，可她实在是太规矩老实了。嗯，请来一份韭菜炒鸡蛋、一份醋拌海蕴、一份柳叶鱼，再要一份油炸豆腐。"

无论是对坐在对面的英之，还是对站在旁边的服务员，友里绘说话的口气都丝毫没有差别。她点完菜，啪的一下合上菜单，虽然上嘴唇的泡沫早就消失不见了，但友里绘还是伸出舌头舔了舔鼻尖，做这个动作时，她的两只眼睛顿时成了对眼。

当英之和友里绘相约一起来喝酒时，甚至面对面坐在这里喝起酒时，他最多也就是想：即便和她上上床也无所谓吧。可是当他看着面前的友里绘对着眼舔鼻尖的那一瞬，便觉得自己完了！虽然过去英之也和其他女孩儿交往过，但是都没费什么力气，也没有因为自己喜欢上谁就积极主动地展开过追求，所以现在这种"完了"的感觉究竟是怎么回事，他自己也说不清楚。也就是说，他也不知道这到底是爱的萌芽呢，还是对什么东西的一种预感。英之只是觉得自己"完了"，在这一瞬，英之迅速地把自己的目光从友里绘的脸上移开了。

服务员把柳叶鱼和醋拌海蕴端了上来，菜说不上好吃也说不上难吃，英之把这些菜全部一分为二，一边吃着一边问友里绘："友里绘，你有没有想过就职什么的？"

"嗯？就职？"友里绘一边吃着醋拌海蕴一边抬起眼皮看着英之说，"也不是没考虑过，可我马上就要三十岁了，你不觉得这个时候再去就职太晚了吗？我那些一毕业就参加工作的同学，早就是各个公司里的顶梁柱了，有的甚至手下管着不少人呢。像我们这样的如果现在去就职的话，不仅工资要比人家低很多，弄不好自己的上司都比自己年轻。一想到这些我就犹豫不决，人家公司说不定也会犹豫要不要咱呢。再说了，看上去咱也不是那么单纯了，对吧？从这个意义上来说，现在咱们根本竞争不过人家应届毕业生，而且，一想到面试，就觉得害怕得不得了。"

英之睁大了眼睛看着友里绘，他感到惊诧，因为一直以来自己朦朦胧胧想了很久却无法说清楚的问题，竟如此轻松明了地被友里绘说了出来。

"我也是这么想的，友里绘，你真了不起啊！"

"了不起？你说到哪儿去了呀！"友里绘仰头对着天

花板，豪爽地笑了，"就这么点事，也值得说什么了不起?"

"可是，对这些事我怎么就不能考虑得如此条理清楚呢? 每次去想都觉得好麻烦，总是想着想着就不愿意再想下去了。"

"嗯，不过简单地说，不就是这样吗? 正如你说的，好麻烦! 就是这么回事呀。有时我会忍不住想：难道就没有一个永远都不结束的暑假吗? 难道就不能每天都像暑假这样生活吗? 难道最终总是凄惨悲凉的结局吗? 明明知道不该这样想但还是忍不住。这些就是我最近思考的问题。"

英之突然有了种想跟友里绘倾诉的冲动，他想把自己的一切都告诉友里绘。学生时代，自己的内心深处曾被一位艺术家的作品所感动，随着对那位艺术家的了解逐步深入，他渐渐觉得不仅仅是他的作品，连他所有的言行都完美得令自己的心震颤不已。那么渴望和他接近，却不知该怎么办才好，于是便直接去找他，恳求他收下自己做他的徒弟，没想到他竟爽快地答应了。在艺术家的手下，像自己这样的徒弟还有几个，可是开始和这些人一起工作后，却不断地被那位艺术家骂来骂去，"丑八怪！""笨蛋！""土老帽儿！""没有品位！""废物！"等，结果不到两个星期，自己就狼狈不堪地逃了出来。从那之后，他就像蒲公英一样，一直过着漂浮不定的生活，而今自己真的开始为今后焦急起来……这一切的一切，英之都想在友里绘面前一五一十地倾倒出来。可是话到嘴边，英之说出来的却是："回到东京以后，一起合租房子好吗？那样可以省一些，对吧？"

"嗯，这倒也是个方案，说不定可行呢。我们俩又有那么多相似之处，说不定能相处得很好呢。"友里绘说着，脸上顿时泛起兴奋的光泽。

从这次约会回来，一直到海之家的工作结束，这段时间里，英之总是不断地回味着友里绘的这句话，嘴里不断嘀咕着："我们俩有很多相似之处，说不定能相处得很好呢。""说不定能相处得很好呢""说不定能相处得很好呢"。到了晚上，英之的脑子里甚至会不断地思考着：她所说的能相处得很好，到底是指合租这件事呢，还是指两个人之间的关系呢？但是，无论是在当时嘈杂的居酒屋，还是在此后打工的日子里，英之都还没有意识到自己已坠入情网，因为在他的潜意识里，他一直觉得这辈子自己是绝对不可能先爱上别人的。

两个人一起合租了一套世田谷区的公寓，公寓离轻轨沿线的车站不算太远，有两间卧室和一间厨房，八月末两个人搬了进来。四张半榻榻米大小的厨房里，勉勉强强摆下了一张饭桌。两间卧室是和式的，两个人一人一间。一开始还是作为合租者一起生活，渐渐就变成了再一般不过的同居生活了。

慢慢地，性生活也变得习以为常。忘了是在第几次了，两个人激情过后，友里绘问："你现在有没有交往中的恋人或自己暗自喜欢的人？""没有。"听到英之这样回答，于是友里绘说："那，要不我们俩交往吧？省得麻烦。"英之便同意了。他以为这就是友里绘对他的表白，他已经习惯了别人向他表白。英之秉持的理论是：对于感情，女孩子很快就会深陷进去，想要弄个黑白分明。如果是平时，碰到这种情况他总是会圆滑地在尽量不破坏对方情绪的基础上敷衍过去，而这次他却应承下来了。因为他对自己过去的这种打工生活开始产生了疑问，同时也想试着改变一下一直以来自己和周围人的那种交往方式。

一般情况下人们所说的那种恋人、固定情侣之类的关系，对于英之来说，从来都是轻松愉快的。一直以来，和某个女孩交往一阵，然后分手，这样的经历对于英之来说，真是数不胜数。但每一次他与女孩儿们了结关系的方式几乎都是逃跑，因为每次总是谈着谈着，便会产生一种厌倦，感到好麻烦，而且有种莫名的沉重感。渐渐地感到越来越不合适，不知不觉中产生的分歧便越来越多。而且，总是交往还不到一个月，他就开始有了这样的感觉，一旦有了这种感觉就会烦躁不安，甚至连再回到同一个地方去面对同一个女孩儿都觉得无法忍受。其实，英之并没有意识到他实际上是喜欢自己的另一种状态：最小限度的行李，不知道束缚为何物，随风自由自在地飘荡，在自己的辞典里绝对找不到"忍耐"这两个字。他就想这样活着，想永远这样生活下去。虽然自己创作不出像那位艺术家那样荒诞不经的作品，但自己这种荒诞不经的人生就是自己的作品。显然他内心深处是有这种想法的。

所以，而今能如此心情愉悦地在一个阶段只喜欢一个女孩儿，对于英之来说，是从未有过的，这也让他感到很不可思议。

搬完家后的第十天，友里绘找到了一份小时工，是在下北泽一个二手CD店工作。每周一、周二休息，剩下的五天，每天从上午十一点工作到晚上八点。英之也开始在一家搬家公司里做小时工，每周一、周四休息。

不管是英之，还是友里绘，两个人谁也没有问过对方的安排。如果英之想要和朋友一起去喝酒，他是不需要事先向友里绘请示的，而友里绘也曾经醉得东倒西歪地半夜一点才回到家。不必提前打招呼，偶尔兴起也会做好饭菜等对方回来一起吃。如果不巧，对方已经在外面吃过了的话，互相也不会有半句抱怨，独自一人把自己做的饭菜吃完就是，实在吃不完就留到第二天当早饭吃。即便是在打工的地方被一个搞体育出身的公司职员打了一顿，即便是累得腰酸背疼，英之也不觉得有多么苦，这是因为和友里绘在一起的日子是那么新鲜，心情是那么舒畅，每天总是带着对新的一天的憧憬进入梦乡，就像他上小学时那样。

在两个人都休息的星期一，他们有时会坐上电车去离家较远的公园玩，有时会去繁华时髦的商业街逛逛，偶尔也去逗子或者叶山转一转，他们称之为"记忆的巡礼"。下雨的日子，他们俩便躺在榻榻米上，有时专心地读一读友里绘买回来的二手漫画书，有时用录像机放租来的录像带看。

一切是那么祥和宁静。而那种祥和宁静的生活，却是英之早先所厌恶的。

"这样的生活，我以前什么时候曾经讨厌过呢？"英之凝视着在狭窄的厨房里忙着做饭的友里绘的背影，有点儿恍惚地想着。

英之想起来了，在五年前，不，是两年前，不，不，应该是在认识友里绘的这个夏天之前，英之对这样的生活是绝对嗤之以鼻的。所谓"这样的生活"，指的就是在这样狭窄的房间里，每天面对着同一个女人，在一起吃着炖菜或者饺子，然后就是关灯上床，怀里抱着的是一个星期都没有换过的女人，休息日的时候两个人手拉手去逛街，每天都是这种重复的生活。而自己现在竟然能够满足于这样的生活，一点儿也不摇滚，一点儿也不艺术。自己怎么会……

友里绘站在厨房里颠着平底炒锅，火苗突然蹿起来，友里绘吓得一边大声叫着，一边把身子拼命向后仰。

"你没事吧?"英之冲到厨房的时候，火已经灭了。

"嘿，刚才我这个样子，像不像一个专业厨师?"友里绘得意地笑着说。

那天的晚饭是酱炒青椒圆白菜、猪肉片，芝麻酱拌豆角，小银鱼葱花鸡蛋饼，菠菜和油豆腐做的酱汤。在那张硬塞进厨房的饭桌前，两个人面对面坐下，打开了面前那台位置近得不能再近的电视机，然后把啤酒倒进酒杯，咣当一下碰了杯子，开始吃了起来。友里绘看起来绝对不像是一个会做饭的女孩儿，然而她做的饭菜却意外地好吃。不用看菜谱，冰箱里有什么就用什么，转眼她就能手脚麻利地做出一顿美味的饭菜来。电视里正在播放着新闻，日本宇航员从太空返回的画面被一遍遍地回放着。

"英之，你家每次吃饭的时候，都看电视吗？"友里绘突然问道。

"嗯，一般每次都看。"

"我们家是不允许的，所以像现在这样一边吃着饭一边看电视，这个时候我才终于觉得自己已经成为大人了。"

"啊？不让看电视啊？那大家都悄无声息地光闷头吃饭吗？"

"嗯……父亲会让大家说说今天发生的事情，然后大家就轮番开始说，但说话的时候，嘴里不能含着饭菜。之后大家互相聊一聊感想。现在想起来觉得好像傻瓜一样。"

"这不正是一幅幸福家庭的图画吗？"

"那种刻意去做的事情，你不觉得很傻吗？如果真是幸福家庭的话，就不会那样了。正是因为总是担心谁会不幸福，所以才刻意那样去做的。"

"你说'谁会不幸福'，是指谁呢?"

"父亲或者母亲。"

友里绘简短地回答完，再也没有了下文，只是把脸扭过去，边看着电视边不断地往嘴里夹着饭菜。友里绘好像并不太想念她的父母，这一点从两个人搬到一起合住后不久，英之就看出来了。家里只安装了一部电话，因为友里绘说她不在乎两个人用一部电话。友里绘的父母从来没有给她打过电话，也没见友里绘给她父母打过电话。像现在这样说到自己家的习惯时，她以"好像傻瓜一样"做结束语的情形，已经有过好几次了。

对于英之来说，他觉得友里绘比他以前认识的任何女孩儿都干脆爽快。一说到自己生于斯长于斯的家庭时，英之总是觉得女孩儿们的话里含有一种水分，这种水分一直令英之避之不及。但奇怪的是，在友里绘这里，这种水分非但没有让英之感到厌恶，反倒让他觉得里面有一种温暖的成分。英之的脑子里想象着在这样一个"好像傻瓜一样"的家庭里，带着这样或那样的不满，绷着个小脸和家人一起吃着饭的小学生、中学生、高中生的友里绘的面庞，然后再和眼前这个友里绘重合到一起，他禁不住想抱着她，贴紧她的脸告诉她："变成大人真是太好了。"

不知是不是出于对那时的反抗，友里绘每次吃饭的时候，总是不管三七二十一先去打开电视机，即便是忘了把酱油拿出来，也不会忘了开电视，然后电视就一直开着，直到睡觉才关上。以前，英之一直过着借居的生活，那种状态就好像没有自己的家一样，所以对于他来说，有没有电视都无所谓。当初，吃饭的时候，没完没了地开着的电视机的声音让他觉得特别吵，而今他却渐渐习惯了这些声音。

吃过晚饭，友里绘去洗澡间泡澡，英之负责洗碗。等友里绘洗完澡出来，英之再进去洗。当英之洗完澡出来时，友里绘正抱着双膝坐在椅子上看电视。英之问她喝不喝咖啡，她回答说："喝。"于是英之用咖啡机磨出两杯咖啡，端到桌上，然后在友里绘的对面坐下来，不知不觉间也一起看起了电视。电视里正在播放访谈节目，访谈的嘉宾是最近英之喜欢的一位年轻女演员。

"英之，这是你喜欢的女演员吧？"友里绘有些唐突地问道。

"啊？"英之一下子不知该怎样回答才好。如果说喜欢，英之怕她接下来会劈头盖脸地问"那我和这个女的，你觉得谁好"这类理论上令人崩溃的问题。

"嗯……算得上喜欢吗？"

"当然，肯定是喜欢喽。因为平时即便是电视一直开着，英之也从来不看一眼，而这个女的一出来，英之就一直目不转睛地看呀。"友里绘打断了英之的话，然后开心地笑了起来。

"嗯，算是吧，可能是我喜欢的类型。"英之承认了。没想到接下来友里绘问了一个让英之大跌眼镜的问题。

"哎，如果，我是说如果啊，如果你有机会和这个女的认识，然后，一切都进展得特别特别顺利，而且这个女的对英之你也抱有好感。那样的话，我是说如果真是那样的话，我会无条件地放开你。"

"啊？你说什么呢？"

"所以我说如果啊。如果这个女的和英之恋爱了，我会毫不拖泥带水地自觉退出呀。"友里绘眼睛看着电视，嘴角挂着微笑说道。接着她又说："但是有个交换条件，英之也要这样做。如果我有一天和槙仁认识了，并爱上他的话，英之也要无条件地放手。"

"什么？什么槙仁？"

"槙仁嘛。就是啄木鸟乐队那个槙仁。我不是把他们的CD借给你了吗？"

啄木鸟乐队是两年前乘着小型乐队流行的浪潮红过一阵子的一个朋克乐队，英之早就知道友里绘是这个乐队的粉丝。每当友里绘在家里读漫画书或打扫房间时，她总是会把音响开得很大，播放这个乐队的CD，所以英之也听过好多遍他们的歌。可是英之一直觉得只有他崇拜过的那位艺术家才是真正的音乐家，而这个啄木鸟乐队，无论是歌词还是旋律，都太温暾了，所以他无法像友里绘那样满心喜欢地去听。不过英之却很高兴友里绘能有这样一个兴趣爱好。而对那些一天到晚追着某个经常在电视里露脸的一线演员或某个长着一副娃娃脸的偶像歌星狂喜欢，脑子里连个问号都不打的女孩儿们，英之一点儿都不觉得她们有多可爱。所以，当小型乐队的浪潮渐渐势微力衰时，友里绘依然能坦然地说自己喜欢一个连名字都不再被人经常提起的朋克乐队，英之觉得这才是一个坚持自我、很有个性的女孩儿。

听了友里绘说的一番话后，英之终于能够理解友里绘想表达什么了，这是友里绘的一个独特的游戏，可以冠名为"协定游戏"。

"好吧，那就来个君子协定吧。如果我和这个女演员认识并恋爱了，或者你和朋克乐队的那个叫槙什么的恋爱了的话，我们都要笑着跟对方说'再见了，我的爱'，好吧？"

"嗯，就这样，就这样。"

友里绘满面笑容地一口气把咖啡喝光，说了声"去刷牙喽"，便向洗漱间走去。英之把目光转回到电视上来时，电视里的访谈依然继续着，长着一副松鼠脸的那个女演员正在捧腹大笑，露出两颗又白又大的门牙。

友里绘最初提出的"协定"，是在两个人刚刚确立恋爱关系后不久，也是在吃过晚饭看着电视的时候。电视里正在播放关于东京的一家临终病人静养院的纪实节目，看完电视节目，友里绘用和往常一样的口吻说道："如果，哎，我是说如果啊。"

友里绘认真地问如果被确诊患了癌症，已到晚期的话，你是希望医生告诉你呢，还是希望医生瞒着你呢？英之还从来没有考虑过这个问题，于是回答道："现在这个时代，一般不都是用'知情同意书'的方式告诉患者本人吗?"

但友里绘认真得要命，进一步逼问道："我说的不是一般情况下怎么样，而是问你自己想不想知道。"

英之考虑了一会儿，回答道："不想知道。"因为他怕知道后会害怕。

友里绘也同意英之的看法，之后又说："如果我们两人有一个得了癌症的话，另一个绝对不能告诉对方啊。"

然后又孩子气地一脸认真地说："这是我们之间的协定。"

其他还有很多类似的"协定"：如果谁出轨了，那就要一直好好地瞒到最后；如果真心爱上了别人，就要认真地说清楚；如果有一方失去了工作能力，另一方就要负担起对方的生活费用；如果有一方犯了罪，至少另一方要相信对方，并帮助其藏匿；如果世纪末爆发了核战争，两个人要一起逃亡到没有参战的国家。

每次能想出"如果……"的总是友里绘，而英之却觉得那些就像遥远的未来一样，几乎遥不可及，这种可能性是绝不可能落到自己头上的，甚至连出轨这样的事，都像核战争一样是不可能发生的。所以，英之觉得从友里绘口中说出来的各种"协定"，其实全都不是基于一种假设以及考虑怎样去应对，而是一种近乎爱的表达。这就像一个小小的告白：现在我——友里绘，或者我——英之，就是这样珍惜你、在乎你。

所以现在两个人刚刚达成的这个"协定"，是不可能发生的。于是，英之又把脸转向了电视机，电视里正在播放这个女演员早年间记录的所谓"秘藏录像"。英之想：我和这个人是绝对不可能相遇相识的。退一万步讲，也许某一天会偶然在大街上遇到，但是，恋爱是绝对不可能的。

这时英之意识到自己无声地笑了，心想：也是啊，如果这个女演员真的喜欢上了自己的话，脾气看上去倒是能合得来。那样的话，当然要跟她交往喽。当然这得先假设有那么一天。

"哈！笑了，笑了肯定是在想象吧？如果和女演员恋爱了的话……好傻啊！英之真是个大傻瓜！"

从洗漱间出来的友里绘，指着英之哈哈大笑起来。那一瞬，英之不知怎么突然觉得特别幸福，那种感觉突如其来，就像突然意识到现在已经十一点了一样。

同居半年后，迎来了友里绘二十九岁的生日。

在这半年里，友里绘换了两次工作，英之换了三次。友里绘从二手CD店换到庆典企划公司，再从庆典企划公司换到出版电子游戏杂志的出版社。英之则从搬家公司换到大楼清扫，从大楼清扫换到家电贩卖商店的店员，再从家电贩卖商店的店员换到书店仓库。每当新的工作定下来时，为了祝贺换了新工作，两个人就会到下北泽的居酒屋去喝上一杯。

"我们俩真的好像啊！"友里绘就像当初刚认识时一样，脸上带着万事不发愁的笑容说道。英之在这个时候虽然感到安心，可是仔细想来，却发现自己换的工作几乎看不到一个大致的方向和脉络。而友里绘换的工作却是朝着一个明确的方向，一步步踏踏实实地在向上走着。于是，他在去年夏天曾经有过的那种焦虑和不安感，一瞬间又涌了上来。

自己再不努力，这样下去可就麻烦了。英之想起去年年末时，曾经有过那么两桩事。那时，英之刚刚把一份做了没多久的工作辞了，他看着友里绘的工作一步步提升而感到有些自卑，缘于此，他曾有过短暂的出轨。现在想来其实这些并不是理由，也许是平静而安逸的生活让英之产生了厌倦吧。那阵子英之分别和两个女孩儿发生过关系，两次都是女孩儿主动的，她们先是约英之去喝酒，然后主动约他去了自己的住处，之后又主动和他上了床。对于英之来说，他跟她们根本谈不上喜欢或不喜欢，可就像有人给你杯子里斟上了啤酒，即便你不想喝也应该喝下去一样，英之觉得这是一种礼貌。所以他对友里绘没有产生丝毫愧疚，只是遵守着他们曾经的"协定"，尽力地隐瞒着。

第一个女孩儿客气地邀请英之，在英之两次爽约后，她便再也不跟他联系了。而第二个女孩儿就有点儿麻烦了，发生关系之后，那个女孩儿每天都会打来电话，每当友里绘接起电话时，她就一声不吭地把电话挂掉。录音电话里也有过无数次无言的骚扰电话记录。终于有一回，她打来电话威胁说，无论如何也要和英之见一面，否则就把他俩的事告诉友里绘。迫不得已的英之只好到一家茶馆去见她。那个女孩儿是和一个男孩儿一起来的，女孩儿指着那个战战兢兢地正要坐下的男孩儿对英之说："这是我哥哥，他认识道儿上的人，如果你不好好对我，你不会有好果子吃！"

英之看着那个低着头坐在那儿的男孩儿，怎么看他也不像女孩儿的哥哥，倒像女孩儿公司里的同事或大学时代的同学。不过英之还是乖乖地点了点头。女孩儿说她和英之上床时还是处女，因为那天正好是排卵日，她极有可能会怀孕，所以英之应该承担责任。英之又问她所说的责任是指什么。

"就是要认真地和我交往。"女孩儿回答道，接着又说，"那位接电话的女的，大概是你的妻子或恋人吧，所以我有要求你们俩向我支付精神损失费的权利，现在我已经做好了诉诸法律的准备。"

女孩儿情绪特别激动，说的话不仅让人难辨真伪，而且听起来杂乱无章。英之一边听着，一边陷入了深思，他觉得坐在对面的好像是过去的自己。那个说话杂乱无章却越说越来劲儿的女孩儿看上去是那么丑陋、那么可怜，而那种丑陋和可怜也正是自己过去的样子。女孩儿觉得他强行逼迫、蛮不讲理、极其幼稚不懂事，在两人交往时，他也太霸道蛮横、太以自我为中心，她是迫不得已，等等。听着女孩儿的话，英之的耳朵里响起了那个自己曾经喜欢过的艺术家骂自己的话：丑八怪！笨蛋！土老帽儿！没有品位！废物！那时，英之不知道他的这些话背后要表达的是什么，记得那时他还说："你这个笨蛋怎么什么都不懂啊？"现在英之犹如醍醐灌顶，心中忽然有了一种舒畅的感觉。当他试着用那位艺术家的目光，认真观察那个只知道点儿皮毛，却天天满心欢喜地四处奔忙的自己时，他对自己也不由得变得苛刻起来了。

这样可不行啊！英之在内心里对着那个女孩儿，不，应该说是对着那个女孩儿躯壳下的自己说。这样的话，事情只能越来越糟。如果喜欢某样东西，应该首先去寻找得到它的方法和途径，而不是仅仅在那里张着两只手说："我喜欢，给我吧。"得不到时就全都怪罪到别人头上，这是不行的。另外，如果不把现实和想象区分清楚，也是不行的。现在英之知道了，现实中的自己和想象中的自己相差甚远。

"唉，实在是对不起。"英之说道。也许是太害怕了，他的眼泪吧嗒吧嗒地掉下来，落在膝盖上。那个女孩儿和那个不知道是否真和黑社会有关系的男孩儿好像都被英之吓了一跳。"本来还没到喜欢的程度，就和你上了床，真是对不起。另外，关于怀孕的事，我觉得你不必担心，那天的那个……最后其实并没有射精。"说完他又一次深深地低下了头。接着，英之一边用大衣袖子擦着不断涌出来的泪水，一边站了起来，把自己那份咖啡钱放在桌子上后，就走了出去。两个人谁也没有追出来，之后女孩儿再未打过电话。

年终到了，在和友里绘迎接新的一年到来时，英之暗自下了决心，他要在新的一年"脱胎换骨，重新做人"。其实，从一个半月以前，英之就开始留意刊载着就职信息的报刊等。只要看到有招正式职员的消息，他马上就要来报名材料并申请面试。还有两个半月就是友里绘的生日了，这时英之已经被两家公司拒绝，还有两家正在等结果。

英之心里一直有个疑问：如果自己以一副全新的面貌站在友里绘面前，她会不会喜欢自己呢？在那个一直思考着有没有永远都过不完的暑假的友里绘的眼里，自己是不是早就成了一个毫无情趣的男人了？虽然每次换了工作，友里绘总是会很开心地说"咱俩真像啊"，而今却发现其实两个人一点儿都不像，她会不会因此而把自己甩了啊？因为英之向往的是一种更自由、不需担负任何责任的生活，所以友里绘会不会以"我不喜欢这种没有责任感的男人"为由而毫不客气地回绝呢?

"以前你不是说过现在就职有点晚了吗?你现在还这样认为吗?"那天,为了给友里绘庆贺生日,英之选了一家比较贵的居酒屋,坐在居酒屋的吧台前,英之问友里绘。

"嗯?"友里绘每次需要别人再说一遍时,总会发出这种类似要跟人吵架的声音。

"你忘了?夏天,在逗子的居酒屋喝酒时。"英之努力地说明着。

"哦,那次啊。"友里绘做出一副想起来的样子点点头。

"怎么说呢,好像都无所谓了。我现在的工作特别有意思,虽然不是正式职员,但因为我们公司是那种小公司,所以公司的企划会议之类的都让我出席,采访也让我参加。虽然我对游戏什么的并不感兴趣,但听那些制作者谈论这些时觉得非常有意思。我吧,不太擅长记录别人说的事情,但是他们说我的采访提问还不错。前不久因为自己对游戏的知识实在了解得太少了,采访时问了个很外行的问题，结果被公司的正式员工骂了一通。可是，公司头头儿们却说因为我们出版的杂志就是希望那些不懂游戏的人也能读懂，所以像我这样的外行问的问题反倒能帮助那些读者们读懂。这番话倒把我给救了。"

今天友里绘好像心情特别好，她有些忘乎所以地滔滔不绝地说着、大声笑着。

"那如果那个公司让你转成正式职员的话，你会转吗？"

英之问完，等待着友里绘的回答。他觉得在这段时间里，友里绘说不定也在考虑着同样的问题呢。

"嗯……难说，我也不知道会不会，只是觉得现在做得很开心，毕竟小时工有小时工的轻松安逸。我们公司每天只睡三个小时的大有人在呢。真是有点儿恐怖。不过，最近我们公司在考虑做一本 B 级美食杂志，我觉得那样的话说不定工作会更有意思，所以我觉得在自己对那里感兴趣的时候，还是尽可能待在那里比较好。我发现自己好像特别喜欢在外面走来走去的工作，比如去某个地方采访呀，见不同的人呀，看到不同的场景和事物呀，做这些，我一点儿也不觉得辛苦。现在我们公司有很多人不喜欢做这样的工作，因为他们只是因为喜欢游戏才选择来我们公司工作的。"

友里绘一边用筷子把肥美的青花鱼的鱼肉剔下来，一边说道。

"那……关于暑假呢？你说过你在思考有没有永远也过不完的暑假这个问题，有答案了吗？"

"我觉得吧，在海之家打工还算是清闲的，当时可能因为忙，又无聊，觉得精神上特别空虚，所以才说出那样的话，想给自己找一个开脱的理由吧。而我现在无论是工作还是生活都很开心，所以感觉就跟暑假一样。如果我将来在某个公司就职了，每天过得充实开心的话，那我就更会觉得每天都和暑假一样。以前曾以为走向社会、工作结婚，参与到社会和现实之中后，就会有'啊，新学期开始了'的感觉，可现在想法有些不同了，也许是成熟了吧。哦，对了，今天是我二十九岁的生日，二十九岁了。再追加一份牛肉吧？"

友里绘一边语速飞快地说着，一边打开菜单浏览着。英之突然决定了：等友里绘点完菜后就告诉她，他也打算就职了，从今往后两个人一起把每一天都过得像暑假一样。嗯，就这样告诉她。

"哎，今天是你请客对吧？我再要一份这个特选的米泽牛铁网烧烤可以吗？另外还想再要一份清淡的菜。要不来个番茄沙拉吧，对了，还是来一份煮萝卜蘸酱吧。喂，师傅，点菜！"

英之偷偷地看着冲着吧台里面的厨师点菜的友里绘，心里暗自说道："等她点完菜合上菜单就告诉她，也许还会趁势求婚也说不定，那样也不错嘛，再说自己也早就准备好了，'最小限度的行李、不知束缚为何物、随风漂泊的孩童时代'结束了。"

可是还没等英之开口，只听友里绘嘭的一声把菜单合上了，她一边得意地笑着，一边瞟着英之说："有一件特别重要的事，我在犹豫要不要跟你说。"

"哦？什么事呀？说嘛。"

顺着友里绘的话说完，英之想：算了，自己要说的话就等一会儿吧，毕竟一会儿还要一块儿回家，还有的是时间呢。

"唉，怎么说呢，这件事还真是想不到呢，可是……"

"到底是什么事呀？既然开了头，就索性说出来嘛。"

"嗯，也是啊，如果我不说出来的话，说不定会憋得流鼻血呢。那什么……"友里绘抬起眼皮看着英之，轻轻地跟他招了招手，英之把耳朵凑近友里绘的嘴巴，只听到满嘴酒气的友里绘小声说道，"那什么，这次我能见到他了。"

"谁？"受友里绘的影响，英之也把声音压得低低地问道。

"槙——仁。"友里绘用一种表演话剧的腔调说道，然后仰天疯狂地大笑起来，"哈哈哈哈……"

"啊？怎么回事？在哪里？为什么？"

"槙仁说他很喜欢游戏，前一阵子我们公司设计了一款游戏，槙仁他们主动提出由啄木鸟乐队担任音乐制作，这款游戏今年春天即将上市发行，我拼命劝说公司方面一定要发一篇采访他们的文章，于是我的上司就让我写了一份企划书交给他，没想到竟然通过了。虽然访谈的人不是我，而是委托给了外面的公司，但上司同意我可以跟着一起去。怎么样？不得了吧？说不定这一次就把我这一辈子的好运气都用光了呢。但没关系，即便是那样我也心甘情愿。"

"哇，了不起啊！友里绘你真是不简单啊！"英之发自内心地赞叹着，"那，应该干杯喽，干杯！"说着，他端起自己那个还有大半杯生啤的酒杯，哐的一下和友里绘那个几乎没剩多少酒的杯子碰了一下，内心真的是佩服友里绘，觉得她真了不起。当然，在海之家打工的时候，英之就觉得友里绘了不起了。英之对自己也是这样，每每要对某个人某件事——既不过小也不过大——客观地进行评价时，脱口而出的语言往往就是"了不起"，但现在他比那个时候更觉得眼前这个人了不起了。

英之觉得友里绘现在不但有了自己前进的方向，而且已经开始朝着那个方向迈进了。无论是做小时工，还是公司正式的职员，或者是一次次地换工作，其实这些都是次要的，主要是友里绘正朝着自己的既定方向，盯着自己的既定目标，不是说完我想怎样怎样就等在那里什么也不做，而是积极地一步一个脚印地朝前走着，不管遇到什么困难，想要得到的东西就一定要得到，以最短的距离、最小的代价，全心全意地去做。她自己也许还没有意识到这一点，但实际上她不正是这样的人吗？友里绘身上有一种勇往直前的力量，而今已经看到了那种力量的萌芽。英之想，今后它会变得越来越强大吧。

"万一我爱上了他怎么办？"友里绘转过上半身来问道。

"傻——瓜！"英之用胳膊肘顶了一下友里绘，笑着说，"这种事，怎么可能呢？"

"说不定人家会对我一见钟情呢。"

"是，是，真说不定呢。还说不定会跟你发生一夜情，然后消失得无影无踪呢。你都快三十岁的人了，小心点儿。这个年龄的女人遇到这种事情，受打击会很严重的。"英之取笑着友里绘，越说越来劲。

走在回家的路上，英之才意识到就职的事到底还是没有说出口。看着哼着歌走在身旁的友里绘，英之的话更难以说出口了。另外，也因为英之至今为止还没有想清楚自己就职的意愿究竟是什么。他怕万一友里绘问：想在哪里就职啊？想从事哪种工作呀？具体想做什么呀？自己不清楚应该怎么回答才好。虽然英之心里想，随便什么地方都可以，只要是正式工作就行，可是在早已明确了自己前进道路的友里绘面前，英之很难把这种想法说出口。"再说我也喝多了。"英之像是在给自己找借口似的，暗自对自己说道。这么重要的事情，还是在不喝酒的时候说比较好吧。如果她以为自己是借着酒劲儿说出来的，那该多丢人啊。

道路和天空突然一下子暗了下来，看不到星星，街道旁一盏盏白色灯光向远方延伸而去。从路旁低层公寓楼的窗口透出昏暗的灯光，有的是橘黄色，有的是白色。友里绘在前面几米处晃晃悠悠地走着。今天真够冷的，连耳朵都快被冻掉了。英之这样想着，朝着身穿红色大衣的友里绘快步追去。

两个人曾经每周有一天共同休息的日子，但因为后来工作换来换去，两个人的休息日便很难再有重合了。三月份，英之连续收到了十一家公司不予录用的通知，这时，两个人共同休息的日子几乎一天也没有了。英之在书店仓库的工作只有星期天休息，友里绘大概是因为越来越喜欢现在这份工作了，现在连星期六、星期天的下午也都去公司上班了。她往往是忙完一阵子以后，再选一个工作日轮休。但英之觉得两人并没有因此而疏远或产生矛盾，一周至少有一次两个人能够一起吃顿饭，而且还约好黄金周一起去国外旅行。星期天上午，两个人往往睡个懒觉，然后一起去下北泽吃早饭。

接到了十一家公司的不予录用通知的英之并没有气馁，他一边调整着在仓库打工的时间，一边继续申请面试，直到三月份快要结束的时候，他才终于接到了一家公司的录用通知。那天，英之下了班回到住处，看到邮箱里躺着那份录用通知，迫不及待地一边爬楼梯一边拆开了信封。"太好了!"英之在走廊里小声叫了起来。

等友里绘下班回来就告诉她，把那天在居酒屋想要说的关于"今后把每天都过成像暑假一样"的那些话也告诉她。英之这样想着打开了家门。友里绘还没有回来，迎接英之的是房间里的黑暗。他打开灯，看了看冰箱，里面还有些蔬菜。英之换了衣服，把录用通知折起来放进牛仔裤的裤兜里，从冰箱里把葱头、土豆、香菇、有些干瘪的芹菜、四分之一颗圆白菜拿出来，摆在了灶台上。没有肉，但有一盒金枪鱼的鱼肉罐头。冷冻室里还有一包豌豆、胡萝卜丁和玉米粒的冷冻三丁。英之淘好米放进电饭煲蒸上饭，炒了一下切好的蔬菜，然后放入浓缩汤料和鱼肉罐头一起煮了起来。接下来，他把仅剩的三个鸡蛋打散，撒入冻着的三丁，搅和在一起，而后打开储存调味料的抽屉，想找找有没有炖菜的调料，可没找到。倒是找到一些咖喱饭的卤块，也不管过没过期，便将咖喱饭的卤块和一袋法国香草一起倒进了锅里。英之看着表，点上一支烟在排气扇下面抽了起来。房间里很安静，只有锅子里发出炖菜的咕嘟咕嘟声。再过十五分钟开始煎鸡蛋，煎好鸡蛋，炖菜里就该放咖喱卤了。那时，友里绘大概也该到家了。英之一边急急忙忙地吸着烟，一边看着缭绕的烟雾开始遐想……

英之捻灭烟头，站在炖着菜的锅前，用勺子搅拌着锅里的菜，脑海里浮现出至今为止自己待过的各种厨房。以前，他认识不少女孩儿，常常刚认识不久就跟着去人家的住处，然后就那样在人家那里住下来。一直以来，英之过的就是这样的借居生活。他很会做饭，虽然做不出什么特别正宗的菜肴，但他能用现有的食材巧妙搭配，做出味道不错的料理来。每当这时，女孩儿们总是感动得不得了。英之记得有一位有些洁癖的女孩儿，灶台上哪怕溅上一点儿油渍或菜汤都不行，所以英之做过一次饭后，她就再也不让英之做了，而是每天从超市里买好现成的饭菜，装在一次性塑料饭盒里，然后带回来吃。还有一个女孩儿，家里用来做饭的只有一个电饼铛，而且是特别古老的那种，煎一个牛肉汉堡饼，都要花上好长时间。一想到厨房，英之就会想起她们的房间，脑海里就会浮现出那些女孩儿的面庞。英之想起来，还有一位常常喊自己"小熊"的女孩儿。"小熊，好棒！"每每听到女孩儿这样说，英之总是特别开心，感觉就像自己真的做了什么了不起的事似的。她家的厨房真好用啊！

炉灶上带着烤鱼的烤架，食材总是买得很全。每天，好像是怕自己突然不在了似的，那个女孩儿总是下了班就急忙往家赶，每次回到家都累得上气不接下气。她买回的那些食材也好像是为了维系和他的关系似的，齐全得无与伦比。有一天，英之突然觉得自己脖子上好像套了一条沉重的项圈，几乎要窒息的感觉，于是他最终还是匆匆地逃掉了。

　　说起来，那些日子也有着那些日子的快乐啊。英之想着想着，又想起了在新宿车站突然被那个女孩儿抓住手腕的感觉，就是那个叫自己"小熊"的女孩儿，而今连那个女孩儿的名字也想不起来了。记忆中紧紧抓着自己手腕的，倒成了在茶馆儿里跟自己说可能怀了孕，闹着要精神损失费的那个女孩儿。都结束了，英之急忙把自己的思绪拉了回来。结束了！那些曾经的年少轻狂。手又伸进牛仔裤的口袋里，摸了摸那份录用通知，拿出平底锅，打开火，倒上油，等油热了后，英之把混合着蔬菜三丁的鸡蛋液一下子倒进了锅里。"吱啦"一声，美妙的煎蛋声响了起来，这时，家门也被打开了。

每次一进家门，友里绘总是会说一声"我回来了"，可今天她什么也没说，脱了鞋径直进了卧室。于是英之主动问："回来啦？"然后才终于听到从卧室那边传来"我回来了"的声音，听着和往常没什么异样的声音，英之终于放下心来。

"真好闻啊！"友里绘依然在卧室那边说道。

当煎的蛋渐渐有了形状后，英之翻了下蛋饼，然后往炖菜的锅里丢了三块咖喱卤。

"今天做了特别好吃的东西哟！"英之开心地大声说道。

"我买啤酒了，先放冰箱里冰上吧。"友里绘不知什么时候已经换好衣服从卧室里出来了，正蹲在冰箱前往冰箱里放啤酒。放完啤酒后，她手里留了一瓶，站在了英之的身旁。

"我有话想跟你说。"友里绘说道。英之把视线转向友里绘，发现她身上穿着的那件套头衫有些眼熟，正是因为这件套头衫，那个女孩儿才叫英之"小熊"的。套头衫的胸前印着小熊的图案，袖口已经磨破了，领口也已松垮变形，衣服的颜色也变得很陈旧。

"哈哈，这件衣服。"英之搅拌着锅里的菜说道。

"啊，这……这件衣服是英之的吧?"友里绘也笑了。

那天友里绘没有开电视机，看着英之往桌子上摆菜——咖喱饭和加了蔬菜三丁的煎蛋饼、番茄酱和盛在碗里的米饭、罐装啤酒。菜一样样地被摆上桌后，英之在友里绘的对面坐了下来。

"我有话要跟你说。"友里绘又一次说道。

"哦，我也有话要跟你说呢。"英之也说道，"我们还是先吃吧，边吃边说。"说着他把啤酒罐打开，轻轻地碰了碰杯，咕嘟一声，自己先喝了一大口。

"谁先说?"友里绘的表情有些不好意思地说道。

"我待会儿说也行。不对，或者还是我先说吧，在我没醉之前。"

"那，要不咱们"石头剪子布"来定? 谁赢谁先说。"

"嗯，就这么办。"

在热气腾腾的饭桌上，两个人各自伸出一只手，齐声说："石头剪子布!"友里绘出的是剪刀，英之出的是布。

"哇，我赢了!"友里绘开心地笑着说。英之刚要把电视打开，友里绘却说："算了，今天就别开了。"她并没有伸手夹菜，而是仰起头咕嘟咕嘟地喝完杯子里的啤酒，长长地呼出一口气，然后从正面直视着英之，问道："还记得我们的'协定'吗?"

"什么协定?"英之问。嘴里嚼着咖喱饭的他想：咖喱的味道还不够浓厚，如果再多放一块儿咖喱卤，味道就更好了。

"如果英之和那个女演员恋爱了的话，我就主动退出；如果我和槙仁恋爱了的话，英之会主动退出。" -

"哦，是有过那么个协定。"英之笑了，"虽然咖喱味道有点儿淡，但我觉得还挺好吃。"他抬起头，看到友里绘的目光一直在注视着自己，友里绘没笑。英之心里一怔：嗯? 怎么了?

"就是这么回事，所以，希望你遵守这个协定，拜托了。"

友里绘一本正经地说完，低了一下头。

"啊？你说什么啊？到底是怎么回事？"英之不知不觉中已经欠起身来，身体往前探着大声问道。

"就是……嗯……就是那个，我在打工的地方和他……怎么说呢，没想到进展得很顺利……"

"啊？哈，哎？"英之不觉中发出的声音，连他自己都听到了。笨蛋！冷静！他暗自对自己说。

"编的吧?"英之故意用半开玩笑的口吻说道。

"不是，是真的。"也许是看到英之还能开玩笑，友里绘觉得放心了，她抬起头，挠着头皮，终于笑了。

"这种事怎么可能呢?"他一边说着，一边想起来这句话过去好像说过。英之脑子里一片混乱。

"这种事还偏偏就发生了。需要说明吗？不需要?"友里绘耸起肩，双手抱膝，有些恼怒地问道。

"需要。"英之呢喃道。

"原来我不是告诉过你，前一阵子我去采访过他嘛，就是我生日那天。那天我和槙仁被安排在了同一张桌子上。采访结束后，还有些时间，我们就聊了聊。我告诉他，他们乐队成立时我就是他们的粉丝，他们的现场演唱会我也去听过很多次。他听了之后说过两天在涩谷有一场现场演唱会，邀请我去。我以为他只不过是客气一下而已，没想到过了几天他真的给我寄来了招待票，是寄到公司了。所以我就去了，不过和我一起去的还有一个人，就是和我一起去采访的那个执笔作者。现场演唱会结束后，他们的经纪人又邀请我们参加了他们演出后的饭局，我们也没客气就去了。执笔作者途中有事先走了，人员也越来越少，最后，我终于坐在了槙仁旁边。我们聊了很多，而且越聊越投机，最后一起离开了会场。说起来有些难以启齿，我们后来一起去了酒店开了房，当时就觉得不过是玩玩而已。之所以没有告诉你，是因为我们之前有过协定，不管是谁出轨，只要不是认真的，就要尽力隐瞒对方。我以为他也不过是玩玩罢了，没想到之后他竟然会主动打电话到公司找我。即便如此，我也一直以为这不是真的，但是后来他又邀请我吃过几次饭，还邀请我去了他家，就在刚才，终于明确了关系。"

友里绘说着说着，脸上的表情像冰在融化一样渐渐地浮现出笑意。也许是一直张着嘴巴不停地说话的缘故，口水都从她的嘴里流了出来。每当这时，友里绘的表情会暂时恢复到常态，但说着说着，表情很快又变得痴迷起来。当她说完"终于明确了关系"这句话后，脸腾的一下红了。

"'终于明确了关系'是什么意思啊？是说要结婚吗？"英之问完，为了掩饰内心的慌张，急忙装作若无其事的样子端起酒杯喝了一大口酒。

"啊？"友里绘不明就里地反问道。

可是，英之并没有再重复他的问题，好像他已经知道接下来友里绘要说什么似的，他身子往后仰着，摆着手说："怎么可能？不可能，这怎么可能呢？"

"嗯，怎么说呢，就这么不明不白的，总觉得不太好，所以我就问他：'虽然你跟我的关系不错，但我不知道你到底是怎么想的。如果你只是跟我玩玩，没关系；如果你还有其他喜欢的人，或者还有很多类似这种关系的女孩儿，也没关系，但请你一定要坦率地告诉我。否则，我担心自己会当了真并陷进去。如果你能直截了当地告诉我，我自己会适时地踩住刹车的。'这是不是像在逼他表态？不过，管不了那么多了，没想到……"

友里绘说到这儿，拿起啤酒罐就要喝，这才注意到罐里已经空了。于是她又从冰箱里拿出一罐，跪坐在椅子上，一边喝，一边继续说道："槙仁说他既不是只想跟我玩玩，也没有其他女朋友。于是，我就开玩笑说：'那我搬到你那里去吧。'我真的仅仅是在开玩笑，没想到，他竟然说：'好啊，没有问题。'他真的是这么说的！那个槙仁！"友里绘大声叫着，耳朵眼睛通红，脖子上的筋暴得老高。她用两只手捂着脸，从手指间大口地喘着气，然后，手突然松开了。只见她满脸通红。

"所以就像'协定'里约定好的那样，跟我分手吧！"友里绘直盯着英之的眼睛说道。

怎么回事？怎么回事？这些也太奇怪了吧，简直是天方夜谭。啄木鸟乐队和以前比，虽然已经开始走下坡路了，但连自己都知道他们啊！友里绘竟然和他们的主唱好上了，简直令人难以置信！肯定是在骗她呢。可是她不是说他已经同意让她搬过去住了吗？那就是说他没有骗她了？不可能，不可能，这种事怎么可能呢？如果这些都是真的，为什么自己就遇不到那个女演员呢？不公平，这太不公平了。还有那个什么"协定"，那不都是些不着边际的假设吗？又不是什么契约，怎么能去同意或否定呢？她说就在刚才，那么他们刚刚还在一起了？肯定是上了床后才回来的吧。各种疑问和愤怒、困惑和震惊在英之的脑子里像旋风一样转来转去、转来转去。然而，越转英之越明白，也只有友里绘才能做到这些，他终于觉得自己能够冷静地接受这个事实了。

记得当初在友里绘的生日时，他就曾经想过，这个女孩儿一旦确定了目标，就不仅仅是张嘴说完"我想要怎样怎样"之后，在那里干等着天上掉馅饼，而是扎扎实实一步一个脚印地去接近目标，不管遇到什么困难，都不会动摇她要去达成目标的决心。难道不是这样吗？以最短的距离，花最小的代价，以全副的身心、全部的精力去做。当初自己不正是这么认为的吗？虽然不知道她用的是什么方法，但是这个女人实际上早已把目标对准了那个偶像，一步一步地、以全副的身心和精力，不管不顾地、用尽各种手段，终于得到了她最想要的东西。

想到这里，英之稍稍冷静了下来。准确地说，他是想让自己冷静下来。因为他终于明白，原来"她想要的就是这个"。英之心里这样想着，不由得脱口而出："原来你想要得到的就是这个呀？我还一直觉得你是一个多么了不起的女孩儿呢，以为你今后会慢慢地找到自己想要做的，然后轰轰烈烈地干出一番事业，我还以为你是这样的女孩儿呢。那天你生日的时候，我还在想，这家伙将来肯定会是一个非常了不起的女人。我甚至觉得，几乎没有你做不成的事。没想到，哎呀，原来你想要得到的就是那个音乐家的恋人这个位置啊。那样的话，你和他们周围那些傻乎乎的女孩儿们还有什么区别呢？不过也就是个狂热的粉丝罢了。像他那种人也就是跟你好上一阵儿，新鲜两天而已。过不了多久，他肯定又会跟其他女的好上的，到时候说声拜拜说不定就把你赶出来了。你那么聪明，起码这些你应该知道的呀。难道你要的就是这些吗？真让我失望，太失望了！"

　　英之情绪激动地说着，心想自己好像还是没怎么冷静下来。可是说着说着，自己却被自己刚才说的那番话给说服了。心想：友里绘把她和自己的关系置于一旁不管不顾，以一种猛烈的攻势，加上缜密细致的算计接近了她的偶像。英之想承认她有气魄，可是没想到她那勇猛的气魄只不过是为了成为那个乐队主唱的女朋友，这也太卑贱了，这种卑贱实在是太让他失望、气愤了！英之在内心里暗自说道。

"对不起，我就是他们周围的那些傻女人中的一个啊！一个爱上了名人的傻女人啊！我想要的就是这些啊。对不起啊英之，虽然我也喜欢英之，但我觉得我一旦错过槙仁，就不会再有这样的机会了。从好久好久以前就一直喜欢着的那个槙仁，而今竟然说让我住到他那里去，这种事情我这辈子都绝对不会再遇到了。所以我觉得自己除了扑上去抓住它，还能怎么办呢？就像舞会上的灰姑娘那种感觉。也许你觉得我像个傻瓜，可谁让他从很早以前就是我的偶像呢!"

友里绘就像祈祷一样合着两手，滔滔不绝地说着，脸上又浮现出笑意。她急忙把嘴唇抿起来说："对不起，事情就是这样。为了不辜负和你在一起的这些快乐的日子，我也要竭尽全力抓住这次机会，不抱任何希望地去撞撞南墙试试。"友里绘说这些话的口气，让人很难判断她是认真的还是在调侃。

肚里咕地响起来，英之看着已经凉了的咖喱，虽然肚子饿了，却什么也不想吃了。他甚至奇怪地想：为什么把鱼肉罐头放进了咖喱里呢？

"那什么，英之刚才不是说有话要跟我说吗?"友里绘小心翼翼地问道。

"算了，我已经不想说了。"

英之站起身来，回到了原本属于自己的那个房间，现在这个和式的房间已经快变成仓库了。英之关门时故意把纸拉门弄出了很大的响声，进了屋直挺挺地躺倒在了榻榻米上。他仰视着天花板，从外面射进来的光线让房间映上了一层朦朦胧胧的白色光晕。就职已经定下来，可是英之知道，即便是告诉友里绘，也不能改变她的决定了。这种时候，即便自己告诉她"我中大奖了，有人邀请我出演好莱坞的电影"，也不可能把她从槙仁那里拉过来了。纸拉门外传来了电视的声音，友里绘小心地把声音开得很小。英之狂躁地翻了个身，无所顾忌地使劲儿放了一个屁。

在没有一个客人的池谷商店里，英之和池谷奶奶并排坐在椅子上，咯吱咯吱地嚼着苹果干的试吃品。收款台那儿放着老奶奶给英之沏的茶，茶杯里正冒着缕缕热气。英之呆呆的，不知自己该做什么。透过擦得干干净净的大玻璃窗，可以看到在阳光的照射下，外面枝叶茂盛的树木的浓重的树影投射在了柏油路面上。时间好像停滞了，这光景让英之看得着迷，心情也随之好了起来。

"男人吧，至少得有一身像样的西服才行。"

默默地吃着苹果干的老奶奶突然冒出了这样一句话，老奶奶因为耳朵背，说话声音特别大。

"啊？您能看出来我这身是便宜货？"

"当然，皱褶那么多。我那个死去的老伴儿，即便是再没钱的时候，也会在每年的年末到那家专门定制西服的持丸店去定做一身西服。你也去那里做一身吧。"

"啊？也是哈。不过今年的奖金被减掉了不少。"

"如果那样想的话，就什么也做不成了，今后经济会越来越不好的。"

老奶奶大声说完，手又伸进苹果干的袋子里，拿出几片放在嘴里，咯吱咯吱地嚼着。英之喝完茶，抬起头看了看墙上的钟，两点十分。

"奶奶，这些能放在您店里卖吗？"英之站起来说。

"啊？你说什么？"池谷奶奶那对耳朵，对于她不想听或不喜欢的事情总是可以选择听不见。

"真没办法。"英之小声嘟囔着。他从包里拿出两三袋试吃用的水果干，放在了付款台上。"这是苹果、苦瓜还有枸果干，请您发给客人们品尝。如果大家喜欢的话，就可以在您的店里卖了，对吧？就这样了啊。那，回头我再来。下周我会再来的，别忘了在下周前给我个回话啊！一定啊！奶奶。谢谢您的茶。"

英之弯腰鞠过躬，走出了池谷商店。"再来啊。"老奶奶的声音从背后传过来。打开玻璃门，闷热的空气夹杂着喧嚣的蝉声一下子涌了过来。"唉。"英之深深地叹了口气，无精打采地朝着车走去。他途中买了一罐可乐，一口气喝了大半罐。

在太阳的暴晒下，车里热得像蒸笼一样。英之先把车门打开给车通风，又打开了收音机和制冷空调，然后慢慢地喝着剩下的可乐。收音机里飘出一位女播音员的声音，说今天是今年入夏以来最热的一天。英之突然想起来昨天是自己二十九岁的生日，同时也想起一年前已经分了手的那个女孩儿，英之这才意识到现在自己和当时那个女孩儿的年龄一样大了。

当女孩儿告诉自己她爱上了一个朋克乐队的主唱时，英之实在是难以相信，还傻乎乎地以为她不会真的搬出去，没想到就在那个女孩儿向他摊牌的第二天，当英之打完工回到家时，她和她的东西竟全部消失了。只有前一天她穿的那件印有小熊图案的套头衫，被叠得整整齐齐地放在了和室的榻榻米上。即便是她那么喜欢的电视机，也好好地摆在厨房里。既没有留下便条，之后也没有任何联系，一切都好像是一场梦。

犹豫来犹豫去，最后英之还是在录取自己的这家公司就职了，这是一家经营绿色食品的公司。第一次领到的工资可以支付过去两个人一起负担的房租，所以，英之选择继续在这里住了下来。他以为女孩儿早晚有一天会回到这里来，可是她再也没有回来过。

女孩儿走了之后，英之几乎每天都在诅咒中生活着。什么"啄木鸟乐队"，什么"乡村乐队"，看看都是些什么破名字呀，难听死了！但每次诅咒过后，他又会跑到便利店，从八卦杂志到女性周刊，再到音乐杂志，就那样站在那里从头到尾地寻找着"啄木鸟乐队"的名字。一旦在唱片商店前看到他们的宣传海报，他就会凑上去目不转睛地看着那位主唱的脸，心里立刻涌起购买他们的新曲CD的冲动。然后，他又开始在心里诅咒：那个笨蛋女人！我怎么和这么个笨蛋女人交往过呢！骂完友里绘，便又开始骂曾经和友里绘一起生活过的自己。当他骂累了（英之发现骂人这件事也挺消耗体力），便开始了没完没了的"假设"。假如那天晚上在居酒屋，自己先告诉了她要就职的事；如果在那个吃咖喱饭的晚上，自己在"石头剪子布"时赢了；总之如果是自己先说了，那么事情是不是就会不一样了呢？

当他"假设"也累了的时候（英之又发现没完没了地假设也是相当消耗脑力和精力的），英之终于醒悟了，自己是失恋了，就这么简单。那是在一个秋天的晚上，当对新的工作开始慢慢感到得心应手的时候。当他领悟到这一点时，竟莫名其妙地产生了一种新鲜感，因为英之从不记得自己之前曾经如此强烈地喜欢过谁，也没有过喜欢谁而得不到的缺憾，所以他还从来没有体验过失恋的感觉。哦，原来是这样一种感觉啊！英之不知怎么回事，竟觉得格外地清爽痛快，于是他一个人来到酒吧，站在店里喝起了烈酒。"还以为失恋的感觉会很忧郁呢，原来竟是这么强烈的刺激啊。"英之在周围客人不快的目光中，自言自语地说着，结果和周围的客人吵了起来，最后被人家从店里赶了出来，第二天早上头疼得连床也起不来了。

女朋友离开他已经过去一年零几个月了，房间里那个女人的痕迹早已经消失得一干二净，英之再也不会情绪消沉地诅咒谁了。曾经有过几次，有女孩儿很明显地主动约他，有的是公司里的，有的是集体相亲时认识的，但他也不再像以前那样仅仅是出于客气就接受人家的约会了。过去，他曾经轻易地就跟随便哪个女孩儿随便上床，即便是不喜欢的女孩儿，也会住到人家家里去。而今在他看来，这种事情再也没有什么魅力了。即便是有稍稍中意的女孩儿，也仅限于改日再约着一起去吃饭的程度，不敢再往更深一层的关系发展。他害怕，害怕会拿某个现在的女孩儿和原来的女朋友比，害怕会被原来的女朋友比下去。

喝完可乐，他本想喘口气，却不由得打了个嗝儿。关上车门，启动发动机，英之把车子发动起来了。河边上一排整齐的大树轻轻地随风摇摆着，仿佛电影里的慢镜头，映在地上的树影也合着节拍，慢慢地舞动着。在道路护栏的另一侧，头发湿湿的孩子们手里甩着装有泳衣的塑料袋子，欢快地向前跑着。"正是烈日炎炎的盛夏，下面我们为大家放一曲适合这个夏日的乐曲，是啄木鸟乐队的……"随着女播音员明朗的声音，"嗒嗒嗒嗒嗒嗒"，一首节奏明快的曲子开始了前奏。车子沿着河边小路向前行驶，时间好像在这一刻停滞了。当车子左拐上了大道时，英之突然想起了那台没有被女朋友带走的电视机，而今还放在饭桌前。曾经在吃饭时，女朋友一边说着自己终于长大成人了，一边像粘在电视机上似的看着电视。

而今才注意到，她竟然没有把电视机带走。可能在那个唱歌跟干吼似的男人的家里，吃饭的时候她是不看电视的吧。那些电视机里喧闹的声音也好，那些曾经不愿去回忆的过往也罢，而今不都变得云淡风轻了吗？她不是也曾真真实实地拥有过一个快乐的夏季吗？

突然竟有了一种想要流泪的感觉，英之在感到吃惊的同时，为了不让眼泪流出来，急忙跟着收音机里的音乐，大声吼着唱了起来。虽然他不曾听过这首歌，可没想到竟然能准确地跟上节拍。这时，英之在那个女孩儿离开后，再次意识到：她的的确确是不简单啊！因为正是她让自己第一次完完整整、毫无遗漏地体验到了恋爱的全部内容。

英之下意识地把车窗开到了底，黏湿的空气混着狂叫成一团的蝉声，一下子把英之包围了。仿佛要跟蝉声比个高低似的，英之把收音机的音量又调大了一圈，在等信号灯的时候，一个打着遮阳伞走在人行横道上的女人很厌恶地瞪了英之一眼，走了过去。英之故意用更响的声音跟着收音机里的歌大声唱着，头也随着节奏前后大幅度地摇摆着。直到后面的车按响了喇叭，英之才注意到信号灯已经变成了绿色，于是他猛踩了一脚油门，车子冲了出去。也许是刚才摇摆得太厉害了的缘故，英之的头有些晕乎乎的，但心情却莫名地好了起来。

恋爱博弈

认识保土谷槙仁是在一个深冬腊月，那时冈崎友里绘刚刚过了二十九岁生日不久。但友里绘觉得，其实自己在二十岁那年的夏天就认识他了。

那一年，东京迪士尼乐园刚开业，友里绘还是个大学生，她住在东京却憧憬着东京，因为住的地方在东京的最西边，是一个步行到国营轻轨电车车站需要十七分钟的木造公寓楼。不管从哪方面来说，友里绘都觉得那里不能算是东京。电话号码开头的两位数字不是东京的区号，而是四位数的号码，这一点很让友里绘耿耿于怀。友里绘所在的大学离她住的地方坐电车只有两站地，友里绘觉得，那里也不算是东京。

所以，友里绘每天放学后总是要到东京逛逛。友里绘觉得，像涩谷、代官山、原宿、表参道这些地方，才算得上是真正的东京。

确切地说，那时她还不知道他的全名叫保土谷槙仁，所以她认识的只是那个发音叫"MAKITO"的乐队主唱。那年暑假，友里绘没有回老家，有一天，当她穿过涩谷的 FIRE 大道朝着原宿方向走时，在代代木公园附近的"步行者天国"停住了脚步。她远远地看到，因为有乐队在演奏，那里像往常一样显得格外热闹。友里绘刚到东京时，经常占据这里的还不是乐队，而是一些跳街舞和演奏摇滚乐的玩家们。只见那些年轻的男女们和着收音机里播放的音乐，满脸陶醉地在那里跳着。这时，友里绘总是会用一种蔑视的眼光远远地看着，心想：一帮乡下人。当然，这样想时，她不得不承认自己也是个乡下人，尽管心里很不情愿。过了两年，虽然跳街舞的那群人还在，但也零零散散地出现了一些带着架子鼓和扩音器来演奏的乐队。

友里绘就是在这里第一次和槙仁的乐队相遇的。站在乐队前看着他们布置舞台，发现这些人都还是些高中生。虽然他们的音乐没什么强烈的冲击力，也没有什么能够打动人心的歌词和旋律，可是不知为什么，友里绘却被吸引了过去，混在一群比自己年龄小的高中女孩子中间，听得入了神。那位主唱不知是不是在模仿英国的朋克乐队，只见他穿着像铅笔一样的细腿皮裤，裸露着上半身，一边不断地伸着舌头、皱着鼻子或瞪着观众，一边嘶喊一样地唱着。一个浑身黑衣打扮的女孩儿正在那里发广告单，友里绘也拿了一张。那是一张黑白的复印的广告单，上面印有现场演唱会的时间预告。

友里绘去看过几次他们的现场演唱会，虽然不是多么喜欢，但她总是给自己找理由，反正闲着也是闲着，便一次次地去了演唱会现场。可是在友里绘大学毕业的时候，那个乐队却解散了。没有正式就职、靠打工生活的友里绘，依然住在那个电话号码是四位数的廉价出租公寓里。每次去打工时，她总把那盘在演唱会买的磁带放进随身听里，音量放得很大，一边听一边朝车站走，车站到家步行要十七分钟。

再次见到那位穿着细腿皮裤的主唱是在三年后，也就是友里绘二十五岁的时候。虽然当时正是日本经济最景气的时候，但对于依靠打工生活的友里绘来说，那些名牌商品和高级饭店依然是另一个星球的东西。

打工认识的一个女孩儿约她一起去听一个现场演唱会，于是友里绘又一次看到了那位"铅笔腿"。那天一共有四组乐队登场，他所在的乐队是第二个出场演奏的。乐队的名字虽然换了，但友里绘还是一眼就认出了他，因为友里绘每天都在用随身听听他的歌。他依然还是赤裸着上半身，下面穿着皮裤，腿还是和原来一样像支削得细细的铅笔，依然还是和以前一样，模仿着英国朋克乐队的演唱。只是无论是歌曲还是演奏，无论是他本人还是模仿，看上去都比过去强多了。

一起去的那个女孩儿是最后出场的那个乐队的粉丝。只见那组乐队中，一个人在混音器那里用手旋转着碟片，发出啾啾啾的响声，一个人弹着键盘，一个人用很快的速度说着歌词。友里绘实在不清楚这个乐队到底好在哪里，不过能够再次见到"铅笔腿"，她还是从心里感谢这个女孩儿的。

之后，友里绘依然喜欢着那个乐队，不断地听着他们的曲子。有了男朋友以后，她把磁带复制之后也送给了男朋友一份，男朋友也喜欢上了他们的音乐。于是她带着男朋友一起去听他们的现场演唱会。周围的朋友大都是从中学时代就开始狂热地喜欢上了某个偶像歌手或男演员，而友里绘在中学时代，却从来没有一个能让她为之倾倒的偶像。而今到了这个年龄，却明确地成了他们乐队的粉丝。每当看到音乐杂志上有他们乐队的名字时，友里绘就会立刻买下来。她还把现场演唱会偷偷录下来，一遍又一遍地听。

主唱槙仁比友里绘小一岁，出生于横滨市的本牧，从高中时代起就开始组建乐队，经常在本牧或元町的大街上举办演唱会，之后又把演唱的地点转移到了"步行者天国"。后来因为乐队成员音乐理念不同，乐队便解散了。不久，槙仁又重新组建了啄木鸟乐队，一直活跃至现在。这些关于乐队的简介，友里绘早已烂熟于心。

槙仁写的歌，乍一听好像有点儿颓废，其实展示给人们的东西却像瞬间拍摄到的美丽风景一样，非常打动人。他那有些嘶哑苍劲的嗓音有别于其他日本人，仿佛有一种能把人们带到另一个世界去的魔力。粗暴里有着纤细和敏感，火辣辣的痛感中包含着某种骄纵。这样的乐队在当今的日本已经很难再看到了，每次聊起槙仁乐队的魅力时，友里绘总会这样说。实际上，她内心里也有一种少女怀春似的对槙仁的喜爱。她曾经偷偷幻想着有一天能够和他不期而遇，然后相识并坠入爱河，他为她写歌并唱给她听。当然，这些她从来没告诉过和她一起去听现场演唱会的那个男朋友，而且她自己也知道那样的事情是不可能发生的。

那时正是乐队最火的时候，乘着这股浪潮，啄木鸟乐队也被隆重推出。他们在日比谷野外音乐堂和NHK音乐厅的演出几乎场场爆满，博得了大家的广泛好评。因此友里绘心里非常高兴。从杂志上看到他们的机会越来越多，有关槙仁的采访报道也特别多，他们的录像和CD几乎在所有的唱片店都能买到。于是，年过二十五岁的友里绘不再像孩子那样对槙仁抱有任何幻想了。较之看他们唱歌，友里绘更喜欢听他们的歌。她每天忙忙碌碌的，很难再有时间去听他们的演唱会了。有新曲发行时，虽然她依然会买回来听，但再也不像以前那样放在随身听里，一天二十四小时不离身地听了。即便如此，当她偶尔把CD放出来听时，随着那一闪即逝似的美丽光景，内心依然会淡淡地涌起一种曾经有过的甜蜜的少女情怀。

现在，那个槙仁就在友里绘的眼前，他睡觉时会打呼噜，会直接把筷子伸进装有腌制鲑鱼肉的瓶子里，然后夹出鱼肉拌饭吃，会在打翻了烟灰缸后急急慌慌地收拾，会把手伸进友里绘的头发里并深深地给她一个长吻。友里绘简直难以相信这些都是真的。每天早上起来，友里绘总是会被每一件事感动，觉得今天活着真好。因为她觉得已经得到了人生中最难以拥有的幸运，所以任何时候死去都无所谓了。

住进槙仁家，至今已经快两年了，让友里绘有些吃惊的是，人的适应能力是如此之强。过去，槙仁作为一个普通人做的事，对于友里绘来说是那么稀奇，而今她却觉得简直是再平常不过了。

"哎，起来吧，不是说今天去房地产公司吗？我们俩可是只有今天能一起去。"

友里绘一边说着，一边摇晃着睡得正香的槙仁的肩膀，叫他起床。而今这样的情形，对于友里绘来说也早已习以为常了。

"嗯。"槙仁的嘴里发出含混不清的声音，坐了起来，头发像幽默短剧里的爆炸头一样。他一边挠着头皮，一边慢吞吞地从床上下来，一只手伸进睡裤里，挠着屁股走进了卫生间。

脸色苍白的槙仁坐在饭桌前，喝着友里绘给他冲泡的咖啡，友里绘坐在对面，吃着刚从便利店买回来的饭团。他们吃饭时从不开电视，因为槙仁特别讨厌电视机里的声音。房间里只有友里绘嚼着饭团和槙仁喝着咖啡的声音。

"这个，你吃吗？"友里绘指着还没有开封的三明治问槙仁。

"不吃。"槙仁口齿不清地回答道，继续弓着背喝咖啡。

这两年，虽然有很多出乎友里绘意料之外的地方，但有一点是确定的，那就是她对槙仁没有失望。至于其他，则全部是令人惊奇、使人高兴的新发现。他不贪恋女色，手很巧，会修理断了的保险丝，不讨厌做家务，毋庸置疑，这些都能让友里绘感到满意，虽然他小便后经常忘记冲厕所，虽然他们从来不看电视。另外，他有两种衣服，一种是"工作服"，一种是"居家服"，"居家服"至今仍然是每次由他母亲买满满一纸箱，用宅急便寄来；小说、电影、绘画之类的文化素养（这是友里绘想出来的词），他几乎一点儿也没有；吃的几乎全是"垃圾食品"；与舞台上不同的是，生活中的他完全是个安静的男孩儿，只要有时间就会打开游戏机玩。然而，这些都没有让友里绘失望。友里绘想：如果换作其他男孩儿，也许她就不会这样忍耐了吧。当打开厕所的门，看到泛着泡沫的黄色液体时，一定会很失望、很沮丧吧。一点儿也不讲究地穿着母亲从批发市场买来的衣服，若换了别人，自己一定很鄙视吧。可是友里绘想：谁让这个和我住在一起的男孩儿是槙仁呢？他可是我的偶像啊！两年快要过去了，而今她看出来了，这个男孩儿是不会像自己曾经期待的那样为自己写情歌的。幡然醒悟后，每天早上再也不用确认自己"是死是活"了，都无所谓了，不管怎样，槙仁依然是友里绘的偶像。

趁槙仁洗澡的工夫，友里绘化好妆换好衣服；槙仁用电吹风吹头发的时候，友里绘打开笔记本查找了去房地产公司的路线；槙仁往头发上抹护发膏整理发型的时候，友里绘把家里的窗户一一关上锁好，把咖啡机和咖啡杯洗好；槙仁换衣服的时候，友里绘坐在沙发上，目光越过阳台，眺望着远方的晴空。

"我准备好了！"从房间里出来的槙仁身上穿着一件鼓鼓囊囊的夹克，下面配了一条灰色的裤子。友里绘猜测，他的夹克里面穿的肯定又是那件红黑格子的衬衫，这些衣服都是他妈妈寄来的。虽然他对服装从来不讲究，但奇怪的是，他每次穿着打扮所用的时间都特别长。

"槙仁，上次你生日时，我送你的那件双排扣的短呢大衣，你怎么不穿呢？"友里绘说。

"可是，房地产公司不就在附近吗？这么近，就没必要穿那么讲究了吧？"槙仁说着，并没有要去换一下的意思。

"那就走吧。"友里绘只好断了让他换衣服的念头，向门口走去。

住宅小区的大街上还没有什么行人，显得特别安静。不知从哪里飘来了弹奏钢琴的声音，那声音显得特别遥远。晴朗的天空清澄高远，清新的空气有些寒冷。

一开始，友里绘看到槙仁外出既不戴墨镜也不戴帽子时有些吃惊，也有些担心。不管怎么说，他们住的地方是东北泽，休息日常去的地方是下北泽，那里年轻人居多，友里绘担心他们会一下子认出槙仁。还有周刊杂志上会不会来一条"当红朋克乐队的主唱与某女性秘密同居中"，再披露出一张照片之类的。可是，那个穿着皮裤和镶满金属钉的皮夹克站在舞台上的槙仁，与眼前这位穿着从批发市场买来的衣服、像个橱窗模特儿一样的槙仁，看上去简直判若两人。在这近两年的时间里，他们只遇到过一次，有人上来问："请问，您是不是啄木鸟……"

而且，现在乐队的人气也不像以前那样旺了，大概没有几个人还知道啄木鸟乐队和槙仁了吧。友里绘一边和槙仁并肩走着，一边在心里暗自想着。

离下北泽越近，路边的行人越多。友里绘悄悄地握住了槙仁的手。槙仁没有甩开，和友里绘牵着手继续向前走。

"啊，不动产公司。"友里绘拉着槙仁来到马路对面的不动产公司，浏览着不动产公司的玻璃窗上贴出的租房信息。

"看，这里，是不是还不错？"友里绘指着信息栏上的一条信息说，只见上面写着：1LDK①，到下北泽车站步行需五分钟，光照很好，朝南，租金每月十二万日元。

"嗯，不过还是想要个有两间卧室的。"

"也是啊，你得有一间用来工作。可是如果是两室的话，至少也得十五万日元吧？"

"再到车站那边去看看吧。"槙仁说着，朝车站方向走去。

铁路出现在眼前，正有一辆蓝白相间的电车开过去。

———————
① 卧室、客厅、餐厅、厨房各一个的单间公寓房。

身着朋克风服装的年轻恋人们从友里绘他们身边快步超了过去。

"槙仁，真的可以吗?"友里绘突然冒出一句。

"嗯? 什么?"槙仁疑惑地看着友里绘。虽然早已经习惯了槙仁在身边的状态，可是当他这么近距离地打量自己时，友里绘依然会紧张，就像十几岁时见到自己的偶像那样，心里嗵嗵嗵地跳个不停。

"搬家的事。"

"也谈不上可以不可以的，现在的房租不是太高了吗? 不搬不行啊。"

友里绘不太清楚槙仁的收入，她至今也没好意思问过。近两年只是隐隐约约地知道现在住的公寓是槙仁所属的事务所给租的，槙仁的工资要扣除这些房租后才能拿到手。他们住的这套房子位于一栋五层楼的顶楼最边上的位置，友里绘猜测房租大概得有十八万日元。槙仁所属的事务所虽然没有改变，但是他们想在房子租约到期后解约。当然，继续住下去也没关系，但事务所说，那样的话，续约的手续费和今后的租金将全部由槙仁自己承担。友里绘暗自猜测，槙仁现在的工作机会大概没以前多了。

"我不是这个意思，也许搬家是必需的，但我说的是今后你和我在一起，你真的觉得可以吗？"友里绘尽量用若无其事的语气一口气把话说完，然后故意哈哈哈地笑了。因为她觉得如果自己不这样的话，说不定今天的事就完蛋了。

"啊？为什么这么说？这没什么不好呀。当然，如果你不愿意的话，也没关系。"

"我没有不愿意呀。"

"那，这不是很好吗？"

"也是啊。"

"嗯。"

友里绘不出声了，槙仁也沉默着，两个人依然牵着手继续往前走。过了车站，拐上了一条小路，人一下子多了起来，从一间间小小的服装店和茶馆里传出音量很大的音乐声。友里绘绞尽脑汁想寻找话题说点什么，可是说什么呢？就好像再有一分钟考试就要结束了一样，友里绘拼命地想着，终于想起来了，于是她开口说道："房租，我们一人一半吧。"

"啊？这样啊。"

"如果我出七万日元左右的话，还能负担得起，那样，说不定就可以租一个两室的了。"

"哦，嗯。"

"离下北泽稍微远一点儿说不定能便宜一些呢。"

"说的也是。其实我并不是非住下北泽不可，主要是我对其他地方不太熟悉。"

"其实，无论哪里，住久了就适应了。"

"是啊，无论哪里，住久了就适应了。"

友里绘抬头看着槙仁，笑了。槙仁也笑了。友里绘觉得好幸福，甚至幸福得都不敢相信这是真的。

当她决定搬到槙仁那里的时候，她以为槙仁说不定会有别的女朋友呢。对这一点，她也是有思想上的准备的。虽然啄木鸟乐队已不再像当初被隆重推出时那么大红大紫了，但依然有着不算低的人气。那时，友里绘虽然不再去看他们的现场演唱会了，但知道他们的演唱会依然能保持满席的上座率。友里绘一直执拗地认为，所谓音乐家，几乎无一例外地贪恋女色。所以，当她把所有可能发生在槙仁身上的假设都考虑过一遍后，得出的结论依然是"没关系"，这才决定搬过去。她觉得，即便槙仁每天晚上不知住在哪个女人那里，整天不回家；即便他在全国各地都有一个当地的临时"妻子"，每次去各地巡回演出时住在那些女人的家里；即便他遇到主动献身的女人，难以拒绝而发生了一夜情；即便在他出名前实际上有一个在经济上援助他的女人，而那个女人至今仍不断地骚扰他；即便是最不堪的情况——他也把别的女人带到了他们新搬过去的住处——自己肯定也不会在意，因为自己能和那个偶像槙仁生活在一起了呀。友里绘是这样想的。

可是让友里绘感到意外的是，槙仁身边连个女性的影子也没有。虽然有从事务所转寄来的礼物、信件等，但槙仁总是连拆都不拆就扔掉了。除了有时因为录制唱片或者开碰头会什么的不能按时回家，他基本上每天都是准点回来的。一起生活以后，友里绘被邀请去看过几回他们的现场演唱会，在开碰头会的时候，友里绘发现槙仁除了自己认识的人，几乎不和其他任何人说话。对于那些装扮成粉丝混进碰头会会场的大胆的追求者们，槙仁的态度也是一概不予理睬。所以从一开始就和他一起合作的贝斯手这样说他："槙仁是个特别一本正经的人。"

而今想起来，友里绘觉得有些羞愧。她曾经趁着槙仁不在的时候，把家里全部搜了一遍，想找找有没有"和女人有关"的证据，可是什么也没有找到。信件、粉色的牙刷、耳环、丝袜之类的，一件都没有！

"可是，你肯定交过女朋友吧?"有一次，两个人一起去喝酒的时候，友里绘怯怯地问槙仁。

"有啊。"槙仁回答道，"高中的时候交过一个，二十一岁的时候交过一个，二十五岁的时候交过一个。"友里绘这才终于放下心来。从他的话里，可以知道他从高中时代开始好像就没断过女朋友，不过当他的身边有交往着的女孩儿时，他就不会同时再和别的女孩儿交往了。

他好像并不是吃着碗里还看着锅里的那种人。

"那你和她们都是为什么而分手的呢？"对于友里绘的这个问题，槙仁的答案又颇让人意外。

"大家好像渐渐就厌烦了，说没想到我是这样一个无趣的人。有两回都是这个原因。大概是我这个人太没有情趣了吧。"这就是他的回答。也就是说，槙仁三次恋爱都是被人家给甩了。

在他这里，不管怎么旁敲侧击，友里绘都找不到一点儿女人的影子。在他们一起生活半年后，友里绘才终于释然。

就像这样，只要你问，槙仁的回答虽然简短，但总是认真的。但对于友里绘的"为什么会和我？"这种问题，槙仁却从不回答。友里绘一直觉得很奇怪，在他接受采访时，她作为一个多余的在场者，既不特别漂亮，也没有什么魅力，为什么他会给自己寄来演唱会的招待票呢？在还没有作为男女朋友正式交往时，为什么他就同意自己搬过来和他一起居住呢？

当她每次歪着脑袋问这些问题时，槙仁总是说："难道不该这样吗？恋爱一开始，不都是这样的吗？"可是这样的回答依然无法让友里绘解开他为什么会选择自己这一疑惑。不管她变换多少种方式去问，他的回答也只是这样。

两年后的今天，当友里绘回过头来再想起那时的情景时，她明白了，当时她一定是希望他能告诉她，他是喜欢她、爱她，或者是说一些能够让她真实感受到他是凭着自己的意愿选择了她之类的话吧。

她把纸箱翻过来，用胶带把底面封起来，然后再翻过去。因为这里还能住两个星期，所以得把那些平时不用的东西先装箱，如夏天的衣服、书、零零碎碎的杂货、平时不怎么使用的碗碟。而游戏机以及唱片之类的，不知道槙仁什么时候还会用，所以暂时还不能装箱。友里绘发现，其实装进纸箱里的基本上都是自己的东西。

折腾了半天，怎么看起来好像只是自己一个人要搬出去似的。友里绘笑了笑，起身来到厨房。她把水壶灌满水放在炉子上，打着了火。友里绘凝视着从水壶里喷出来的缕缕蒸气，呆呆地陷入了沉思。

在遇到槙仁前，自己曾是一个多么爱说爱笑的女孩儿啊！

遇见槙仁后，虽然没有特别急剧的改变，但因为这件事本身就带有强烈的戏剧性，这使得友里绘对于以前的事情几乎都想不起来了。她觉得好像以前的自己比现在更爱笑、更容易喝醉，动作举止更任性、更随心所欲。至少不像现在这样专等着男人回家，也不会休息日哪儿也不去，整天待在家里。

和槙仁在一起后，友里绘辞掉了原来的那份临时工，虽然才刚刚开始喜欢上那份工作。可是因为在公司里工作的时间太长，意味着被约束的时间太长，就会太长时间见不到槙仁，于是她想找一份工作时间更短的工作。现在，友里绘的工作是数据输入员，她的工作时间是星期一到星期五的上午十点到下午五点。虽然收入下降了，没完没了地往计算机里输入数字也让她感觉特别枯燥乏味，但由于这份工作不用加班，下班后也不用和其他人应酬交往，而且请假相对来说也比较容易，所以她现在在这里工作。

友里绘把封好的纸箱都堆到墙根，然后拿起一个有把儿的杯子来到阳台，俯视着下面的街道。她给自己点了一支烟，抽了起来。槙仁今天要在工作室里待一整天，临出门时说：如果一切都顺利的话，大概六点半回来；如果不顺利的话，大概要过了十点才能回来。

这时，她听到家里的电话响了，赶紧在烟灰缸里掐灭烟头，匆匆忙忙地返回房间，接起了电话："喂。"

"喂，友里绘吗？"子机的话筒里传来一个慢慢悠悠的声音，这个声音让友里绘特别沮丧。

"是的，你好。"友里绘刻意用一种开朗的语调说道。

"你今天不出去吧？"

"嗯，不出去。"说完她就后悔了，如果说出去就好了。

"那我拐个弯顺路去你家可以吗？槙仁今天很晚才回来，对吧？"

"啊？什么？"她正想着该如何应对时，嘴里却傻傻地问了出来。

"有些东西想带给你们，你什么都不用准备，不是马上就要搬家了吗?"

"啊?哦。"友里绘的声音又像漏了气一样冒了出来。

"那回头见。"

挂了电话,把子机放回原位后,友里绘深深地叹了一大口气,然后巡视了一下房间,满地都是装了一半还没有封口的纸箱。有人来的话,这些东西都得收起来,不管是夏天的衣服还是冬天的衣服,不管是经常用的还是总也用不着的东西,她顾不上继续分类,把它们连同毛巾、书、药箱等,胡乱地一股脑儿都扔进了纸箱。装满一个纸箱就用胶带封好,然后把封好的纸箱全部摞在墙角,这才终于腾出了点儿地方。

不管槙仁做什么,友里绘都不会对他感到失望,唯一让她不满的是他和林小百合之间那种让人感到困惑的关系。林小百合比槙仁大五岁,也就是说她今年三十五岁了,借用他们的说法就是,她就像槙仁的姐姐一样。

官网上,槙仁的简历上写的是他出生在横滨的本牧,而实际上他出生在神奈川县的一个小城。来自农村的友里绘一直以为,除了外国,在日本大概再也找不到比自己出生的地方更小的村子了。可是听小百合说，槙仁出生的地方在二十世纪的时候也是农村，那一片的住户几乎家家都有亲戚关系，大家出门时没有锁门的习惯。

林小百合是槙仁姐姐的同班同学，她家和槙仁家只隔着两栋房子。在小百合小学四年级的时候，父亲在一次事故中不幸去世了。为了养育小百合，她妈妈不得不去工作，所以放学后，小百合总是和槙仁的姐姐美智惠一起回到槙仁家，在他们家看电视、做作业、吃晚饭、洗澡。十点过后，她妈妈才接她回家。有时她妈妈回不来，小百合就和美智惠及槙仁一起睡在槙仁家里，第二天吃过早饭，再一起去上学。一直到高中毕业，她一直过着这样的生活。

告诉友里绘这些事情的不是槙仁，而是小百合。不知道槙仁是嫌解释这些太麻烦，还是怕自己说不清楚，当友里绘问槙仁那个人是谁时，他只是说"算是姐姐吧"。

说小百合就像槙仁的姐姐，和家里人没什么两样，对于这一点，友里绘非常能够理解，因为这种情况在她认识的人里面也有。友里绘小时候，一直把经常来家里住的佐江阿姨当成自家亲戚来看待，到了高中才知道佐江阿姨是妈妈从小一起长大的朋友。友里绘自己也曾有过这样的经历，小时候因为父母吵架，她在家里待着烦，常跑到住在附近的暖暖家躲避，两个好朋友一起看漫画，一看就是大半天。

所以，她对此能够理解。她不解的是，为什么小百合直到现在还像一家人一样和槙仁来往，而槙仁的亲姐姐却连个电话都未曾打过。

友里绘一边留意着墙上挂钟的时间，一边用吸尘器吸尘。吸完尘，又刷了厕所，最后把生活垃圾倒了出去。过一会儿，她肯定又会带一大堆吃的来吧，每次都是用一次性快餐盒装着。友里绘弯着腰边刷着洗碗池边想。

和小百合第一次见面，是在友里绘搬到这里来的三个月之后。那天槙仁不在家，听到有人按门铃，友里绘以为是送快递的，可是一开门看见一位两手抱着一个大纸袋的女子。

"你好，友里绘吧？我是槙仁的姐姐林小百合。可以进去吗?"

她脸上带着明朗的笑容走进了房间。友里绘一开始还以为她是槙仁的前女友,竟有些紧张。而小百合却像进了自己家一样开始忙活起来,沏好了红茶,拿出了买来的蛋糕。当友里绘看到小百合从洗碗池上方的顶棚里拿出了喝红茶用的杯子以及威治伍德牌的盘子时,她竟不知这里还有这些东西。

"怎么说呢,说是姐姐,应该算是姐姐吧。"小百合和友里绘面对面坐在饭桌前,一边吃着蛋糕,一边开始讲自己的成长经历。当友里绘知道她不是槙仁的前女友,而是从小就认识的姐姐时,那一瞬间她竟有些高兴,因为在自己还没有自报姓名时,小百合就已经知道了自己的存在和名字,这说明槙仁是认真地把自己当作恋人在正式交往着,所以才告诉小百合的。她觉得,这位就像家庭成员一样的姐姐既然知道了这件事,说明槙仁跟家里说了他和自己的事。友里绘甚至有些兴奋,她心想:说不定槙仁在考虑和自己结婚呢。

那天,小百合一边从纸袋里往外拿着各种食品,一边说："槙仁吃饭就像吃点心一样。"堆成小山似的食物都被装在一个个一次性快餐盒里。她把煮洋栖菜、炸鸡块、碎芝麻拌豆角、鱿鱼炖芋头等都装到盘子里，然后洗好快餐盒并装回袋子里，不等槙仁回来就走了。

记得那天，等槙仁回来后，友里绘跟他说起小百合，槙仁只说："哦，算是姐姐吧。"然后他把小百合盛在盘子里的食物一点儿不剩地吃完了。平时只吃方便面和汉堡包的槙仁，每当友里绘有空给他做顿饭时，他总是说："我这个人吃东西特别挑剔，你不用特意给我做饭。"而眼前，芋头也好，洋栖菜也好，都被他吃得一干二净，而且看上去还吃得特别香甜。平时一直担心他会因偏食而营养不均衡的友里绘，远远地在一旁看着他，终于放下心来。

后来，小百合每隔两三个月就来一次，每次来都拎一大纸袋东西，每次来都是槙仁不在、只有友里绘在家。据她说，五年前她结婚后一直住在杉并区，从那里过来一点儿也不觉得辛苦，而且槙仁的父母也拜托她隔三岔五地来看看槙仁。一开始，友里绘总是盼着小百合来，因为她喜欢一边吃着小百合带来的蛋糕（有时喝着自己备好的啤酒），一边听小百合谈论槙仁。

"小学的时候，槙仁参加的课外活动小组是手工艺组。可能是受了我和美智惠的影响，那时他特别女孩子气。有时我们还给他穿上裙子，化上妆，逗保土谷家的叔叔阿姨开心。"

"你是问槙仁什么时候开始喜欢上朋克的？这也是我和他姐姐的影响。我们上高中的时候恰逢七十年代，那时英国的朋克特别火。我们俩抢购了不少他们的唱片，还迷了好一阵西洋音乐的有关杂志，因为槙仁特别瘦，我们就自己动手缝制了朋克风格的服装给他穿，让他模仿约翰尼·罗顿、乔·斯特拉莫等歌手的样子，瞎闹着玩儿。没想到他上了高中以后，竟然真的组建了一支朋克乐队，当然，说不定内心里也是想要吸引女孩子们的注意吧。"

"哦，你是说阿姨寄来的那些衣服吗？直到现在阿姨还给他寄衣服吗？槙仁是个特别害羞的孩子，去漂亮的时装店选衣服，边试穿边问这件好还是那件好，这样的事他是做不来的。与其那样，他宁肯从现有的衣服里随便找出一件穿。槇仁刚开始独立生活的时候，阿姨并没有给他寄衣服，可是有一回我去他那儿，发现他身上穿的衣服都破破烂烂的，有些高中时的衣服还在穿呢，于是我就跟阿姨说了，阿姨说这简直太不像话了，才开始给他寄衣服的。"

关于槇仁的事，友里绘怎么听也听不够。听小百合讲着自己从来没听说过的槇仁的故事，友里绘常常会捧腹大笑。听了槇仁上厕所小便后没冲水的糗事，小百合特别震惊，听到友里绘说槇仁竟然不知道太宰治，小百合也觉得特别意外。友里绘也会很夸张地把他们的事一桩桩地说给小百合听，逗得小百合哈哈大笑。友里绘很单纯地想，能认识这个姐姐真好，幸亏槇仁家有这么个好朋友。通过小百合，友里绘仿佛看到了不久后也许就能见面的槇仁的父母和姐姐，能够想象到他们热情地欢迎自己以及自己与他们和睦相处的样子。

后来，友里绘开始觉得有点奇怪了。那是和槇仁一起生活了一年以后，有一天，友里绘和小百合在一起谈起了关于父母的话题，已经和小百合非常熟悉、几乎无话不谈的友里绘半开玩笑地说："我和父母之间的关系并不是特别融洽，不想死了以后跟他们葬在一起，所以想早点儿结婚。"

如果按照小百合一直以来的言行习惯，她肯定会说"是啊，请你赶快把槙仁给收了吧"，没想到小百合的表情一下子变得很严肃地说："怎么说呢，槙仁现在还在走红期，如果结婚的话，说不定他的演艺事业就完了。在这一点上，保土谷家的叔叔阿姨好像比较排他，或者说对人有些苛刻，总之，比较挑剔。"

友里绘认为，在今天这样一个连明星偶像都可以把自己的恋情放在媒体上公布的时代，一个可以说是早已过气的朋克乐队的主唱为什么一结婚演艺事业就完了呢？而且，槙仁的父母对一个没有一点儿血缘关系的邻居的女儿都照顾了那么多年，怎么能说他们"排他"呢？她实在是不能理解，但有一点她明白，小百合不支持她和槙仁结婚。

一旦有了这种不舒服的感觉，过去那些和小百合在一起的快乐时光便被蒙上了一层疑云。

为什么她对槙仁的日程安排比我还清楚呢？

为什么她总是趁着槙仁不在的时候来呢？

到底是为什么？她来和女朋友住在一起的男人家里时，非得带一大堆她自己亲手做的菜不可吗？

友里绘左思右想也想不明白，只好把这些疑问一股脑儿地抛向了槙仁。槙仁的回答却是："因为她没有孩子，所以有很多空闲。"

当友里绘问："那为什么你什么时候回来、什么时候在六本木喝酒之类的，她都知道得那么清楚呢？"

槙仁说："有时打电话会说起。"

友里绘又问："为什么常常打电话呢？"

"不是常常啊，再说打电话和家里人联系不是很正常吗？"槙仁说这些时，脸上露出了不耐烦的表情。

"也是啊。"最后还是友里绘做出了让步。她不愿意看着他厌烦的表情再继续说出自己的疑问了，友里绘觉得与其让他对自己失望，还不如让自己对他失望。

这时，房间的门铃响了。因为小百合手里有他们家的钥匙，所以她只按家门口的门铃，从来不按大楼门口的可视对讲机的门铃。

"你好，好冷啊！"打开门，只见小百合和往常一样，两手抱着一个大纸袋站在门口。三十五岁的小百合看上去并不显得特别年轻，也不算漂亮，她的头发很随意地在脑后梳了个马尾辫，脸上的妆容也只是淡淡地打了一层粉底。在友里绘看来，她给人的感觉就是一个年轻的阿姨。

"哈，真是要搬家的阵势啊！"走进屋里来的小百合说道。友里绘跟在小百合后面一边朝客厅走一边想，这次要搬去的地方离京王线车站走路要十五分钟，房子的租金为十一万日元，这类事情这个人肯定也都知道了吧。这样想着，她们来到了客厅。

"槙仁忙得顾不上，让你一个人忙搬家的事，对不起啊。今天去新宿顺便买了些蛋糕来，我去沏点儿茶。"

放下东西，小百合连大衣也没脱，就去了厨房。从第一次看到她来这里，她就是这样忙活来忙活去的。一开始，友里绘还觉得小百合肯定是为了不让她忙活，才这么客气的，真是个细心周到的人啊！而今，友里绘却觉得好笑，这个人不是细心周到，而是在向自己暗示，这里是她的势力范围。

"还是我来吧，你坐那儿歇会儿吧。"

友里绘把小百合推到一边，往水壶里倒上水，放在炉子上点着了火，然后从水池上面的吊橱里拿出盘子。她看到小百合一会儿把抽屉拉开，一会儿又关上，好像是在找叉子。

"哎呀，我把叉子收起来了，对不起，我们用一次性筷子好吗？你去那边等着吧，我一会儿拿过去。"友里绘脸上挂着笑，干脆利落地说道。

"哦，那对不起了。"小百合慢悠悠地答应道，离开了厨房。

当友里绘把红茶和蛋糕放在托盘里端到客厅的时候，小百合已经把大衣脱下、叠好，放在了沙发上，她挨着衣服坐在沙发上，抬头看着墙角边那一堆纸箱。

"今天槙仁又去工作室了吧？不知怎么，最近他好像很忙。搬家肯定忙得要命吧？如果我能帮上什么，你尽管说啊。"小百合说。

"谢谢。"友里绘笑着答道，同时把装着蛋糕的盘子和盛着红茶的杯子放在了沙发前的茶几上。自己则索性坐在地板上，抬头看着窗外。为了给房间换气，窗子一直开着，从那里可以看到被电线隔成了一块一块的天空，天空清澄如洗，也许是电线上落着一只麻雀的缘故，窗外更显得萧索寒冷。

"不过他的事务所也好奇怪呀，过去不是一直都给付着房租吗？怎么突然让自己付了呢？哪怕给负担一半也好啊，新家比这里小多了吧?"

小百合喝着红茶说道。友里绘有些惊讶，心想：是不是槙仁也觉得新家比这里小多了呢？可是他对友里绘说那个房子很好啊，还说能找到这么好的房子真是太好了。

"嗯。不过，我们在家也是整天腻在同一个地方，不需要这么大的空间。"

友里绘说完笑了，一边笑着一边觉得不可思议，自己到底要争什么呀？她又不是自己的情敌。

"哈，我知道，因为我们家也是这样的。你有没有发现，其实人最终是被生长的环境所左右的。我们家，严格意义上来说应该是槙仁家，虽然每个孩子都有自己的房间，可是大家总是喜欢待在放着饭桌的和室里。我们三个，还有叔叔阿姨，大家总是挤在一起看电视、做作业。一家人就那么挤在一间六张榻榻米大的屋子里，可就是觉得安心。对吧?"

"你和你丈夫也整天黏在一起吗?"

"当然喽。特别是冬天，冷的时候。"

小百合笑了，友里绘也笑了。友里绘从来没有见过小百合的丈夫。听小百合说，她丈夫在一家旅行社工作，有时也做导游，所以工作特别忙。友里绘并不清楚他们为什么一直没有孩子。

"用一次性筷子吃蛋糕，还真是蛮别致的。"

小百合买来了五块蛋糕，她每次来带的礼物总是五个，不管是奶油泡芙还是甜甜圈，不管是巴伐利亚甜点还是柏饼。她们俩总是一人吃一个，每次都剩下三个，其中两个会被槙仁吃掉。

两个人漫无边际地聊了一会儿关于搬家公司的事。小百合说槙仁曾在搬家公司打过零工，不过干了一天就辞掉了（友里绘还是第一次听说）。然后她们又聊到了天气、哪家饭店的菜好吃等。冷风从窗外吹进来，当她们喝完红茶、吃完蛋糕以后，突然觉得特别冷，但友里绘并没有去关窗户。不知不觉中，外面的天空涂上了一抹橘黄色。

"你还得收拾东西准备搬家，肯定特别忙，我在这儿待太久也不好，我又做了些吃的，我去把它们放进冰箱里吧。"

小百合说着，从沙发上站起来，朝厨房走去。友里绘跟在她身后，一起来到厨房。隔着洗碗池前的台子，看着她好像在自己熟悉的家里一样熟练地把盘子一个个拿出来，然后再一一从一次性快餐盒里拿出她做的饭，有南瓜沙拉、稻荷寿司、炖竹荚鱼、炖煮干萝卜丝，还有用锡纸一个个隔开的五颜六色的腌制小菜。

"小百合，槙仁过去交过的女朋友，你都见过吗?"

友里绘靠在台子那儿，问小百合。

"啊？嗯，基本上吧。"

小百合一边把各种吃的移到盘子里，一边回答道。

"真厉害呀！因为一般好像连母亲都做不到吧？三十岁的儿子交的女朋友们，都要一个一个地见一见吗？"

"哦，是吗？是这样吗？我也不知道为什么，感觉槙仁和别人不一样。"

"是槙仁主动给你介绍的吗？"

"是啊。我怎么可能自己提出要见见?!"小百合抬高声音笑起来，把装好各种食品的盘子一一罩上保鲜膜，放进冰箱，然后开始洗一次性快餐盒，"这孩子，可能是他小时候整天黏在我和美智惠身边的缘故，弄得他现在好像一点儿自信也没有，所以每当他交了女朋友，就来问问我的意见。可能在美智惠面前有些害羞不好意思说，在我这里还比较容易开口吧，虽然像姐姐一样，但毕竟还是外人嘛。"

"那我呢？槙仁是不是也问过你对我的看法?"友里绘问完，才意识到自己的声音好像特别急迫似的。

"不是，你不一样，他没有说希望我见见你，只是说他和一个女孩儿在一起生活了，让我来这里的时候别吓一跳。"

"槙仁说，到现在为止，每次恋爱都是被女孩儿甩，是真的吗？为什么会被甩了呢？"话一出口，友里绘就觉得其实自己想问的并不是这个。来这里的时候，可能有个女孩儿在，别吓一跳。说这话的人和被告知的人，他们之间到底是什么关系啊？这才是友里绘真正想问的。

"我也不太清楚。"小百合用毛巾把快餐盒擦干净放回纸袋里，"女孩子们一般不都是喜欢比较主动、强硬点儿的男孩儿吗？像槙仁这样温温吞吞、老老实实的男孩儿，时间久了，女孩子就会厌烦了吧。"

"温温吞吞、老老实实？"友里绘忍不住笑了出来。

"我是不是说得太过分了？"小百合也大笑起来，声音盖过了友里绘。

过去，每次都是在门口和小百合告别，可是今天当友里绘看到小百合穿鞋时，突然想和她一起到外面走走。于是，她说"我送你到车站"，便带上钱包穿上鞋，和小百合一起出了家门。她们来到公寓大楼的外面时，友里绘才意识到刚才真是太压抑了。

"下次想去你家玩玩，可以吗？"

和小百合已经是数面之交了，可是像今天这样两个人一起外出，还是第一次。不知怎么回事，友里绘竟有些异样的感觉，觉得自己就像个生病住院的孩子，而小百合就像是来探望病人的亲戚。

"嗯，一定要来啊，和槙仁一起。从距离上看觉得好像挺远似的，其实去了就知道了，真的不太远。"

"那我和槙仁商量商量。"

"到时候，我一定使出浑身解数给你做顿好吃的，好好招待招待你们，省得总是吃我带来的凉菜。"

"哇，太想吃小百合做的美食了！"

在车站的入口处，两个人挥手道了别。友里绘离开车站入口处后，又回过头看了一眼，只见小百合把包放在地上，表情特别认真地在买票，买好票走进检票口时，她抬头看到了友里绘。友里绘这才突然意识到自己的目光一直在追着小百合的身影，于是她急忙抬起手，幅度很大地挥了挥。只见小百合也在那边拼命地挥了挥手。

"谢谢!"友里绘说。

"回头见!"小百合回应道。

友里绘并没有直接回公寓,而是沿着住宅街溜达起来。出门时没有穿大衣,现在觉得有些冷了。此时的天空染上了一抹黛青色。

告别的那一刻,给人的感觉好像是关系要好的好朋友似的,但小百合从自己的视野里消失的那一瞬,友里绘却突然有种不快感涌了上来。过去友里绘一直装作没注意,其实小百合一直在以一种她比自己更了解槙仁的语气和自己说话。这究竟是为什么?是什么意思呢?"来家里的时候,如果那个女孩儿在,可别吓一跳啊。"槙仁这话没有说给姐姐听,而是说给一个外人听,他到底是什么意思呢?

在离小田急线不远的住宅街的中央,有一片孤孤单单的灯光,橘黄色的灯光在黛青色的夜幕中显得格外醒目。友里绘被那片灯光引诱着,走了过去,来到跟前一看,原来是一家饭馆。好像是一家新开张的店,镶着玻璃的大门口摆着庆祝开店的花篮。友里绘站在那里,两手插在带有帽子的绒衣口袋里，眼睛注视着灯光，脑子里盘算了下钱包里的钱是否够，便推开了饭馆的玻璃门。

"是一位吗?"一个身穿白色衬衫和黑色围裙的女服务员上来问道。

友里绘回答道："是。"

然后她被带到了吧台前的座位上。店里无论是木质地板，还是原色木纹的吧台以及饭桌，都是崭新的，显得特别干净。打开递过来的菜单，友里绘才发现这家店与其说是饭馆，不如说是一家类似酒吧的意大利餐厅。她要了一份生火腿和柠檬汁拌无花果，西葫芦和青椒，一份奶酪烤蘑菇，一份虾仁烩饭，一份烤羊排，友里绘抱着菜单，一个接一个地点着菜。

"另外，你再随便来个你们店的招牌菜，一瓶红葡萄酒。"这样算是把菜点完了。

"我们店的菜量都挺大的，要不要给您做成小份的?"穿着黑围裙的女服务员脸上挂着亲切的笑容说道。友里绘心想这家店真是会通融，让人感到亲切，但嘴上却说："没关系，我吃得完。"

首先端上来的是葡萄酒和冷菜，量的确很大。友里绘默默地吃起来，店里空空荡荡的，只有她一个客人。因为店里没有播放音乐，友里绘吃饭时能够听到刀叉碰到盘子的响声，以及自己咀嚼的声音。

和槙仁开始同居后，友里绘身边的很多事情在一点点地发生着改变：工作变了，不和朋友们一起出去喝酒了，吃饭时不看电视了，连电影和书都不看了。然而这些变化并不是槙仁让她这样做的，而是她自己要这样做的。因为能够和自己从二十岁开始就一直崇拜着的偶像在一起生活，所以其他所有的事情都变得单调无趣了。和朋友们一起彻夜喝酒聚会，倒好几次车去约会，去看今年最好的电影，这些友里绘都没了兴趣。虽然她绝不是一个能够待在家里干等着男人回来的女人，但现在等着槙仁回家时，友里绘的心情就仿佛是在游乐园里等着玩某个游乐项目一样。本来，自己从来不曾有过，也没想过要把男人的兴趣当作自己的兴趣，而今仅仅是看着玩电子游戏时的槙仁的背影，友里绘便觉得仿佛是看了今年最精彩的十部电影一样。

和槙仁开始同居生活后，虽然她变成了过去自己最讨厌的那种女人，可是友里绘觉得现在自己和槙仁的生活是如此充实而满足。至于变成什么样的女人，对她来说都无所谓了。

　　服务员撤下了生火腿和柠檬汁拌无花果的盘子，端来了奶酪烤蘑菇。友里绘一边喝着葡萄酒，一边开始吃蘑菇。又来了一对客人，他们坐在了饭桌那边的席位上，打开菜单浏览着。

　　已经有将近两年没有像这样一个人在外面的饭店吃饭了。过去，自己想要吃点儿什么，就会选一家漂亮的餐厅，随便拿起菜单，边看边选出自己喜欢的菜点上。而近两年，这样的场面一次也不曾有过。

　　吃完奶酪烤蘑菇之后，肚子已经饱了，可当服务员端来虾仁烩饭时，友里绘又抓起勺子吃了起来。菜的分量对于一个人来说确实有些多，可当友里绘一个人把这么多菜吃得干干净净时，她觉得从前的自己又回来了。过去的自己不会干等着男人、不会迎合男人，她会一个人吃饭喝酒，会跟朋友彻夜喝得烂醉依然可以哈哈大笑。

她觉得那个自己内心里是快乐的，那是个对自己不懂的事情可以刨根问底的自由自在的女孩儿。

是啊，友里绘想，如果她是和槙仁同居前的那个友里绘的话，她肯定会问男朋友，那个女人到底是你什么人啊？为什么一个没有血缘关系的女人能随意进入正是适婚年龄的男人家呢？为什么她会当着人家女朋友的面那么自豪地谈论人家的男朋友呢？为什么要做那么多廉价的菜肴带来呢？还有，为什么你自己的所有事情，都非得一一向她汇报不可呢？那个人和你到底是什么关系啊？……她肯定会一直问下去，直到能够得到满意的答案为止。退一步说，即便是怎么闹也得不到自己想要的答案，至少也要让他知道自己不高兴。要让他知道，那个女人让自己感到了不快，虽然她不是什么坏人，但是你们的关系名不正言不顺，让人感觉不舒服，所以可否断了这层关系。恋爱中让一方不开心是有违恋爱规则的，不是吗？所以请告诉她别再来了。如果是以前的自己的话，肯定会这样把话撂给他的。

友里绘勉勉强强把虾仁烩饭吃完，红葡萄酒还剩着三分之一。在等烤羊排的时候，客人多了起来，转眼间店里的座位就坐满了。烤羊排端了上来，友里绘轻轻说了声"好嘞"，便左手拿叉右手拿刀，继续往已经快到临界点的胃里塞着羊肉和葡萄酒。

当友里绘咽下最后一片肉时，她已经撑得脑子有些昏昏沉沉了，她想：原来自己一口也不想吃小百合做的那些饭菜啊！

友里绘吃得肚子滚圆，而且还喝醉了，脚下像踩着棉花一样蹒跚不稳，丝毫没有走在柏油路上的感觉，却又准确无误地朝着自己住的方向走去，真是不可思议！

"回去以后……"友里绘一边步履蹒跚、东倒西歪地往家里走，一边自言自语地嘟囔着，"回去以后一定跟他说，得全部告诉他。"大概是意识到了自己是在自言自语，为了给自己打气，她便故意说了出来。

快到公寓大楼的时候，友里绘实在太难受了，便用一只手撑着电线杆，试着往外吐，可是除了唾液，什么也吐不出来，唾液滴滴答答地滴落在了柏油路上。

她回到家时，槙仁已经回来了。只见他坐在饭桌前，正在吃面前摆着的小百合做的菜。菜上罩着的保鲜膜没有被完全揭去，只是都被掀起来，卷在了每个盘子的边缘，旁边还有一大罐啤酒。槙仁的耳朵上扣着一个大大的耳机，看到友里绘，他笑着说了声"回来了"便把耳机摘了下来。耳机里传出刺耳的声音，当槙仁把放在旁边的随身听的电源关掉后，声音便消失了。

"屋子里的东西大致都收拾完了啊，今天又让你辛苦了，谢谢。"槙仁说。

友里绘呆呆地站在餐厅的门口，远远地看着坐在饭桌前的槙仁，仿佛不是在现实中一样。那个在现场演唱会和杂志上才能看到的男人，现在就坐在他家里冲着自己笑。友里绘脑子里在想：为什么自己会在这里呢？为什么槙仁会在这里呢？

"你已经吃过了？如果想喝啤酒的话，冰箱里还有。"槙仁一边吃着稻荷寿司，一边说道。槙仁小便后没冲的厕所，不能看电视的晚餐，不去看电影的礼拜天，便利店买回来的饭团充当的早饭，虽然这些她都早已习惯得不能再习惯了，可是她还觉得自己能和这个男人一起生活，真是个奇迹。想到这里，友里绘内心竟有一种绝望的感觉。

"好吃吗？"友里绘问。可她心里要问的并不是这个。

"啊？嗯……一般。你不吃点儿吗？"

"吃过了。"

"是吗？吃过了啊。"

房间里又静了下来。友里绘依然站在那里看着槙仁，刚才在嘴巴里翻来滚去的话，现在却连个影子也没了。你们到底是怎么回事啊？那个女人到底是你什么人啊？搬家以后，你能不能让她别再来了啊。可是如果那样说了，自己和槙仁的关系是不是就完了？思来想去，她终究还是没有勇气赌一次。哪怕输的可能性只有百分之一，她也不想去赌。友里绘想，在这个人面前，自己真够没用的，自己真的是弱到家了。难道喜欢上一个人，就得这样被剥夺了自由，就得卑微到尘埃里去吗？

友里绘突然想起了一段话，那是以前的男朋友在分手时丢给她的话。

"那样的话，你和他们周围那些傻乎乎的女孩儿们还有什么区别呢？不过也就是个狂热的粉丝罢了……难道你要的就是这个吗？真让我失望，太失望了！"

"英之！"友里绘在内心里呼唤着这个早已被她忘掉了的曾经的恋人的名字，这时她又想了起来。英之，真让你说对了。不，有一半没说对，槙仁并不是因为又跟别的女人好上了要跟我分手，其他方面你都说对了。我真的是个笨女人，终究还是和那些狂热的粉丝没什么区别。想要的东西真是少得可怜，可就是这点少得可怜的东西，因为自己不愿放手，所以才变得如此卑微、如此没出息。难怪你会对我失望，我自己都觉得好失望，对自己感到失望！

"你怎么了？"看着呆站在那里的友里绘，槙仁问道。

"还有蛋糕呢。"友里绘说。

"嗯，看到了。"槙仁答道。然后他又把耳机戴上，打开开关，继续吃起了晚饭。炖干萝卜丝、南瓜沙拉、腌制的芜菁，一个个都被槙仁用筷子送进了嘴里。

过去和前男友的很多生活细节，在友里绘的脑海里就像潮水一样哗哗啦啦地涌了上来。和朋友喝完酒回到家，会有热腾腾的火锅等着她，晚饭时电视机的音量开得很大，房间也比这里小很多。每到休息时总是乘车远行，两个人手拉着手在没有人迹的海滨散步。"友里绘，你真不简单啊！"一点点小事，也总是能得到前男友的真心赞赏。生日的时候，他特地预约了一间较高级的居酒屋，为自己庆祝。她喝醉过、摔倒过、开怀大笑过，把音量开到最大，一边听着啄木鸟乐队的CD，一边打扫房间，还定下了好几条"协定"。不高兴了可以直率地表现出来，想说什么就可以说什么，小时候的事，喜欢的事，不喜欢的事，所有的事都可以各抒己见、互相争论，甚至争吵，争吵中互相增加了解，在那些日子里根本没有什么博弈和较量。"那时好开心啊！"这句话禁不住从友里绘的心里涌了上来。跟英之在一起的那些日子真的好开心啊！当友里绘在内心又一次重复这句话时，她自己也吓了一跳，不由得自问自答道："难道那时比和槙仁在一起生活还快乐吗？他可是你向往已久的偶像啊！"回答是："是的，好开心。要是英之是槙仁就好了。"

　　友里绘静悄悄地来到正听着音乐的槙仁身边，槙仁并未察觉到。友里绘伸出手，摸了摸槙仁戴着的耳机，把它摘了下来。友里绘看着抬起头来的槙仁，问道："槙仁，你真的想要我跟你一起搬过去吗？"

"啊？"槙仁用一副丈二和尚摸不着头脑的表情看着友里绘。

"你真的想要跟我一起生活吗？"友里绘变换了一种问法。

"嗯。"被友里绘摘下来的耳机里传出了刺耳的金属似的声音，"可是，不是定了要搬吗？"他瞄了一眼墙角处堆积如小山一样的纸箱说。

为什么我们之间的质问和回答总是这么不合拍呢？一瞬间，友里绘脑子里闪过了这个想法。

"我问的不是这个，我问的是你是否想让我跟你一起搬过去。"友里绘笑着慎重地问道，尽量不让自己的这个质问终结他们的关系。

"不搬也不行了啊。"

"我问的就是这次搬家，你是不是希望和我一起搬？"

槙仁看着友里绘想了好半天。友里绘突然有些紧张，她不知道他们的关系是不是就这样完了。说不定他会回答：不想。

"是不是你不喜欢要搬去的那个地方？"他却带着一种很不安的表情反问友里绘。

"我没有不喜欢呀。"友里绘不由得笑出声来。

"太好了。因为那里比这里的条件差多了，我还担心你不喜欢那里呢。"槙仁小声嘟囔着。友里绘又一次觉得：唉，输了输了。看来自己不管怎样也无法战胜这个男人了，只要他是槙仁，就无法战胜。而面对着这个根本没有意识到自己是个胜者的男人，她想说的话好像永远也说不出口。

"这次搬家，小百合也要来帮忙吗？"她鼓起最大的勇气把自己不喜欢的话说了出来。

"啊？搬家不是得拜托搬家公司吗？"

完全是驴唇不对马嘴的回答。友里绘只好笑着又把耳机给他戴了回去，摞起空盘子，端到洗碗池里，打开水龙头，让水流着。友里绘的目光越过洗碗池的台子注视着槙仁，心想：自己能够在这样一个被他触摸到的地方，毫不踌躇胆怯地触摸到他，不能不说是个奇迹。可是，这个奇迹又是这般将他们隔开了。

在一间满屋子都是烟味的卡拉OK包房里，有个头发短短的男孩儿站在那里唱歌，坐在友里绘旁边的女孩儿正兴致盎然地摇着手鼓，坐在左边的男孩儿正翻着如电话号码簿一样厚厚的歌曲目录。房间里很暗，电视画面上闪烁着亮光，照射在坐在U形拐角沙发上的男孩儿女孩儿们的脸上。

友里绘已经开始在一家新公司工作了，公司里刚熟识起来的一个二十多岁的女孩儿约她去参加一个集体相亲活动，一开始友里绘拒绝了。听说参加活动的成员大都是二十五岁左右的年轻人，不管女孩儿如何劝说，友里绘始终觉得那样的场合不适合自己。可那个女孩儿还是不肯罢休，继续劝说道："里边也有二十八九岁的男士，而且，友里绘看上去怎么也不像是三十五岁的人，所以，没什么不适合。"最后，她甚至说："你就当是去参加了一次酒会，你不会真想去那里找一个男朋友吧?"

友里绘只好勉勉强强地答应下来了。她第一次参加在居酒屋举行的酒会，吵吵嚷嚷、热热闹闹的，喝得倒是挺开心。有个二十七岁的男孩儿还过来要了友里绘的联系方式，友里绘感觉好了许多。

一开始，友里绘还有些担心这种场合不适合自己，但当她和成员里最年轻的一个二十四岁的男孩儿以及一个女孩儿聊了聊之后，并未感觉到那种比他们大了将近一轮的代沟，于是，最初的担心一下子就消失了。

可是，接下来的卡拉OK让友里绘感到非常惊讶，因为他们唱的歌她竟一首也不知道。如果只是这样倒还好，她读着卡拉OK画面上闪烁着的歌词，却完全不知道歌词的意思，有种那些歌词好像根本不是日语的感觉。在这里，有这种感觉的好像只有友里绘自己，其他人则摇着手鼓、晃着铃铛，把气氛搞得非常热闹，每每唱到副歌部分，所有人都会跟着一起大声合唱。再有半年就满三十六岁的友里绘，这时终于实实在在地意识到了自己的年龄。

"友里绘，你也唱一首吧。"刚才跟她要了联系方式的那个男孩儿挪到了友里绘身边，紧挨着她坐了下来。

"可是，我只会唱些老歌呀。"

"可以啊，老歌也挺好的啊。"

"可是……"友里绘喝了一口淡淡的鸡尾酒，翻看着递过来的点歌目录，这才意识到自己是在找啄木鸟乐队的歌。翻着翻着，终于找到三首他的歌。哦，有了，有了啊！友里绘在心里小声说道。

"这首歌你知道吗？"友里绘问那个二十七岁的男孩儿。

"啊？哦，是啄木鸟啊。知道啊，高中的时候常听。"皮肤光洁的二十七岁男孩儿把脸凑近友里绘翻开的点歌目录回答道。高中生的时候啊，友里绘苦笑了一下。

"会唱吗？"

"嗯……唱不好。"

"一起唱吧。"

"哦？你喜欢吗？"

"嗯，过去曾经喜欢过。"

"那就点吧。哎，谁能把遥控器给递过来呀？"

二十七岁的男孩儿低着头，把歌曲的号码输了进去，他的T恤衫的后背已经被汗水浸湿了。门开了，一个金发女孩儿把大家要的酒端了上来，黑暗中，大家一个传一个地把酒分别传到了各自的手里。和友里绘在同一家公司工作的那个女孩儿站了起来，边跳边唱着一首友里绘不知道的歌，画面上不知什么意思的歌词不断地涌现出来又消失而去。

友里绘最终并没有和槙仁一起搬家。当初一个人打包行李时的那种"好像只是自己一个人要搬出去似的"感觉，终究还是变成了现实。友里绘只带着自己的行李搬了家，但不是搬到了京王线的沿线，而是搬到了丸之内线的一个车站附近。记得当初她曾经觉得小百合是个和年龄相称的年轻阿姨，而今自己也到了那个年龄。

两人没有吵架，既不是槙仁有了别的女朋友，也不是友里绘喜欢上了别人。友里绘心想：如果她和槙仁一起搬过去的话，那么奇迹依然会继续下去吧，可是她从那个奇迹中逃了出来。

搬家的前一天，友里绘跟公司请了假，在家里收拾、捆装行李。虽然已经提前很久就开始收拾了，可是到了眼前好像依然没有理出个头绪来。那天，槙仁本来要在工作室里工作一天的，一看这种情况，也急忙取消了计划帮着友里绘一起收拾起来。正在这时，小百合来了，友里绘意外地发现她还是第一次看到小百合和槙仁在一起。

"哎呀，你在呀。今天不是去工作室吗？"看到槙仁，小百合问道。

"嗯，这里弄不完。"槙仁回答。

如果说这也称得上是对话的话，两个人之间的对话就只有这些。槙仁坐在地板上小心地包装着那套立体声音响，小百合从纸袋里拿出了几个一次性快餐盒。然后，她不是对着槙仁，而是只对着友里绘说了起来："你们的盘子肯定已经收起来了吧，今天就把这些快餐盒放在这儿，吃完了扔掉就是了。明天搬家公司几点过来？电话已经停掉了吗？这次搬去的新家是几层来着？"

友里绘觉得她应该是知道答案的，可小百合不断地问着，她也只好老老实实地回答着。每次来总是说起来没完没了的小百合，今天问完一轮问题后，好像突然不知道说什么了似的，呆呆地在那里站了好半天，然后突然冒出来一句："我也帮把手吧。"

槙仁把立体声音响包好装进箱子后，又开始收拾唱片；友里绘用旧报纸包着盘子、碗之类的；小百合把窗帘摘了下来，还把窗帘上的金属吊环也一个个地摘了下来。

摘完后她走进盥洗室问道："这里的东西都装进箱子里可以吗？"

"可以。"槙仁没停下手里的活儿，回答道。

过了一会儿小百合的声音又从盥洗室那边传了出来："洗澡间的东西呢？"

"全都带走。"正在捆着旧杂志的槙仁回答道。

小百合手脚麻利地把还没有来得及弄的地方一个个都收拾完了。幸亏有她帮忙，到了傍晚，所有的东西基本上都被装进了纸箱，只等着明天搬家公司搬走就可以了。

"那我走了。"小百合一边说着一边快步向门口走去。

槙仁正在专心地看一本没有装箱的旧杂志，友里绘看他没有任何反应，赶紧跟着小百合来到了门口。

"一起吃完饭再走吧。"友里绘客气地挽留。

"不了，不了。明天你们还得忙呢，再见！"最后的那声"再见"像是冲着房间里面很不高兴地说的似的，说完，小百合脚步飞快地走了。

友里绘来到走廊，目送着远去的小百合的背影，看着她的身影在楼房拐角的柱子那儿消失不见后，这才回到了房间里。这时，她的内心突然涌上来一种强烈的失败感，准确地说，那不是一种失败感，而是一种被恋人甩了后的感觉。她觉得自己被甩了、被抛弃了。别的女人被选上了，而自己就像一个没有任何长处和魅力的小石头一样被扔掉了。他们没有对话，甚至两个人的目光都不曾对视过，默默干着活的这一男一女的身影，一次又一次地浮现在友里绘的脑海里，她甚至想得有些烦躁。"完了！"友里绘拼命从心里挤出这两个字。完了，完了，彻底完了。

"槙仁，明天我不想搬过去了。"回到房间后，友里绘冲着正低着头看着杂志的槙仁说道。

"啊?"槙仁一脸懵懂地抬起头来看着友里绘。

"我不想再跟你住在一起了。"

"啊?你说什么呢?"

没说出口,友里绘最后也没说出口。别再给那个女人新家的钥匙了,别让她再来了,如果你能做到这些,我就跟你一起搬家,可她实在说不出口。即便是最后那句"我不想再跟你住在一起了"的宣言,也是豁出去才说出来的。怎么办?友里绘呆呆地站在房间里,等着槙仁做出让步,可是槙仁终究没有说出友里绘最希望他说的话。

第二天,捆装好的箱子暂时先被搬到了槙仁的新居,然后又被原封不动地搬到了友里绘匆匆忙忙租下的位于中野坂上的木造公寓。

"你这是什么意思呢?"当友里绘从槙仁的公寓楼搬出来时,槙仁像个迷路的孩子似的嘟囔着说。

"对不起,我自己也不知道是什么意思。"友里绘说着,心想自己的表情肯定也跟他一样无辜吧。这成了他们之间最后的对话。

搬到中野坂上后，友里绘以为小百合会给她打电话并劝她回到槙仁那里去，可是小百合一次电话也没打过。后来，有好几个星期，不，应该说有好几个月，每每想起小百合和槙仁的身影，都会让她感到痛苦不堪。他们俩在搬家前收拾东西的情景，在友里绘心中，变幻成了在新居里整理着东西的两个人的身影。他们两个人之间没有对话，只是默默地干着活儿，就像一对在一起生活了很多年的老夫妇一样，他们之间拥有一种无法言说的共同的东西，早已不需要任何语言。

从槙仁的公寓搬出来本是友里绘自己的决定，可她竟有一种强烈的失恋的感觉。实际上，她也的确失恋了，从失恋中走出来用了整整一年时间。她又换了一份工作，开始在这家举办各种活动和招聘的公司工作后，又和过去的老朋友们联系上了，开始去这里那里喝酒了，朋友们也给她介绍过几个男孩儿，她也接触过几个。而今，友里绘也到了和小百合同样的年龄。

"这首歌是谁点的?"有人问道。

"哦,是我,是我。"二十七岁的那个男孩儿回答道。有人把麦克风递到了他的手里。熟悉的旋律流淌开来,友里绘抬起头,心里一阵酸楚。画面上播放出来的不是粗制滥造的拼凑影像,而是啄木鸟乐队现场演奏的实况录像。友里绘好像要把它们全部刻进自己的脑子里似的,目不转睛地注视着播放器。画面上的槙仁比和自己在一起时年轻多了,那时自己还只是他的观众。只见他模仿着英国的朋克乐队,脸侧着,眼睛瞪着观众席。没穿T恤衫的上半身显得有些苍白,穿着皮裤的两条腿细得像两根铅笔。友里绘试着把画面上的这个槙仁和现实生活中自己了解的那个保土谷槙仁重叠在一起,那个睡醒时顶着一头乱发、眼睛上粘着眼屎、穿着一身批发市场买来的廉价衣服的槙仁。可是,无论她怎么努力也无法将两者重叠到一起。画面上播放着的那个槙仁是友里绘心中的偶像,而现实生活中友里绘认识的那个槙仁,是一个从来不会说爱,甚至可能连什么是爱什么是恋都不知道的普普通通的男人。

身边那个二十七岁的男孩儿唱起来调子完全不对，友里绘知道，不是这个男孩儿五音不全，而是他不会唱这首歌。也许他曾经唱过，但现在已经忘了吧。

"谁的歌？这是谁的歌？"不知谁在问。

"你不觉得这个人很帅吗？"有人指着画面问道。

"耶!"有人拼命地摇晃着手鼓大叫。

一处又一处的跑调让友里绘听着特别别扭，她心想：不会唱的话就不要唱了。而那个二十七岁的男孩儿却是一副唱得很开心的样子。友里绘从他手里要来麦克风，一边接过麦克风，一边唱了起来。记忆中槙仁的声音和自己的声音重合在了一起，友里绘自然流畅地大声唱着，边唱边站起身走到了播放器前。她一下子把音量调到了最大，顿时房间里的欢笑声、喧闹声、手鼓声等所有的声音都被淹没了。友里绘好像要贴到画面上似的，站在播放器前大声唱着，凝视着槙仁大声唱着。她心想：如果英之是槙仁的话，也许他们就不会分手了吧；如果槙仁不是槙仁的话，或许他们也不会分手吧。自己到底是怎么了？不，应该说，人生到底是怎么了？

画面上的槇仁模糊了，歌词的字幕也模糊了，友里绘一边流着泪，一边大声唱着。友里绘想：看着这个紧贴着播放器、流着泪唱着朋克摇滚的三十五岁的女人，那些二十多岁的年轻人一定被吓坏了吧。管他呢。这样想着，友里绘继续往下唱着，泪水和鼻涕流进了张开的嘴巴里，有一股咸咸的味道。

画面上的槇仁是那么年轻、那么傲慢、那么完美。友里绘心想：不论何时，每当想起和槇仁一起度过的每一天，都能让她心情舒畅地觉得自己曾经也像画面上的槇仁一样那么傲慢、那么完美。什么时候能让自己这样回忆起过去的日子啊？那一天何时才能到来呢？

歌曲结束后，画面一下子黑了下来，房间里也随之变得黑暗。

可能是因为还没有人点下一首歌，所以画面就那样一直黑着，房间里一下子变得静悄悄的。友里绘吸溜了一下鼻涕，转过脸来。年轻人则像看珍奇动物似的看着友里绘。友里绘一下子变得很得意，心想：你们这些人大概谁也不曾有过我这样的经历，不曾有过我这样的恋爱吧。怎么样？你们有过光输不赢的经历吗？没有吧。那你们就好好看看吧！这些话让友里绘憋得实在受不了了，于是她拿起还没有关掉的麦克风，怒吼道："下一首歌点好了吗？还没点的话那就快点！别磨蹭!"

麦克风和喇叭之间突然产生了颤噪效应，房间里顿时回荡起越来越大的"吱——"的噪声。

蝙
蝠

夏秋之交的一天，刚满三十二岁的保土谷槙仁认识了片田希麻子，那时正是穿一件衬衣觉得有点冷、穿毛衣又觉得热的时节。

　　最近，常和槙仁一起工作的面川慎二那天带他去了西新宿一家名叫火影的日式酒吧，片田希麻子就在这家日式酒吧工作。槙仁虽不是第一次出来喝酒，但像这种有陪酒女的日式酒吧，他还从未来过。和他去过的居酒屋以及酒吧不同，一开始火影的空间和氛围就让他感到有些畏怯，而面川好像是这里的常客。当他们进到店里，一个穿着和服的中年女性跟他打招呼说"好久不见，面川君"时，他也只是随意地抬起一只手回应了一声"哦"，并未露出一丝拘谨的表情。在昏暗的灯光下，他们来到了一张桌子前坐了下来，而负责这张桌子的就是片田希麻子。她等大家坐下来后，会给客人倒酒、点烟，待客人从洗手间回来后，她还负责把擦手巾递到客人手里。但她并不是只负责照顾槙仁他们这一桌。这家店只有一个吧台和四张桌子，这时客人们已经坐得满满的，而店员却只有三个，一个是站在吧台后面的中年妈妈桑，一个是不知什么原因把眼圈涂得漆黑、穿件草绿色连衣裙的女人，还有一个就是片田希麻子。除了那位穿和服的妈妈桑之外，只有她们两个跑来跑去地照顾着吧台和桌子这边的客人，忙得晕头转向。当客人在卡拉OK那边叫她们时，她们还得跑去帮客人输入歌曲的代码。

"这位是槙仁。"面川向正在倒酒的希麻子介绍道。

于是希麻子把头转向槙仁自我介绍道："我是希麻子。"然后不知为什么，她好像有些生气似的又强调了一遍说："不是麻希子，而是希麻子!"然后才说："请多多关照。"

"面川君，肚子饿了吗?"希麻子问道。

"不饿，我们是吃完饭才过来的。"面川回答说。

"在哪儿吃的啊?"希麻子又问。

"十二社的那个……就是那边那个中华料理店。"面川回答道。

"哦,是那儿啊。那就不要小菜了吧?"希麻子说完离开了座位,"不过这些还是放这儿吧。"说着,又随手把装满花生的盘子放了回来,然后一屁股坐在了槙仁旁边。自己身旁坐着一个陌生的女人,这让槙仁觉得有些手足无措,即便面川依然在谈工作,他也只是低着头"嗯""啊"地穷于应付着。希麻子既不开口说话,也不喝酒,既没有恭维的笑容,也没有客套话,只是静静地坐在槙仁的身边,看到杯子里的酒只剩下一半时,及时殷勤地再给斟满。

"希麻子,这个家伙被女朋友给甩了,多宽慰宽慰他啊。"

听到面川这么说,希麻子开始目不转睛地打量着槙仁说:"不是被人甩了,而是把人家给甩了吧?"

"啊?"槙仁傻傻地不知说什么好。

"不是,真的是被人家给甩了,因为那个女的搬出去了，对吧?"开始有些醉意的面川夸张地笑着说。

"谁跟你说的呀?"槙仁有些不高兴问说道。

"可是，自从那个女的走了以后，槙仁不是一直都没有再交女朋友吗?"

槙仁刚想说不是不想交，是没有女的找自己。希麻子先开口问道:"你的名字叫MAKI?"当希麻子想要问什么或者说什么时，总是会目不转睛地注视着对方，那目光给人一种好像在责备自己的感觉，槙仁又开始感到慌乱不安。

"我的名字是保土谷槙仁。"听到槙仁自报姓名，面川咯咯咯地笑了起来。

"哦。你叫MAKI呀，我叫KIMA。"①希麻子的目光仍然停留在槙仁的脸上，她嘴唇一咧，露出了笑容。槙仁心想:来到这儿以后还是第一次看到她笑呢。

"哎，希麻子，我问你，这个家伙，你觉得他眼熟吗?"

面川的话音还没落，就听见吧台那边妈妈桑在叫:

①日语中，槙仁的"槙"字发音是"MAKI"，希麻子的"希麻"发音是"KIMA"。

183

"希麻子，那边 NAKA 先生在叫，请过去一下。"

希麻子马上站起来飞快地离开了。槙仁终于松了一口气。

"你这家伙，说那么多干吗？"槙仁低声对着坐在对面的面川埋怨道。

"这有什么呀，大家不是都挺开心的吗？"

"我不愿意让别人谈论这些。"

"哎，真是个没劲的家伙！"面川依然咻咻地笑着，喝了口威士忌，一下子把三颗花生米同时扔进了嘴里。

槙仁曾经靠着啄木鸟乐队的收入维持着生计，但是从两年前起，事务所不再负责他的房租，而今虽然依然勉勉强强地和事务所维持着合同关系，但事务所已不再像以前那样按月给他发工资了，现在是提成制，而且，事务所早已不再给他安排工作。其实槙仁知道，不是事务所不给他安排工作，而是根本就没有工作。偶尔，事务所会让他们到地方上的百货商场的屋顶广场或市民娱乐中心的一楼大厅去演出，但都被他们拒绝了。这样一来，事务所的人最近连电话都不打来了。槙仁知道，过不了多久，等合同到期后，事务所大概就不会再跟他们续签了。

从高中时就一直在一起合作的贝斯手矢吹和架子鼓手日野有些气愤地说："这个事务所不好，要不换个事务所吧，说不定会有好的转机呢。"他们倒是想得非常乐观。

另外，像亲姐姐一样的林小百合也说："如果变换一下路子，你们肯定还能成功的，再试试别的音乐怎么样?"

可是槙仁极其冷静，他知道，就像很多东西有保质期一样，自己乐队的所有东西也都有一个保质期限，而这些东西都已经过期了。现在他通过朋友的介绍，有时给新推出的歌手们提供作曲，有时参与制作一些游戏音乐，最近又增加了一项工作——在面川的事务所帮忙。

面川比槙仁大一岁，五年前，槙仁委托面川帮忙设计乐队的CD外壳，两人由此相识。面川是个装帧设计师，有自己的事务所，不管是游戏还是杂志，不管是CD

还是企业的手册，他们什么都做，只要客人有需求，他们从不拒绝，而且总是能够按照客人的要求准时完成。槙仁在面川的事务所里和其他几个年轻人一起给面川打下手，同时也学习怎样使用计算机。虽然现在计算机已经开始走进家庭，但面川说再有五年，计算机将会普及到每个人手里，从那些还不会乘法口诀的儿童到老爷爷老奶奶，将人手一台。所以，现在是计算机行业成功与否的关键时期。槙仁虽然心中对此有些怀疑，但现在自己又找不到什么可做的事情，只好把全部的信赖都寄托在了面川身上。

"哎呀呀，真对不起，怎么除了干果，什么都没有啊？我去拿些小菜来。"

那个身穿草绿色连衣裙、化着烟熏妆的女人说着，很快就端着一个小托盘回来了。她把托盘放在槙仁和面川面前的桌子上，然后一下子坐在了槙仁旁边，香水味很冲，简直就像是芳香剂，直刺槙仁的鼻子。

"面川君，好久不见。这位是……？前川君吧?"那个女的说着，瞄了槙仁一眼。

"不是前川，前川上上个月就辞职了。这位是槙仁，这位是小翠。"

听了面川的介绍，槙仁点了点头，算是打招呼。小翠说了声"谢谢"，脸上挂着笑容为他们勾兑了两杯鸡尾酒。虽然小翠无论怎么看都像是四十五岁左右的人，可是她穿的草绿色连衣裙也好，脑门上架着的那个大大的墨镜也好，还有作为装饰戴在手上的那枚华丽的戒指也好，装扮得都像是二十多岁的女孩儿似的。和希麻子坐在自己身边比，浑身散发着芳香剂气味儿的小翠坐在身边，槙仁反倒没那么紧张。因为小翠不会用那种责备似的眼光看他。可是这位小翠也仅仅是刚说了两三句话，就被别的客人叫走，唱男女二重唱去了。于是，只剩下槙仁和面川两个人继续喝着酒。

深夜，卖牛肉盖浇饭的饭馆里客人稀少。除了并排坐着的面川、希麻子、槙仁以外，他们对面还坐着一个有些像从东南亚来的客人，他独自一人默默地坐在那里吃着。面川和希麻子已经醉得有些不知东南西北了，仅仅是吃一碗牛肉盖浇饭的工夫，希麻子就从座位上滑下去两次，面川想从后面把她抱起来，结果自己摔得更狠。槙仁厌烦地看着他们，继续吃着自己的盖浇饭。

从店里出来后，外面冷得让人难以置信，因为就在白天，天气还那么暖和来着。被高楼之间的穿堂风一吹，希麻子和面川两个人嗷嗷地叫了起来，那声音在楼群中无人的街道上传来阵阵回声。

"哎，为什么我们要从这儿走呢?""哎，为什么要走这儿呢?"从饭店出来，这句话希麻子已经问了二十多回了。每问一次，面川就倒在地上捧腹大笑。

而槙仁总是规规矩矩地回答："两个小时前，我站起来说要走了，你却说肚子饿了，让我们等你，说再有三十分钟就闭店了，下班后一起去吃牛肉盖浇饭，大家才找到这家店一起吃了饭。"

"再去喝一杯吧!再找一家店去喝一杯吧!"一路摔着跟头，毛衣和牛仔裤被弄得脏兮兮的面川说道。槙仁虽然听到了，但一想到如果进了某家店，说不定希麻子和面川又得从椅子上摔下来。于是，他就不理他们，独自来到主干道上，目不转睛地注视着车流，寻找着有空车标示的出租车。

　　看到有一辆出租车停在了面前，槙仁先把还在那儿又笑又唱的面川和希麻子推上了车，然后告诉司机拉他们去下落合，就把车门关上了。既然希麻子让面川等她下班后一起去吃盖浇饭，可见他们俩的关系应该很亲密，所以槙仁才敢给他俩叫了同一辆出租车。送走他们后，槙仁从口袋里掏出一支烟点上火，他一边吸着烟，一边在这寒冷彻骨的深夜里盯着道路上来往的车流，等着出租车。不知怎么，槙仁好像听到脚步声越来越近，他不经意地回头一看，只见希麻子正朝自己走来。第一眼看到那个身影时，槙仁的反应是：麻烦来了！可是这时想逃更麻烦。希麻子终于走到了自己的跟前，靠着自己的肩膀喘着气。槙仁只好问她："怎么了？"

　　"什么怎么了？刚才那个人是谁呀？讨厌死了！在出租车上，又是摸人家的腿，又想亲人家的嘴巴。请你别让我和那样的人坐同一辆出租车好不好?！真是的!"希麻子连话都说不利落，大着舌头终于把话说完后，身体又开始往下滑，就在槙仁以为她又要就地蹲下去时，却见她突然指着空中的某一点大声叫着："看！看！那个是不是蝙蝠？绝对是蝙蝠！"槙仁目不转睛地注视了很久，却什么也没有看到。也是，这种地方怎么会有蝙蝠呢？肯定是在说醉话。槙仁没理她。可是，不知为什么，希麻子依然在那儿兴奋地叫着："快看，就是蝙蝠嘛！快看！"槙仁终于看到一辆亮着空车灯的出租车开了过来，他赶快跑上前去，举起了一只手。

"来吧，你先坐吧。"听到槙仁的话，希麻子站了起来，走上前挽住槙仁的胳膊，拉着他一起上了出租车。上了车她也不说去哪儿，只是长长地呼出一口气，然后靠着槙仁，闭上了眼睛。

"哎，你家在哪儿啊？"槙仁晃了晃希麻子，可是她除了呼呼地喘着气，什么回应也没有。槙仁没辙，只好告诉司机："对不起，去笹冢。"

把一个喝醉了的女人带回家，对于面川来说，也许是再平常不过的事，而槙仁却觉得实在是麻烦。当然，如果是一个看上去有"未来感"的女孩儿还好，而对于这样一个自己主动扑过来的昏睡着的女孩儿，槙仁一点儿"未来感"也感觉不到。

所谓"未来感"，是槙仁凭着一种特殊的感觉去考虑和判断问题的方式。对于将来有可能成为恋人的女孩儿，第一次见面时槙仁肯定会有一种噼噼啪啪过电的感觉。不是所谓觉得可爱，也不是所谓喜欢，仅仅是单纯的过电的感觉。就像要搬家找房子时那种感觉一样，当房屋中介把空着的出租房房门打开时，有的房间在那一瞬立刻就能让你想象得出自己住进去后的情形，而有的房间却根本不能。对于那种来电的女性，槙仁即便不会主动去追或想办法去接近，也会一点点自然地缩小两个人之间的距离，即便不会把喜欢你呀、爱你呀之类的说出来，也会自然地交往起来。即便是一两年后，不知什么原因被她们甩了，但终究会走到自然交往的那一步。所以槙仁一直相信自己这种来电的感觉，他觉得这就是他所要的"未来感"。

而这个很少有笑脸、怎么看都觉得不太正常的女孩儿希麻子，槙仁从她身上感受不到一点儿所谓"未来感"，而且他现在还不得不把她带到自己的单身公寓，这实在是一件天大的麻烦事。

两年前租下了这套两室一厅的公寓，他原本打算和女朋友一起生活，而女朋友却不知何故没有和他一起搬过来，自己一个人搬走了，所以多出来一个房间。槙仁把醉得不省人事的希麻子从出租车上扶下来后，抱着她乘电梯上了楼，把她放在了客厅的沙发上。他迅速地把平时工作用的那个房间收拾出来，把招待客人用的垫子铺上，然后又回到客厅。只见希麻子依然在那里沉沉地酣睡着，两个胳膊放在头的上方，那姿势就像在喊万岁似的。她的嘴巴和两条腿都张着，本来就没过膝盖的短裙现在则皱巴巴地卷在大腿上，三角内裤全部露在外面，连黄色内裤上印着的蓝色小花也看得一清二楚。关于"未来感"的问题，先放在一边，现在眼前这位熟睡着的希麻子看上去比那个脸上化得花里胡哨的小翠可年轻多了。虽然说不上特别漂亮，但还是有些姿色的，而且这种毫不设防的睡姿也显得很可爱。自从上一个女朋友走后，槙仁还一直没有真正意义上的女朋友，加上他又不是那种没事就去色情场所鬼混的人，所以这时槙仁的下半身也隐隐地有了反应。他想：这个女孩儿虽然从面川那里逃了出来，可又这样来到了自己的公寓，眼前的她露着内裤酣睡着，如果自己……但终究还是理性占了上风。他的结论是：和一个一点儿"未来感"都没有的女孩儿发生性关系，是不会有任何感觉的。槙仁把瘫软成一摊烂泥的希麻子连背带拖地弄到那间工作间，放在了棉垫子上。当她咕噜一下躺在垫子上时，嘴里发出了哼哼唧唧的声音，但终究还是没有醒来的意思。

本以为和希麻子的交往也就到此为止了，没想到三天后，槙仁却一个人站在了日式酒吧火影的门前。希麻子在家里睡了一夜，第二天早上当槙仁醒来时，她已经走了，临走时连个纸条也没有留。在叠得整整齐齐的被子旁边，一个皮革表带的手表忘在那里了。一个人去日式酒吧那种地方，总觉得有些难为情。可是这只皮革表带的手表说不定价格不菲，像孩子一样有股认真劲儿的槙仁，还是觉得不给人家送去不好。之所以没有告诉面川，是为了避免再像上次那样节外生枝。本来他打算把手表给了人家，从面川寄存在这里的酒里要一杯，然后喝完就走。

槙仁深深地叹了口气，推开了火影那沉重的大门。门被推开的那一瞬，里面热闹的卡拉OK声一下子涌了过来，变得手足无措的槙仁顿时愣在了那里。正在唱歌的是一位上了年纪的男人，看上去像是个公司职员，而希麻子则在为他伴唱。"欢迎光临。"小翠走过来，一边打着招呼，一边把槙仁忘关的门关上。门被关上后，唱歌的声音更显得大了许多。槙仁呆呆地站在原地，静静地看着正在唱歌的希麻子。

希麻子和那个公司职员一起唱的是一首老歌，希麻子好像五音不全，不知她是不知道自己五音不全，还是明明知道，却还故意像个傻瓜一样认真地在那里大声吼着。只见她两只手紧紧地抱着麦克风，两个眼睛拼命地瞪着近在眼前的液晶画面，板着一张脸，吼得令人厌烦。那个公司职员不知道是不是被希麻子吵得烦了，他不仅自己停下来不再唱了，而且还笑着用双手捂住了耳朵，另外那些零零散散坐在座席上的客人也都笑得前仰后合。今天依然是和服打扮的妈妈桑也站在吧台里面呵呵地笑着。只有希麻子一个人在那里用一种只能说是噪声的声音一脸严肃地大声唱着。

"太吵了吧？马上就完，请，坐吧台可以吗？"槙仁被小翠拽着走向吧台时才终于回过神来。可是当他被安排就座以后，又开始看着希麻子出神。引得这么多人哈哈大笑的希麻子既不觉得难为情，也不觉得害羞，依然在那里大声地唱着。这样的女孩儿，槙仁还是第一次遇见。这时的希麻子，看上去就像个在进行歌唱考试的小学生一样。槙仁这时突然意识到自己内心有些慌乱。

"要啤酒，还是这里有您专属的存酒？"只听到小翠上来问道。

槙仁忘了刚才想要从面川寄存在这里的酒中喝一杯的想法，急忙答道："哦，啤酒。"声音中透着慌乱。

一曲终于唱毕，妈妈桑做做样子鼓了鼓掌。店里的客人没有上次来时那么多，只见他们都笑得直不起腰来。

有的人说："KIMA 小姐，太厉害了!"

有的说："哇，终于安静下来了。"

他们说这些话时，声音都很大。

"欢迎光临，第一次来我们店吗？"

当槙仁的啤酒喝了一半时，希麻子来到他的身边，动作机械地给他的杯子斟满了酒问道。

"啊？我……我是……"

"妈咪，对不起，这里还没有上小菜呢。"希麻子冲着吧台那边的妈妈桑大声喊道。

"哎呀呀，真对不起，犯糊涂了。都是 KIMA 小姐的歌声闹的，我脑子里的这根筋都不知道转到哪儿去了。"和服打扮的妈妈桑站在吧台里说着，迅速把盛着小菜的碟子摆了上来。

"这是你落下的东西，我给你拿来了。"

看到妈妈桑走远了，槙仁把那个皮革表带的手表拿了出来。希麻子皱起眉头，看了一会儿槙仁手上那块表，又看着槙仁问："你是谁？"声音低得像是要威胁谁似的。

"我……就是那个……面川的朋友，就是前几天……"好不容易平静下来的心脏，又开始剧烈地跳了起来，而且跳得特别厉害，这让槙仁自己都觉得不可思议。

"嗯？哦。哎呀，想起来了，就是那天……"希麻子态度冷淡地说完，一下子从槙仁手上抢过手表戴在了自己的左手腕上，"谢谢啦。还专门给送来。"语调仿佛是跟谁在怄气似的。

希麻子再没往下说什么。槙仁把希麻子给他斟的酒一口喝光，默默地吃着碟子里的腌萝卜丝，拘谨得不知说什么，于是试探着说道："刚才唱得真好。"

"还要追加啤酒吗？"希麻子还是不开心地把空啤酒瓶拿过去问道。

那天，槙仁本来想喝一杯酒就走，结果过了十二点了还在吧台那儿喝着。旁边坐着的希麻子和刚才一样，一会儿被叫走了，一会儿又来了，一会儿小翠过来了，一会儿又剩下槙仁一个人了。不知道是第几次了，当希麻子又坐过来的时候，槙仁问："闭店后，要不要一起去吃牛肉盖浇饭？"

"啊？盖浇饭？"被客人劝着喝了几杯的希麻子，语调比几个小时前缓和了很多，"倒是想去吃碗拉面。"

槙仁马上说："那就拉面。"

凌晨一点多的时候，槙仁和希麻子并排坐在拉面店的柜台前，一起吃着拉面和饺子。希麻子没有像上次那样喝醉，也没有从椅子上滑落下去，更没有像上次那样没完没了地问同一个问题。快两点的时候，两个人走出了拉面店。

"去我家吗？"槙仁大胆地问道。

"是啊，已经去过一次了，如果拒绝的话好像有点儿那什么。"

希麻子找了些奇妙的理由，跟着槙仁一起坐上了他拦下的一辆出租车。刚才在拉面店里吃拉面的时候，希麻子在拉面里加了很多店里免费提供的蒜泥，那天晚上，她满嘴大蒜味儿地说个没完没了。自己从学生时代起加入了一个剧团，因为经常有排练和演出，无法做朝九晚五的公司白领的工作，所以自己才不得不晚上在日式酒吧火影打工，白天则在一个朋友那里帮忙做临时工。

火影的妈妈桑是自己母亲的朋友，因为从高中时起自己就在这里打工，所以比较好通融，有演出的时候，随时可以请假休息。希麻子也不管槙仁是否在听，只是一味地唠叨着。中途不知道是不是因为忍受不了大蒜的味道，出租车司机好像故意似的把车窗打开了。希麻子根本没有留意到这些，依然没完没了地说着。

两人在离公寓楼不远的一个二十四小时便利店门前下了出租车，进了便利店后，槙仁一边把酒、下酒小菜和给希麻子买的牙刷扔进购物筐里，一边问希麻子："你们都演些什么戏啊?"

"得，又来了又来了，不懂的人总是上来就这样提问，什么'演戏'之类的。"希麻子一副不高兴的样子说道。

"那应该怎么问呢?"槙仁问道。他惊讶地发现这样被数落了一顿后，自己非但没有感到不高兴，反而有些忍俊不禁。

"啊? 不是可以说演话剧之类的吗? 哦，对了，我可以买些豆沙馅儿面包吗?"希麻子飞快地跑到面包货架那边拿了几个面包过来，悄悄放进了槙仁拿着的购物筐里。她那小心谨慎的样子和那毫不客气的语言形成了鲜明的对比。槙仁突然涌上来一种莫名的感觉，觉得自己好像喜欢上了这个女孩儿，这种感觉是那么突如其来，又是那么强烈，让他觉得特别不可思议。

到了槙仁的公寓，希麻子的嘴巴依然没有停下来，继续哇啦哇啦地说着。身上穿着槙仁的一套针织的睡衣睡裤，她把袖子和裤脚都卷了起来，很随意地盘腿坐在沙发上，一边吃着买回来的面包，一边喝着槙仁帮她倒好的葡萄酒，嘴巴里依然像是自言自语似的在那里没完没了地唠叨着。于是在那个晚上，槙仁知道了：希麻子出生在东京，今年三十四岁，她们剧团一年有两次公演。她本打算只靠演戏吃饭，可是至今还一点儿希望也看不到。她自己倒是已经出演了两部电影，还在其中一部里担任了很重要的角色，与其说她期待的是成为一个有名的电影女演员，不如说她更希望有朝一日自己所在的那个剧团——那个中学时大家一起组建的剧团——能够火起来。

槙仁一边听着，一边在脑子里想：如果她问我是做什么的，我该怎么回答呢？要不要告诉她，自己的乐队曾经在摇滚音乐界也相当活跃过？可是希麻子一次都没有问过。年龄、职业、出生地，甚至连名字都没有问过。

关于自己的工作，槙仁实在不知道怎么说明才好。而且过去的荣耀（面川总是这样说），槙仁也不想再提起，所以希麻子没有向他问这问那，反倒救了他。不过她连槙仁的名字都没有问过，这倒让槙仁有种心神不安的失落感。

那天晚上，希麻子喝了两瓶葡萄酒，而且几乎全是一个人喝的，喝完就那样倒在沙发上睡着了。因为穿着槙仁的睡衣睡裤，所以看不到内裤了。槙仁一边把希麻子抱到工作间，一边后悔，还不如不让她穿这身睡衣睡裤呢。他的手伸出去想摸摸她，可又缩了回来，这样反复了三次，最后还是什么也没做，离开了工作间。

秋天的气息渐渐消失，当大街上到处是一派冬天的景象时，槙仁已经习惯了每周三次下班后去火影坐一会儿再回家。有一次，面川约他去喝酒，被他拒绝了，可是当他来到火影的时候，却与之后进来的面川撞了个正着。

"你是不是在追希麻子小姐?"面川对着他耳语道。

"不是，就是觉得这儿特别适合一个人喝酒。"槙仁回答道，而面川并没有再追问。

有时他会特意等快闭店的时候去，然后叫着希麻子一起去吃饭，希麻子基本不会拒绝。工作结束后，两人有时去吃牛肉盖浇饭，有时去吃拉面，吃完饭直接去槙仁的公寓。他们上过几次床，但都是在希麻子喝醉之后，感觉像是强迫似的。他们的关系算不算恋人，槙仁至今也不甚清楚，因为当希麻子喝多了的时候，她会把所有的事情都忘得一干二净，牵过手的事情，上过床的事情，自己说过的"槙仁，我觉得自己还挺喜欢你"……，她全都记不得了。当槙仁满脸通红地一一耐心地解释说他们曾经这样过，曾经互相说过这样的话时，她也只是露出一副惊讶的表情，皱着眉头说："哦？这样啊？"这让槙仁根本感觉不到两个人之间的距离有缩短的趋势。

在以往的交往中，槙仁的感觉一直都是从来电到互相交往，总是切实地、速度比较快地一步步向前发展。即便相互之间不说什么喜欢呀、爱呀之类的甜言蜜语，也能够通过和谐的对话使两个人的关系越来越亲密。当两个人有了身体的接触，在一起的时间越来越长时，就算是开始正式交往了。可是，在这个感觉不到"未来感"的希麻子身上，每当槙仁觉得又近了一步时，第二天却又觉得后退了半步；某一天当他觉得应该算是又近了一步时，三天后却又觉得退了两步。总是如此不明不白的，弄得他焦躁不安。

过完年，天气越来越冷了，正月还没过完的时候，希麻子每周已经有两天住在槙仁这里了。他为了减少麻烦，给希麻子配了一把自己家门的钥匙，可即便是关系到了这一步，他依然无法确定他们是不是恋人关系。每次当希麻子喝醉了酒，打电话让槙仁去接她时，不管是凌晨一点还是两点，槙仁总是二话不说立刻动身就去接她；只要是希麻子约他，即便是他再不感兴趣的CULT电影①，他也会陪她去看。可即便如此，他依然不确定希麻子算不算是自己的恋人，这让他感到有些烦躁、焦急、受伤。同时，让他变得烦躁、焦急、受伤这一事情本身又让他备受打击。

---

① CULT电影是指拍摄手法独特、题材诡异、剑走偏锋、风格异常、带有强烈的个人观点、富有争议性的电影，通常是低成本制作、不以市场为主导的影片。这些影片一般属于非主流领域，却能在特定的年轻族群中大受欢迎。

槙仁本来就不擅长靠语言表达来解决问题。有时他想：这事要是换作面川的话，大概就好办了。如果是面川的话，他肯定会问：我们之间到底算什么关系啊？你是不是还有其他喜欢的人啊？如果没有的话，我是不是呢？我们算是恋人关系吧？他会借此把两人的关系确定下来。虽然槙仁有过几次冲动，想把这些话一股脑儿地说给希麻子听，但话到嘴边还是未能说出口。"哎，我们之间算是怎么回事啊？我们能有未来吗？"这种没出息的话，槙仁实在说不出口。

到了四月份，希麻子就开始在槙仁这里常住了。说是七月有个公演，为此他们开始了紧张的排练，而排练的地点常常安排在下北泽的市民中心。与她自己在中野的住处比，槙仁的公寓离排练场更近，坐车也更方便，所以她就住了过来。每次从火影下班都是直接回槙仁的公寓，每天早上槙仁上班走时，希麻子还在睡觉，她吃过午饭去排练场，然后从排练场直接去火影。可能是想要回报槙仁能让她借住在这里，她每天都会做一些菜，用保鲜膜罩上放在冰箱里，偶尔也会做一锅很耗费时间的炖肉。从来都不愿意用自家炉灶做饭的槙仁，大概是因为他和希麻子的关系还没有明确下来，所以他对希麻子做的这些反倒特别感动，擦洗希麻子留下的满是油污的灶台时，他也并不觉得厌烦。而对于希麻子把越来越多的东西带过来放在他这里，他也只是抱着一种"姜太公钓鱼"的态度静观而已。

希麻子常住这里后，就很有可能会遇见偶尔来他这里的林小百合，这一点槙仁忘了。有一天，槙仁在公司接到小百合的电话，当她说有事找他时，他竟想不出会有什么事。如果是过去，小百合总是会到公寓来找槙仁，而这次却要在外面和槙仁谈谈，所以，槙仁还以为是乡下的父母哪个得了癌症，而且已经到了晚期呢。

小百合指定的地方位于新宿的一栋高层建筑的顶层，是一间和式居酒屋，槙仁一下班就从面川事务所直接赶了过来。虽说是居酒屋，看上去却富丽堂皇，店里的客人全是一对对情侣。看到这般情景，槙仁有些胆怯地走了进去，来到靠窗的席位，坐在了小百合的对面。槙仁看着窗外如玻璃碎片般五彩缤纷的夜景，端起杯子喝了一口啤酒。

"槙仁，别再和那个人交往了。"还没有点菜，小百合先开了口。

"啊?"槙仁本来以为是父母病了，听到小百合这样一说，他一时没反应过来，完全不知道她在说什么。

"前一阵子我去了你家，事先告诉过你要去你那里，可你什么也没告诉我，所以那天突然出来个女的，吓了我一跳。没关系，你愿意跟谁交往都无所谓，我没什么好说的，而且我也没说过什么，对吧? 可是那个人不行，槙仁，跟她分手吧。"

当槙仁把小百合的话里几次提到的"那个人"和希麻子对上号时，店员过来了，问需要点什么菜。小百合急急慌慌地把菜单打开，满脸带笑地问槙仁："你想吃点儿什么?"

虽然小百合与自己没有血缘关系，但在槙仁的心目中，小百合就是自己的又一个亲姐姐。本来在槙仁的家里，父母、姐姐，甚至槙仁自己，对家庭其他成员的感情都很淡漠，从很早开始相互之间都不太管对方的事，任其自由发展。槙仁不知道父亲所在的公司究竟是干什么的，不知道母亲的生日和年龄，甚至连姐姐结婚后姓了什么、住在哪里也无法立刻想起来了。同样，不管是父母还是姐姐，在槙仁要正式出道，以及要上电视这些事上，也都是一副与己无关的态度。槙仁还是学生的时候，他们就从未天天督促他学习过，也从未说过让他好好就职、认真工作之类的话。可是，从小没了父亲，一直在槙仁家像亲姐弟一样一起长大的小百合则不同。自从槙仁离开家后，她一直跟槙仁保持着联系，结婚搬到东京之后，更是经常来看望他。不管是吃的方面，还是健康管理方面，甚至工作方面，她都给槙仁提了不少建议，出了不少主意。而且这一切她又会在事后一一向槙仁的父母汇报。过年回老家的时候，她待在槙仁家的时间远长于待在自己家的时间，和槙仁的姐姐美智惠像亲姐妹一样，一聊就是一夜。槙仁想，后来母亲给他寄衣服和零食什么的，肯定也是小百合让母亲寄的。而且，如果不是小百合告诉他，他大概不会想到给父母寄钱，也不会想到给美智惠的孩子压岁钱。或许是因为小百合跟她自己家的关系比较淡薄，所以她特别渴求电视或小说里那种典型的家庭关系。对此，槙仁非常理解。虽然有时也会嫌她管得太多，有些烦，但槙仁从内心里还是感谢她的。因为，如果没有小百合，万一自己的父亲或母亲病倒了，自己肯定不能及时知道。

"哦？你们说什么了？"槙仁问道。他回忆了一下这几天跟希麻子在一起的情景，好像她没告诉过自己小百合来过家里的事。而每次小百合都会给自己带来很多她做的菜，最近却连个影子也没看到。可见，那些菜不是被希麻子吃了，就是被她扔了。

"也没说什么，只是简单地自我介绍了一下而已。可是我能看出来，你和那个人不合适，那个人会给你带来不幸的。"小百合一脸认真地说道。

"哦。不过不是你想的那样，我们还没到正式交往的那种程度。"

"如果不是那样的话，那你现在就赶快把她从你那里赶出去。原来那个女孩儿呢？那个叫什么来着？那个女孩儿比现在这个不知道要好多少倍。槙仁，你是不是给那个人配了家里的钥匙？赶快要回来！"

服务员把他们点的菜——端了上来，而小百合却不管不顾地继续用强硬的语气说着。

"为什么？请告诉我，为什么你会那样想？"槙仁把酱油浇在凉拌豆腐上，一边吃一边问道。

"并不是因为发生了什么我才这么说，其实只是我的直觉，我觉得那个人不怎么样。"小百合只是重复着这句话。

槙仁一边心不在焉地听着，一边吃着凉拌豆腐、煎鸡蛋饼和生鱼片。他在脑子里努力想象着希麻子和小百合见面的情景，却怎么也想象不出来。小百合连筷子也没动，一直看着槙仁在说话，说来说去就是那句话，就是主观地觉得那个人不好，可又说不出个根据来。说着说着，不知怎么又拐到了槙仁的工作上，她让槙仁不要在那个不知道究竟是做什么的设计事务所混日子了，而应该像矢吹和日野说的那样，换一家经纪事务所重新签约，重新包装后推出自己。不管怎样，这些都应该即刻着手去做。小百合饭也不吃，一个人在那里说了很久很久。当矢吹和日野的名字蹦出来的时候，正啃着鸡翅的槙仁停了下来，睁大眼睛看着小百合，脑子有些反应不过来地在想：这个人是谁呀？她怎么知道矢吹和日野的呢？但很快又想起来自己跟她说起过。而脑子里关于这个人究竟是谁这个问题却久久无法消去。当然，她知道这个人是小百合，"像亲姐姐一样"，单从爱管闲事这个角度来说，就知道她是那个家庭里最怪的姐姐，可是她凭什么在这里对我指手画脚呢？

也许是想打断小百合的话，槙仁举起手叫来服务员，又追加了一瓶酒。小百合也急急忙忙为自己追加了一份。点完菜，她看了看槙仁，然后目光从槙仁脸上转向了窗外的夜景。

"夜景好漂亮啊！"小百合眼里含着笑意地说道。

这时，槙仁的脑子里突然闪了一下：这个女人是不是特别寂寞呀，是那种欲望得不到满足的寂寞。这个想法在槙仁的脑子里还是第一次出现，过去，他从未往这方面想过。所以，当他的脑子里闪过这个想法时，竟不禁有一种深深的罪恶感。

"你和你丈夫不来这样的地方吗？"

"我们？又不是新婚夫妇，早过了那种约会的年龄了。"小百合笑了。

酒端上来了，两个人各自喝着，槙仁环顾着光线朦胧的店内，发现几乎所有的席位上坐着的都是一对一对的男女。大家谁也没有去留意外面的夜景，而是目不斜视地互相注视着对方，轻声地聊着。

"好像已经有很长时间没有这样和你一起在外面喝酒了。"小百合抬起眼皮看着槙仁说道。槙仁又一次感觉到了那种罪恶感，他想，这个欲望得不到满足的寂寞的女人，是不是想让我和她做点儿什么啊？

"我们搬家的时候，难道小百合也要来帮忙吗？"以前一起生活过的恋人的声音，突然在耳畔响起。槙仁的眼前浮现起那个安静温柔的恋人，她脸上带着无可奈何的笑跟他说："我不想再跟你住在一起了。"

小百合的目光一会儿看向窗外，一会儿看向槙仁，然后满脸严肃地对槙仁说："总之，我不想说那个人的坏话，请你别再跟她交往了。下次我再去你那儿的时候，如果再看到那个人，我可就不客气了。我们不知道那个人究竟会做什么，所以你最好尽快让她把钥匙还给你。而且你得好好确认一下她有没有私下里偷偷配过钥匙。"

"你不必再来我家了。"槙仁说这句话的时候，因为他清清楚楚地知道自己在说什么，所以又补充道，"我已经是成人了，你不必再为我费心了。请不要再来了。"

"这是不是那个人让你说的？"

"啊？"

"因为那个人，"小百合双手绞弄着铺在她膝盖上的手帕，低着头继续说道，"你能想到吗？那个人竟然问我们俩是不是那种关系。我跟她说我们像亲姐弟一样，可她非说我们是那种关系。你知道吗？她一步步逼过来，也不知道想干什么。吓死我了。"

槙仁放下只喝了一半的酒和吃了一半的菜，站了起来。小百合惊讶地抬起头看着槙仁。

"请把我家的钥匙还给我。"槙仁看着小百合，把手伸到了她的面前。

"啊？"不知是不是被槙仁那无声的压力吓到了，只听小百合一边在嘴里小声嘀咕着，一边从手提包里拿出了一大串钥匙。她从里面挑出一个，哗啦哗啦地转了几下，从上面取下来递给了槙仁。

"你自己没有私下配一把吧?"

"等一下，槙仁，你这是在说什么呢? 本来……"

小百合好像还在那里说着什么，但槙仁根本不再听，他已朝着饭店的门口走去。昏暗的客席里，一对对男女的视线都从对方的脸上移开，一下一下地偷瞄着槙仁和小百合。

槙仁走出店门，没有去坐车，而是沿着街道朝日式酒吧火影的方向走去。夜晚，高层建筑群中的街道上，一个人影也没有。槙仁快步向前走着，不知不觉中竟跑了起来。潮湿的空气依然有些温热，有一股阴雨的味道。槙仁回想起小时候和姐姐以及小百合三个人一起沿着海边的街道奔跑的情景。沿海大道的两边种着很多樱花树，落樱时，花瓣纷纷扬扬地飘落下来，三个人各自伸出手去接。他们比赛谁接得多，为了不让其他两个人接的花瓣比自己多，三个人你撞我、我撞你，最后撞成一团哈哈大笑。海风拂面，也像现在这样有些潮湿、有些温热。在飞舞的花瓣中，槙仁多想一直看到跑着、跳着的那两个背着红色书包的女孩儿啊！虽然不知道怎样才能够用美这个词来表达，但槙仁觉得，自己一直想要看到的那些，其实就是美。当看到槙仁被姐姐撞倒后哭泣时，小百合立刻蹲下来，把自己手里的樱花花瓣分给他，那些像洁白的羽毛一样飞舞的花瓣，到了手里竟皱巴巴得像纸片一样。槙仁避开小百合的视线，偷偷地把花瓣扔掉，站起来跑走了。天空是灰色的，空气里飘荡着一股鱼腥味，道路两边的护栏白得有些刺眼。

推开火影的店门，穿着针织连衣裙的希麻子正和一个穿着西服的中年男人合唱一首男女二重唱。就像最初看到她时那样，只见她一脸认真地瞪着液晶屏幕，在那里干吼似的大声唱着，调子早不知道跑到哪儿去了。客人们有的捂着耳朵，有的哈哈大笑，有的喊着"吵死了"喝着倒彩。在小翠的点头示意下，槙仁坐在了吧台前，接过热毛巾使劲擦着脸，为的是不让人看见自己眼睛里涌出来的泪水，可是连他自己也不知道为什么会流泪。

"槙仁，你怎么了？"小翠把槙仁的存酒和酒杯拿过来问道。

"没事，迷眼了。"槙仁回答道，声音却被希麻子的吼声给淹没了。小翠好像没有听到。

歌声结束了，伴奏的曲子也结束了，只有客人们的笑声还残留在耳边。槙仁擤了擤鼻涕，尽量不让自己的声音在大家的笑声中显得太突兀。

五月连休时，按照法定节假日连休了几天的槙仁一直待在家里。日式酒吧火影这些天也休息，可是因为最近每天都要排练，所以希麻子依然和过去一样住在槙仁这里。她每天过了中午出门，深夜总是醉醺醺地回来。

与希麻子在一起的生活，和槙仁至今为止所经历的同居生活有所不同，他们俩之间的关系还是没有确定下来，他依然不知道希麻子到底喜不喜欢他。

"哎，保土谷。"站在厨房里做着饭的希麻子叫道。

煤气灶上放着两口锅，一口锅里咕嘟咕嘟地正炖着肉，另一口锅里的红黑色汤汁也咕嘟咕嘟地冒着泡，希麻子正在菜板上切着菜。希麻子对槙仁的称呼总是在变，保土谷、槙仁、MAKI。槙仁觉得这种不断变化的称呼，正像自己和希麻子的关系一样。

"什么事?"槙仁走进厨房，来到希麻子身边。

希麻子给人的印象并不像是一个会做饭的女孩，但令人感到意外的是，她竟然很擅长做家务。槙仁的目光被希麻子那有节奏地切着黄瓜的手吸引，有些看呆了。也许是作为借住在这里的回报，希麻子不仅给槙仁做饭，而且经常帮他打扫房间。自从希麻子住过来后，槙仁的家明显地比过去干净整齐多了。但只有洗衣服这件事，希麻子从不帮槙仁做，她只洗自己的衣服，而且每次好像都是拿到附近的投币式自动洗衣房去洗。

"保土谷，听说你曾经是个演员?"

"能算是演员吗? 应该算是音乐人吧。"

"也曾经红过，对吧?"

"这些你都是听谁说的?"看到希麻子终于知道自己是做什么的了，槙仁竟有些不好意思，也有些遗憾，还有些骄傲。

"面川。"希麻子简短地回答道。她在切成薄片的黄瓜上撒了些盐，放在旁边，然后又把红黑色的汤汁搅了搅，问道："哎，成功到来之前，自己会有预感吗？类似'啊，要来了，这个时刻终于来了'的那种感觉。能够事先知道吗？还是睡了一夜后，第二天起来，突然就发生了翻天覆地的变化？"

"我这能算成功吗？我自己都不知道这能不能算是成功，再说，现在连工作都没了啊。"

"是啊，如果连自己都不知道那是否算成功的话，大概就没有那种预感了吧。"希麻子自言自语似的在那里点着头说道，然后转过身，拿了一根竹签插了插肉块，关火后，双手把锅端起放在了洗碗池旁边。做完这些，她站在原地抬头看着槙仁，板着脸说道："可以了，我的提问结束了。"槙仁不知道希麻子问这些究竟是什么意思，也不知道她想要了解些什么。他感觉自己再待在这里会很碍事，只好退出厨房来到客厅，远远地看着还在那里做菜的希麻子。

希麻子为槙仁做了沙拉、番茄炖牛肉和蘑菇炒米饭，自己没吃就出门去了排练场。槙仁坐在恢复了宁静的客厅里，吃着希麻子给他做的这些饭菜，脑子里一边想着希麻子为什么问他那些问题，一边想象着急急忙忙地赶往排练场的希麻子。

　　除了玩电子游戏，槙仁几乎没有什么别的兴趣，连休的这些天，他基本上每天都是吃完希麻子给他做的饭，洗好碗，收拾好厨房，然后就开始洗自己的衣服。洗完衣服，他会躺在床上听会儿音乐，玩会儿电子游戏，觉得没什么可做时，会跑到二十四小时便利店去买回几瓶啤酒放进冰箱，然后等着希麻子回来。这样的日子，他非但一点儿也不觉得厌烦，反倒觉得很新鲜，想到连休就要结束时，甚至会对这样的日子有些不舍。于是他暗自想：自己是不是很适合当家庭主夫啊？想着想着，会禁不住咏咏地笑起来。有时，当他晾晒着洗好的衣服或者穿着拖鞋走在去便利店的路上时，偶尔也会想起原来那个安静温柔的女孩，那个名叫友里绘的女孩。槙仁想，那时她大概也像我现在这样吧，每天他回到家，友里绘都会在家，冰箱里总是有她准备的啤酒。那时他以为她是那种喜欢待在家里的女孩，现在他才明白，那个女孩不是喜欢待在家里，而是因为喜欢他才待在家里的。就像我现在在家里等着希麻子一样，那个女孩儿也是这样每天都等我回来的吧。而今想来，那个女孩儿是否也曾因为和我的关系无法明确下来而烦恼过呢？也许不会吧。

槙仁就这样在脑子里翻来覆去地想着。如果现在能再见到她的话，我就是嘴再笨，也有好多问题要问她，有好多话要跟她说。比如：一个人被另一个人所吸引到底是怎么回事？两个人的关系要想确定下来，需要怎样的程序？等一个人，本是件挺开心的事，为什么事后留下的记忆却总是痛苦的呢？说不定也会问一些高中女生们在快餐店里讨论的那些问题。

那天晚上，希麻子十一点过后才回来，可回来的不止她一个人。当门被打开时，希麻子的身后还站着四个人。

"我们想在这里再喝第三次，可以吗?"希麻子问道，听语调她显然已经喝多了。

槙仁内心里虽有十万个不情愿，但是他又想知道这几个人和希麻子到底是什么关系，于是便说道："可以啊。"于是，四个人一个接一个地走进来，有三个男的和一个女的。

他们来到客厅，围成一圈坐下来，开始喝起酒来。他们从鼓鼓囊囊的便利店的塑料袋里不断地掏出来酒、下酒菜和零食。希麻子一边伴着她那喝醉酒后特有的声音高亢地傻笑着，一边在厨房里做了几个菜摆在地板上。这一切，槙仁只是坐在沙发上远远地看着。

四个人的打扮做派很相似，都穿着松松垮垮的衣服，一支接一支地抽着烟，他们说话时不仅声音尖锐高亢，仿佛要盖过对方，而且做出的肢体动作也很夸张。他们都是希麻子所在剧团的成员。一个叫黑田的男的看上去特别老，另外两个男的，根据他们的自我介绍，槙仁知道他们一个叫韭泽、一个叫仓本，看上去都有二十五岁左右。那个只说自己名叫奈津美的女孩看上去也就十八九岁的样子。一开始大家还都比较客气地顾及着槙仁，主动找话题和他说话，渐渐就变成只有他们之间才听得懂的话题了。接连不断蹦出来的单词和名称，槙仁听都没听说过，而他们却早已笑作一团。

槙仁仔细观察着这三个男人，想看看他们中有没有谁跟希麻子有什么特殊的关系，但是看了半天也看不出一点儿端倪。希麻子每次喝醉了酒就会变得特别闹，和伙伴们在一起，她闹得就更欢了。一会儿躺在地上蹬着两条腿大笑，一会儿抱着奈津美舔人家的脸，一会儿把她煎的香肠塞到仓本的嘴里，一会儿大声命令黑田去冰箱里拿啤酒。虽然槙仁对希麻子如此闹腾也感到无可奈何，对他们那种没脸没皮、满不在乎的样子实在感到头疼，对地板上、厕所里被他们弄得乌七八糟、脏兮兮的样子实在感到气愤，但槙仁很高兴能够看到希麻子这生动真实的一面。在火影唱歌的希麻子像一个过于认真的小学生，而和剧团伙伴们在一起的希麻子则像人们赞美的年轻女高中生。至今为止，在槙仁交往过的四个女孩儿中，虽有两个曾经发展成了自己的女朋友，但她们最终都离自己而去。而今，槙仁好像终于明白了，自己的麻木无趣才是她们离开自己的真正原因。

　　差不多到了有始发车的时候，四个人才走。为了给房间透透气，槙仁打开了窗户，窗外的天空露出了鱼肚白。送走四个人后，希麻子抱着双膝坐在地板上，她没去收拾他们吃喝后的残局，而是一个人继续在那里喝着剩下的酒。房间里终于安静下来了，现在只剩下希麻子和槙仁两个人了，这让他感到轻松。槙仁也给自己斟上一杯，就着奶酪、鳕鱼以及鳐鱼的鱼干喝了起来。

"槙仁，其实我吧，已经三十五岁了。"希麻子注视着坐在那里的槙仁说道。和第一次见到她时一样，那目光好像在责备对方似的。同样，这目光又让槙仁感到手足无措起来。

"生日是几月来着？"

"如果四舍五入的话，应该是四十了。就这样一直把表演这一行干下去，会有熬出头的那一天吗？"希麻子说道，并没有回答槙仁的问话。

"你是说出名吗？"

"你昨天不是说过吗？在出名之前一点儿预感也没有，一觉醒来却已经火了。我正是因为听了你的这些话，才觉得宽心的。如果你告诉我有先兆的话，我会想，怎么我就什么感觉也没有呢？如果说我现在感觉到了什么的话，那就是我觉得自己大概永远就这样了。这让我有点儿绝望。可是一想，说不定自己明天就能成功呢，虽然自己并没有意识到成功的到来，但说不定自己正走在成功的路上呢。"

"MAKI 先生，KIMA 小姐。"希麻子仰面躺在地板上，哈哈哈地捧腹大笑。头撞在地板上，发出沉闷的响声，可是她好像并没有感觉到疼痛。

"唉，真想得到幸福啊！"希麻子就那样躺在地板上说道。

槙仁喝了一小口他们买的甜腻腻的葡萄酒后，做了两次深呼吸，才鼓起勇气问道："难道你现在不幸福吗？"

"一点儿也不幸福。"希麻子立刻回答道。槙仁忽然有些后悔，心想还不如不问呢。

"总是靠打工生活，年龄越来越大，父母一直催着我回去，烦死了！哎，刚才不是有个女孩儿也在吗？那个女孩儿今年才二十二岁，比我整整小了一轮，再有五年也才二十七岁，而那时我就四十岁了。"

躺在地板上望着天花板、声音沙哑的希麻子，现在看上去显得特别老。

"不过，我……"希麻子猛地一下站起来，来到沙发前，坐在了槙仁两腿的中间，抬起头看着槙仁说，"不过，我觉得作为一个演员，我比那个傻乎乎的小女孩儿强多了。我觉得一个舞台上的演员毕竟和电视娱乐节目里的出镜演员不同，要的不是容貌和身材，而是内在的东西。如果没有内在的东西，那就只剩下单薄而没有分量的演技了。"声音沙哑却越说越劲的希麻子，看上去显得更老了。希麻子先是从各个方面把奈津美贬得一文不值，接着又开始哀叹那个不知是团长还是导演且在剧团里地位最高的名叫黑田的男人对自己如何不理解、如何不关心，然后又开始诅咒那些从不谈论他们的剧的人们的愚笨，后来又轻蔑地耻笑着只分给她一个小角色的一部电影，再解释她的运势周期及八字。坐在槙仁两腿中间的地板上、说个没完没了的希麻子看上去越来越丑。

眼前这个丑陋的希麻子说的话，槙仁以前已经听过无数次了。很久以前，乐队的伙伴们也好，在现场演唱会上认识的几位搞音乐的朋友也罢，他们也都像希麻子现在这样，拼命地贬低别人的乐队，咒骂这个不能接受自己音乐的社会。连日野和矢吹最后也是这样，他们相信只要换一个经纪事务所，一切都会好转。

虽然槙仁并不知道希麻子说的成功指的是什么，可是，他知道当一个人想要做点儿什么，而且最终做成什么的时候，不可思议的是，眼中就再也放不下别人了，潜意识中会把"他人"这个概念删除得一干二净。你会站在一个只剩下"自我"的高度，在那里，你只需要考虑"我想要做什么"就可以了。谁是个笨蛋，谁没有足够的实力，谁是因为有关系才有了现在的成就，谁不理解自己，谁比自己强，谁不如自己……，这些不满和抱怨就全部消失了。怎么说呢，就好像站在一个阳光普照、没有丝毫阴影的广袤的原野上，会感到神清气爽，却又有些孤独和胆怯，还有些类似小便快要失禁的那种感觉。而当你还在不断地诅咒那些不了解也不接纳你的人的时候，你是无法到达那个广袤的原野的，甚至你连那个原野的影子也看不到，而你想要的东西也将永远都得不到。这是今年已经三十三岁的槙仁至今为止唯一弄明白真相的一件事，尽管他还没弄明白恋爱究竟是怎么回事，怎样才能使女朋友跟自己的关系长久地保持下去，应该怎样表达才能使两个人之间的关系确定下来，希麻子和自己的关系现在究竟算是什么。这些问题，虽然他还一个都没搞清楚，但只有这件事他弄明白了。

看着蹲坐在自己面前的喝醉了的希麻子，槙仁很想告诉希麻子他终于弄明白的这件事，但终究还是什么也没说，因为他觉得说了也白说。自己现在并不是希麻子眼里的那种成功者，既没有粉丝，也没有工作，只是一个打工者而已。

从打开的窗户那里，可以望见外面的天空正在从鱼肚白变成清澄的颜色。地板上到处都是捏瘪了的空啤酒罐和空葡萄酒瓶。希麻子依然口齿不清地在那里没完没了、来来回回地说着。槙仁突然觉得奇怪，这样一个丑陋的希麻子，自己竟然想要永远和她在一起，想想都拿自己没辙。

和希麻子失去联系是在七月底。

七月，希麻子的剧团在下北泽公演，槙仁架不住希麻子的祈求，买了联票。公演一共持续了七天，槙仁去看了其中四天的演出。他这是第一次看舞台剧，剧场很小，里面的味道也和他过去熟悉的现场演唱会不同。灯光暗下来后，剧场里浓重的黑暗让他感到紧张。第一天去看的时候，他自始至终都心情紧张地把注意力全部集中在了演员们的一举手一投足以及他们说的每一句台词上。当希麻子出场的时候，他的心脏都快从嗓子眼儿里跳出来了。

剧的内容他一点儿也没看懂。希麻子扮演的究竟是个什么角色，他也没弄明白，至于希麻子演得如何，他就更不懂了。他只是觉得奇怪，希麻子并没有他想象中那样光彩夺目。在火影唱歌时从她身上放射出来的那种强势、光芒或者说吸引力这些东西，他竟然完全没有感觉到。演出结束后，槙仁来到了狭小憋屈的大厅，只见演职人员正排成一列，向为数不多的观众们道谢并目送他们走出大门。

"挺有意思的！"槙仁跟希麻子说道。

希麻子看着别处，嘴巴里说道："谢谢。"公演开始以后，希麻子就不再来槙仁这里住了。

第三次去看演出的时候，槙仁终于有一点明白了，好像是以反对人工流产为主题的剧目。还有，他现在才知道原来奈津美、韭泽和仓本也参加了演出，一开始他竟然没看出来。可是，到此为止他也就看懂了这么多。演出结束后，他还是走到希麻子身边，跟她说："挺不错的!"

然后希麻子说："谢谢。"

第四次去看的是倒数第二场的演出。槙仁原以为能看懂更多的东西，没想到他在观看时竟不知不觉地睡着了。演出结束后，槙仁依然来到大厅跟希麻子打了招呼，说了声"演得真不错!"就回家了。那天，都过了凌晨一点了，希麻子却突然来到了槙仁的住处，她喝得醉醺醺的，一进门，上来就抱住了槙仁，满嘴酒气和香烟的味道，还执拗地吻了槙仁，然后就那样来到卧室，和槙仁上床滚到了一起。

"我的表现怎么样?"希麻子一丝不挂地躺在床上问着槙仁，槙仁以为她说的是刚才在床上的表现，但很快意识到，她说的是演出时在舞台上的表现。

"挺不错的呀!"槙仁说道。

"那你说我会不会在不知不觉中一下子就成功了呢?"希麻子又问道，黑暗中她眼睛里的眼白部分闪着光。

槙仁想，他一点儿也感觉不到她会成功，所以，如果说"我觉得你能成功"的话，显然是言不由衷。于是他只好呢喃道："是啊，能不能呢?"然后敷衍了过去。这时，希麻子突然抱紧了槙仁的脖子，趴在他的肩上放声大哭起来。

"怎么了?"槙仁问。

"好想回到十八岁再重新活一次。"希麻子声音闷闷地说道。

"回到十八岁以后，想怎样再活一次呢?"槙仁不明就里地问道。

"正正经经地谈次恋爱，带着处女的身子去嫁人。"希麻子回答说。

"现在呢?"

对于槙仁来说，把想要知道的问题问出口，是需要很大勇气的。槙仁就那样被希麻子抱着脖子，做了一下深呼吸，说道："现在呢？难道不是在正正经经地谈恋爱？"

"这怎么能是正正经经呢?! 就这样随便跟谁都能上床？"希麻子依然把脸埋在槙仁的脖子那儿哭着。

哦，是吗？槙仁觉得深受伤害。哦，是这样啊，自己所说的"现在"指的就是现在自己和希麻子的关系啊，可是希麻子的回答是"跟谁都……"，她说的"谁"里面是不是也包括自己啊？原来是这样啊，她和自己只是床上关系，而不是正正经经的恋爱啊。

槙仁一边用手掌摩挲着希麻子的后背，一边想，该哭的是我。这种女人讨厌死了！你就一辈子演这种变态的舞台剧吧！还想成功？做你的美梦去吧！一辈子就在火影唱着跑调的歌，让大家耻笑去吧！还想回到十八岁，想得美！槙仁在心里诅咒着希麻子。难怪自己从一开始就感到和她不会有未来。这样一个既不年轻也不好看，同时还和别的男人保持着肉体关系，因为自己这里方便就跑过来住下，没有节制、整天喝得醉醺醺的女人，下次再来的话，就把她赶出去。槙仁虽在心里诅咒着，手掌却依然摩挲着希麻子的背，就像轻轻摩挲一个柔弱娇小的婴儿一样。

第二天早上，希麻子又和之前一样，把昨晚曾经哭泣过的事忘得一干二净了。在镜子前看着自己红肿的双眼，她斜睨着槙仁问："你昨晚对我做什么了?"

槙仁回答说："什么也没做。"

"今天是人家最后一天演出。"希麻子气哼哼地说道。然后她去买了很多高级的食材，做好了午饭，自己什么也没吃就走了。

从此，希麻子再也没有来过槙仁的住处。给她在中野的家里打电话，总是没人接。进入八月以后，槙仁去火影看了看，希麻子不在，代替她的是一个叫小惠的年轻女孩儿。听小翠说，希麻子因为长期无故缺勤，被开除了。槙仁又问了问那位希麻子说在她高中生时代就和她很熟悉的妈妈桑，妈妈桑却说："她住在哪儿我还真不知道，那样一个不懂礼数的人!"而且，关于她说的妈妈桑是她母亲的朋友的事，也是她编的瞎话，槙仁不明白她为什么要编这么一个瞎话。

槙仁想看看希麻子有没有落下什么东西，便在自己的住处里里外外地找了一遍，奇怪的是，家里曾经放着那么多她用的东西——廉价的化妆水、内衣内裤、毛巾牙刷、一条过膝的针织裤（说是排练的时候要用），眼下竟都消失得无影无踪了。槙仁努力回忆着最后看到希麻子那天的情形，记得她是做好饭后离开家的，出门时手里好像没有拎多大的包，虽然现在想这些一点意义都没有了，但槙仁还是努力地在自己的脑子里描画着希麻子那天的样子：两眼哭得又红又肿的希麻子走出了家门。可是无论怎么回忆，也只记得她的手里好像是空的。那么希麻子究竟是什么时候把她的东西从家里拿走的呢？槙仁至今也没弄清楚。而关于希麻子的一切，槙仁也像是被蒙在鼓里一样，她完全是个谜。

也许是早已经习惯了被人甩，也许以前就和希麻子没有恋人那种感觉，所以槙仁的情绪并没有显得特别消沉，只是当希麻子突然从自己的生活中消失得一干二净，再也无迹可寻时，会让人有一种错觉：过去那些都是什么呢？自己和她的关系到底算是怎么一回事儿呢？在希麻子眼里，自己算什么呢？当槙仁在思考这些问题时，脑子里会浮现出小时候的情景，姐姐和小百合两个人在槙仁和姐姐用的儿童房里朗读课文，那是一篇关于在强风到来的日子里，一个刚转学的转校生的故事。姐姐和小百合两个人互相交替着朗读，一个人读完一段后，另一个人总是把声音抬高几度接着读，然后轮到另一位时，声音就再抬高几度，渐渐地就变成了两个人的号叫比赛，最后两个人大笑着在地板上滚作一团。当妈妈大声呵斥"吵死了"时，两个人便迅速交换一下眼神，食指竖在嘴唇前做一个"嘘"的动作，转为偷笑。比她俩更小一点儿的槙仁，始终坐在上下床的上铺上，俯视着她们两个。

槙仁初次见到希麻子时她三十五岁，当他也到了那个年龄时，他和原来的经纪事务所之间的关系也自然地终结了。无论是现场演唱会、灌唱片，还是作曲，这些工作都和槙仁没有关系了。拉大提琴的矢吹自己组建了一个音乐工作室，继续搞音乐，而日野则在一间音乐教室里教人打架子鼓。槙仁虽会作词作曲，但他不精通乐器，所以做不了他们那样的工作，他现在作为一名普通员工在面川的装帧设计事务所工作。正像面川以前说过的那样，而今计算机已经普及到了家庭，面川事务所的工作人员也增加到了十二个人。

槙仁从高中毕业后就一直置身于音乐界，至今已有十多年了。而今，他每天一早就去面川的事务所上班，从早到晚埋头于游戏的图案设计，下班也总是很晚。下班后，他经常会跟事务所里比自己年龄小的同事一起去喝酒并一直喝到深夜。这样的日子过久了，过去自己曾经握着麦克风登台演唱过的事，曾经沐浴在观众们热烈的欢呼声中的过去，演唱会现场的观众们合着乐队成员的歌声齐声合唱时他那掩饰不住的兴奋，这些都恍如隔世，早已变得那么遥远。他也认真地思考过，觉得他对这些东西并不怎么迷恋或者说执着，那么那个时候他究竟想要什么来着？现在，他偶尔会收到一笔来自陌生人的汇款，那是卡拉OK使用他的歌所付的版税，看着那金额微小的汇款，槙仁也会有一种奇怪的感觉，无论如何他都无法相信，在什么地方还会有人唱自己写的歌。

一年半以前，槙仁通过工作关系认识了一位在电影发行公司工作的女孩儿并开始跟她交往起来，女孩儿比他小三岁，槙仁懵懵懂懂地有种想早点儿结婚的希望，而且他认为，如果自己不尽快付诸行动的话，说不定她又会离自己而去。所以，他知道必须得早点儿跟她说明白，否则自己这一辈子大概就得打光棍了。可是，槙仁总是说不出口，对于槙仁来说，他实在不擅长用语言去推动某些事情的进展。如果小百合还能像以前那样时不时地来家里一趟，和这个女孩儿碰面聊一下的话，说不定她能帮自己把事情向前推进一步。可是，自从那次不愉快之后，小百合就再也没有来过槙仁这里，连母亲也不再寄衣服来了。现在是女朋友陪他买东西。

九月底的一个星期天，女朋友因为有个电影节去了外地。那天没有任何外出计划、穿着睡衣坐在沙发上望着窗外发呆的槙仁，忽然注意到电视机旁有几盘录像带。也许是女朋友拿过来在这里看而忘了带走。不知她是工作需要还是单纯的个人兴趣，槙仁发现她经常看录像，有的是还没有公映的，有的是新片子，有的是老片子，杂七杂八的，她什么都看。当槙仁无意中伸手去拿录像带时，里面有一盘带子的片名一下子吸引住了他。他想：这个电影是不是希麻子出演的为数不多的电影里的其中一部呢？他隐隐约约记得希麻子说过那个电影的名字，而且不知怎么回事，看到这个片名时他有一种感应。于是槙仁盘腿坐在地上，把录像带放进录像机里，按下了播放键。

这部八年前上映的电影，讲的是日本因为大量的鸟成群袭来，住民们陷入恐慌的故事。不知是因为对希区柯克的电影模仿得太拙劣了，还是这仅仅是一部单纯的喜剧或者恐怖电影，抑或灾难片的缘故，总之故事很难懂。不过比两年前看过的希麻子他们演的舞台剧有意思多了。槙仁不知不觉看得入了迷。电影里像白头翁那么大的鸟，遮天蔽日地向住民们袭来，看着真令人毛骨悚然。

当电影演完之后，槙仁才回过神来，自己过于被电影中的情节所吸引，希麻子演出的画面他竟一点儿也没注意到。于是他想再看一遍，这次仅仅是为了寻找希麻子的镜头。他把录像带倒到开始，又一次按下了播放键。可是，第二遍槙仁再一次被电影里的场面所吸引，还是没有找到。于是他又开始放第三遍，这一次是快进和播放交替着看，可是还是没有找到希麻子。于是槙仁想，说不定自己记错了。电影放映到最后的演职人员表时，槙仁恨不得把脸贴在电视机上，仔细地看着那些快速闪过去的人名，在那些字小如豆的演职人员名单中，槙仁终于看到了"片田希麻子"的名字。"啊，找到了！"槙仁喊道，又一次把录像带倒回去，按下了播放键。

跟现在的女朋友开始交往没多久，女朋友曾经问槙仁到现在为止一共交过几个女朋友。槙仁还发愁该不该把希麻子算上，最后他还是没有算进去，回答时也没提她。不能算，这个小小的决定不仅让他感到很意外，而且很受打击。

槙仁至今也想不明白自己为什么会喜欢上希麻子。她既不温柔，也从未喜欢过自己，更没有给自己那种

"未来感"。虽然她很会做菜，也经常收拾房间，但这些事情并不是槙仁想让她为自己做的。

希麻子始终都没有出现在屏幕上，槙仁看着录像心想：也许我们的相遇就像横穿斑马线时的一次擦肩而过。那个既没有演唱会，也没有新谱子预约的自己正由北向南走着，而下决心要去实现自己梦想的希麻子正气势汹汹地由南向北过着马路。他们在中央分隔带那里忽然擦肩而过，他和那个像谜一样的希麻子重合的时间大概就是那一瞬。如果是这样的话，槙仁就能够释然了。是啊，从一开始两个人的行进方向就完全不同，怎么可能齐步同行呢？擦肩而过的那一瞬结束之后，接下来就只能是背道而驰、渐行渐远了。至于对方是个什么样的人则永远也不会知道了。

他又看了一遍，依然没有看到希麻子。录像带放完后，槙仁抬起头，看到窗外的晴空已被涂上了一抹橙黄色，他按下退出键，把没有找到希麻子的所谓希麻子出演的电影录像带放回盒子里，而后关了电视。

槙仁穿着睡衣来到阳台，到昨天为止还迟迟不肯散去的那点儿暑气，现在仅从空气的味道中就能感觉到它们早已消失得无影无踪了。女朋友大概会在星期三回来，回来时肯定会带来那个地方的特产——荞麦面条、腌咸菜、干货之类的吧。

槙仁凝视着天空那抹橙黄色中最浓重的部分，脑子里在想：她回来后，自己该怎么跟她表白呢？是说"我们结婚吧"，或者"跟我结婚吧"，还是假装很煽情地说"请跟我在一起，一直到死，好吗"？或者"让我们一起白头偕老，好吗"？或者用一种乞求的口吻说"永远跟我在一起，好吗"？还是用一种命令的语气说"就这么定下来了，跟了我吧"？这种时候，到底应该怎么说呢？想来想去，好像哪种都不对。可是，不对也得说呀，不说的话，女朋友说不定什么时候又跑了，什么都不做的话，又该过保质期了。

看着天空中的橙黄色渐渐被黛蓝色一点一点地吞食掉，槙仁想：不知现在希麻子怎么样了，是否像她那时哭着说的那样和什么人结婚了，是否像她期待的那样成功了。槙仁觉得这两个愿望，不管哪个实现了都好。当初，她喝得醉醺醺的，刚认识一个男人就跟着去了人家的住处，第二天却又忘得一干二净。不管她实现了哪个愿望，都比她每天那样活着要好得多。可是，无论是成为某人新娘的希麻子，还是成为名人的希麻子，槙仁都想象不出她的样子，脑子里浮现出来的只是那个喝醉酒后四仰八叉地露着内裤睡着的希麻子。想到这里，槙仁不由得咪咪笑了起来，并最终变成了哈哈大笑。槙仁一个人在阳台上一边笑一边想，希望希麻子一切都能如愿以偿。

蝙蝠像飞舞的花瓣一样在蔚蓝的天空中飞来飞去，槙仁的目光追逐着它们，心里暗自惊讶，没想到东京也有蝙蝠。还没等他看清楚究竟是蝙蝠还是麻雀，它们就都飞得无影无踪了。蝙蝠飞过的地方，月亮依然悬挂在那里，就像剪下来的指甲。

浮萍

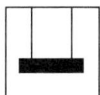

遇到林久信是在暑气还没有完全消去的九月中旬，那时片田希麻子三十六岁。

那天，为了录制一部电视连续剧，希麻子一大早就赶到了位于东京郊外的一个摄影棚，之后一直在那里等着。其实分配给希麻子的角色只不过是一个茶馆里的女服务员，而且还不是那种给主角端茶倒水的角色，而是一个站在店里的一个角落里和其他女服务员没完没了地聊天的角色。集合的时间是在早晨，虽然她早早地就来了，却一直被安排在休息室里候场，一直到了下午四点才终于叫她出场。结果，连排练的时间也算上，只用了十分钟就拍完了。

应该尽快做点什么了。在大家共用的休息室里，希麻子一边和一大群临时演员一起换着衣服，一边想。所谓"该做点什么"，其实就是应该换一种活法或把人生方向变一变的意思。希麻子曾经期待着在学生时代就开始搞的那个剧团有一天能突然大红大紫起来，也期待着有一天能够在纪伊国屋的剧场或者是青山圆形剧场演出。希麻子个人也曾经期待有一天能被某位导演提携，在某个电视剧或电影里出演一个能够让自己声名鹊起的重要角色。而这些至今却连个影子也看不见，那些曾经有过的期待也早已像泄了气的气球一样瘪了下去。最近，"应该做点什么了"这句话已经成了希麻子的口头禅，时不时地就会从她的嘴里冒出来。

"哎，希麻子，这儿完了之后，你有时间吗？要不要一起去喝酒？"

一起演那场聊天对手戏的中田舞在旁边换着衣服问道。对于希麻子来说，中田舞虽然是今天才刚刚认识的，但因为候场的时候两个人聊了很多，关于自己的身世、家庭、经历等，所以两个人早已成了无话不说的好朋友。中田舞比希麻子小七岁，现在才刚刚二十九岁，可是根据自己极其冷静客观的观察，希麻子觉得这个女孩大概也只能这样不温不火地一直演下去了。希麻子最近发现，她只要跟别人说上两三分钟的话，就能知道这个人是否能红起来。当然，当她也极其冷静地审视自己的时候，便能明白自己即便是这样拖拖拉拉地一直演下去，也永远红不起来了。

"喝酒？去哪儿？"

去还是不去呢？想去喝一杯，可又觉得好麻烦，再说和中田舞好像也没什么好聊的了，于是希麻子有些犹豫不决地问道。

"嗯，好像是在市中心什么地方，也许是在涩谷吧。刚才在吸烟的地方，有一个节目制作人邀我去喝酒，可是只有我和他两个人，总觉得有点那什么。你跟我一起去好吗？说不定能给我们点活儿干呢。"

希麻子凝视着中田舞，连牛仔裤的拉链也忘了拉上。在那一瞬，希麻子心里暗暗感叹：嗯，这个女孩儿有手腕。虽然中田舞长得不是多么漂亮，却很可爱。虽然她的长相不能一下子吸引人的眼球，但她却有吸引人们目光的手段，所以说不定过一段时间会红起来呢。不过即便如此，她也不会再像以前那样羡慕嫉妒甚至蔑视别人了，这一点让她有些意外，也有些挫败感。她暗自伤感地想：看来我对这个工作是真的不再抱有任何希望了，如果这也可以称为工作的话。

"如果不是自掏腰包的话，也许我会考虑。"希麻子说完，冲着中田舞笑了笑。

那位制作人带她们去的是位于神泉的一间专做鸡肉料理的店。那位制作人好像比希麻子还年轻一些，他是一家电视台的职员，平时主要负责广播节目，那天因为要和一位女演员的经纪人谈点事，所以才去了郊外的那个摄影棚。他没想到希麻子也跟着中田舞一起来了，不知道是有点不高兴还是什么，只听他说道："就我一个男的，好像有点儿不合适，左拥右抱这种好事，对于我这种人来说，毕竟还不习惯啊。"然后他拿出手机说："要不我再叫两个人来吧，否则我会觉得很难为情的。两女如果不配两男，毕竟有点那个。"然后他就开始打电话，只见他打完一个又一个，也不知道他究竟要叫多少人。

一听他是负责广播节目的就丧失了斗志的中田舞和从一开始就是冲着美食来的希麻子两个人只管闷头喝着端上来的酸味鸡尾酒、吃着烤鸡串和鸡肉涮锅，酸味鸡尾酒喝完后，她俩每人又要了一杯。

八点刚过，他们这一桌已经变成了五个人。除了那位制作人以外，还有他的两个朋友，一个是摄影师，一个是插图画家。对于他们递过来的名片，希麻子是兴味索然、无精打采地接过来的，可当她看到那位插图画家的名字时，不由得"啊"了一声。林久信！希麻子熟悉这个名字。

"请问，您就是那位林先生？那个插图画家？"

"啊？你知道？这里竟然还有个林先生的粉丝啊。"说话的不是林久信，而是那位制作人。

"来，先干杯，干杯！"他一边催促着大家，一边开始介绍，"林和我很久以前一起共过事，当时和我们合作的还有菊池，那时菊池还没辞职。后来我们几个就成了常在一起喝酒的伙伴了。"

希麻子没理会制作人的介绍，只是转过身对着林久信说："我有您的书，也许那不应该叫书而应该叫作品集吧。而且我去看过您的个人画展，嗯……是在什么地方来着？对了，是在青山。我虽然对绘画不太懂，但不知怎么，就是觉得林先生的画特别棒！"

看到刚才还在闷着头只顾大吃大喝的希麻子现在却突然像被打了鸡血一样，话匣子大开。制作人惊讶地转过头来。也许是发现自己终于摆脱了麻烦，只见他笑嘻嘻地拍着林久信的肩膀说："太好了，林，这可是为数不多的粉丝之一啊！"

说完又把脸转向了中田舞："这家伙是去年开始单干的摄影师，说是摄影师，实际上主要是摄像。一开始他对这个工作特别不适应……"制作人也不理会希麻子，只对着中田舞说道。

"喏，要说林先生的画，怎么说呢，不是都有些变形吗？那可以叫变形吧？在特别漂亮却有些氤氲的混合颜色中，突然出现原色调的色彩，有时您用这些色彩表现动物，特别可爱，可同时又有些说不上来的狰狞和凶猛。这种戏剧性的表现给人留下的印象特别深。嗨，服务员，请再来一杯柠檬鸡尾酒！"

希麻子根本没去听制作人他们的谈话，只是侧着身面对林久信，滔滔不绝地说着。柠檬鸡尾酒端上来后，她拿起来就像是要灌自己一样，一口喝了下去。希麻子的确是想把自己灌醉，醉了的话就会忘记一切。可是，当她知道眼前这个人是林久信的那一刻，她就打算创造一个契机和他交往，比如厚着脸皮跟着林久信去他家，或者带着林久信回自己的住处，或者拉着他去酒店开房。

不知道林久信本来就不爱说话还是因为认生，听着希麻子在那里滔滔不绝，他只是一下一下地瞟着希麻子，偶尔也微微地点点头。

突然猛喝起来的希麻子恰到好处地醉了，她时不时装作不经意地碰触着林久信的手腕和膝盖，并用一种地位对等的语调问林久信："我一直以为林久信是个老头呢，没想到看上去这么年轻，你多大了?"

"三十一，哦，马上就三十二了。"林久信轻声回答道。

"这是第一次听到你的声音！"希麻子一边故意大声

笑着，一边暗自想：惨！比我小四岁呢。

"林久信这个人的画不错。"实际上最初说这话的是黑田。据黑田说，他很少看画和画展，是偶然地从他喜欢的一位小说家的小说封面上知道林久信的。所以确切地说，林久信的作品集是黑田买的，而不是希麻子的，她只是从黑田那儿借来看过而已。

黑田是希麻子大学时代所在的那个剧团的头儿，希麻子认识黑田是在她十八岁的时候，那时黑田比她大两岁，是大学三年级的学生。希麻子十九岁的时候，她开始和黑田以男女朋友的身份正式交往，这之后，希麻子的时间便基本上由两个时期构成——"和黑田交往的时期"以及"没和黑田交往的时期"。但过了三十五岁之后，这两个时期的阶段性就不再那么分明，而是微妙地混杂在一起了。而今在记忆中，她对这两个时期是彻底分不清了。

有一阵子，黑田对林久信的欣赏简直到了无以复加的地步，他还带着希麻子去看过林久信的个人画展，甚至曾经还想请林久信为他们剧团画公演的海报。但当他们去看林久信的个人画展时，出售的画作上标注的价格把黑田给吓退了。于是他拿着林久信的作品集，让一位一直为他们的公演制作海报的朋友看过后，请他照着那上面的风格给他们的剧团画了张公演的海报。希麻子想：如果自己能跟林久信熟悉起来的话，起码能够在黑田面前炫耀炫耀了。所以她才主动跟林久信聊了起来。

十点钟过后，有人提议："我们换一家店再接着喝吧。"一直到这个时候，希麻子都还有记忆，之后的事就完全断片了。当她清醒过来时，看到头上陌生的天花板露着一块白色的像饼干一样的孔。她扭动沉重的头左右看了看，发现好像不是睡在自己床上，而是在一间十几平方米的西式房间里，这间屋子的一角有一团被褥，林久信还在那里睡着。太棒了！终于成功潜入了！希麻子在心里暗自挥拳欢呼，同时也感觉到好像并没有发生肉体上的关系。但在目前这个阶段，希麻子觉得这很正常。

为了不吵醒他，希麻子蹑手蹑脚地起了床并打开门。客厅和餐厅很宽敞，而且干净整齐得让人怀疑这里是不是常有女人帮他收拾。家具的样式也很不错，到处摆着各种小摆设，墙上到处挂着画，让人觉得少了点生活气息。有一面墙上挂着一张他自己画的大海报，海报镶在了画框里。希麻子一边暗自惊讶他生活得如此之好，一边寻找笔和纸。开放式厨房的吧台上有一个笔筒和一本便笺。

"谢谢你让我留宿，给你添麻烦了，实在对不起。回头我一定再向您道谢。"希麻子飞快地写完并留下了电话，然后把便条放在桌子上，仿佛是不经意似的把手腕上的手表摘了下来，放在了厨房的台子上后，离开了林久信的家。

林久信住的公寓楼和希麻子与黑田住的木造出租房完全不同。在希麻子看来，以前住过的保土谷慎仁租住的那个公寓楼就已经够气派的了，但林久信家的这栋公寓楼和那栋还不太一样，大概因为这栋楼属于那种只售不租的公寓楼吧，住家大部分是一家一户用分期付款的方式买下来自住的。希麻子感到奇怪，林久信怎么能住得起这样的高级公寓？难道一个插图画家的收入会那么高吗？希麻子回过头又看了一眼这幢高高耸立的咖啡色大楼后，走出了大楼的大厅。她选择了往右边去的路，一眼就看到一个自动饮料贩卖机，她走过去买了一瓶营养保健饮料，一口气喝光后，从包里掏出了今年刚买的手机。

手机上显示的时间是上午六点五十分。希麻子找出黑田的电话，也不管他现在是否还在睡觉，就按下了拨号键。黑田的手机关机了。于是她又拨了他家里的电话，电话响了七下后，只听到"喂"的一声，是黑田那还没睡醒的声音。

"黑子，你猜我一直跟谁在一起喝酒来着？"说着便不由得笑了起来。

"啊？谁知道你跟谁呀。"

"是林久信！"

"你说的是谁呀？没事就挂了，我都困死了。"

"哎，就是你说过的那个林久信啊！你忘了？那时你曾想请他帮咱们画海报来着。"

"啊？真的？"黑田的声音终于清醒过来，"到底是怎么回事啊？"

"是别人介绍的，下次有机会一定给你介绍。"

"我现在实在是困得不行，下次你再详细讲给我听，好吗？"

"今天是八点钟集合吗？"

"啊，今天不行，回头给你打电话。"

黑田说完就把电话挂掉了。希麻子把手机放回包里，用鼻子重重地哼了一声，沿着这条陌生的路向前走去。希麻子想：手机这个东西真不错啊！有了它，想什么时候打电话立马就能打。走过公寓楼前面的路，拐过一个弯，是一个快递公司的仓库，再往前，就能看到铁路了。一个穿着西服的男士健步如飞地超过了希麻子，一个骑着自行车的高中女生从对面和希麻子擦肩而过。路边有个邮箱，还有关着卷帘门的商店，好像是个专卖酒类饮料的商店。卷帘门前面也有个自动饮料贩卖机，希麻子走上前去，这次她买了一瓶华莱士瓜苏打汁，一边走一边喝。天空如洗，晨风中带着凉意，希麻子突然有一种自由的感觉，想要大声喊出来，她想这大概就是恋爱的感觉吧。恋爱！恋爱！这就是自己期待已久的真正的恋爱呀！希麻子在内心深处欢叫着，同时一只手握紧拳头在胸前用力地挥了一下。

林久信在那天傍晚给希麻子打来了电话，告诉她手表忘在他家了。

"哦，是吗？我说到处找不到呢，原来是忘在你那里了。我去取，可以吗？"希麻子一只手描着眉问道。

"我给你送去吧。"

"我现在要去工作了，工作结束后去取吧。哦，当然，如果你允许的话。"

"大概几点结束？"久信在手机的那一端特别礼貌地说道。

"大概得十二点以后了。"

"啊？"

"因为工作十二点钟才能结束。工作的地方在新宿，我估计坐车到你那里大概用不了半个小时吧。如果太麻烦的话，我改天去也行。"

"那工作结束后，你先给我打个电话好吗？我的电话是……"

希麻子用眉笔把久信说的电话号码记在了一张纸巾上，很爽朗地说了声："回头见。"然后她挂了电话。

一年前，强烈渴望做点什么的希麻子，取出全部积蓄，把住处搬到了中野富士见町。说起来，这次搬家不仅意义不大，而且她还借机事先连招呼也没打就把做了很久的日式酒吧的工作给辞了。本来她打算找份正式工作的，也以此为目标去面试了几家公司，可结果全都没成。就这样在彷徨不定的状态下，生活费渐渐没了来源，她心里也开始惶恐不安起来，最终还是不得不开始在离黄金街不远的一个日式酒吧打工。这家店和过去做过的日式酒吧属于同一类型，但每小时的工资比原来多了五十日元。希麻子虽然觉得现在这样也不错，但偶尔兴起，她还是会买一本招聘杂志看，看到有适合自己的工作也会往招工的公司打打电话什么的，但不管是简历审查还是面试，总是通不过。每当坐着开往东京方向的电车去打工时，坐在空空荡荡的车厢里，她总会想：难道自己就这样在日式酒吧打一辈子工吗？一想到这些，她常常会不由自主地抖动起腿，心中升起一种焦躁感来。但这一天不同，从中野富士见町到新宿的这段路上，希麻子开始重新规划自己的人生，而且觉得一切好像都会按照她计划的那样顺利进行。想到这儿，她觉得连手指尖都充盈着一种幸福感。

她打算这样做，首先开始和林久信交往，帮他受理一些工作委托，管理工作日程上的安排，处理一下会计方面的工作。如果做得好的话，说不定能成立一家公司，自己也能弄个董事当当。虽然暂时还得继续在这个日式酒吧打工，但如果能成立公司的话，就得把这份工作辞掉，那样一来，就可以认真地考虑一下结婚的事情了。可以在成为林久信妻子的同时，也成为他工作上的伙伴。这就是希麻子在这十几分钟的时间里考虑好的人生规划。

为此，她今天需要做以下事情。一、确认他有没有恋人。二、做好交往的准备。如果没有被拒绝的话，就进去跟他聊会儿天，以增进互相之间的了解，这个过程顺利的话，就可以跟他上床了；如果不顺利的话，就等到有始发车的时候坐车回家。走在去日式酒吧的路上，希麻子把今天的计划也定好了。

自她十七岁交了第一个男朋友以来，希麻子想要发展的恋爱关系几乎没有不顺利的。当她想跟谁好时，马上就能跟谁好上，想跟谁发展成恋爱关系，基本上都能发展到那一步。从学生时代开始就一直在同一个剧团，三年前终于决定放弃这条路，开始为回老家做准备的山崎杏子曾经歪着头坦率地问她："你既不是什么美人，性格又那么粗暴，为什么这么招男人喜欢呢?"可希麻子并不觉得自己招男人喜欢，她觉得只不过是自己观察人的眼光比较敏锐，而且能够做出缜密的计划而已。她不感兴趣的人，绝对不会接近他们；而她感兴趣的人，哪怕只有一丁点儿兴趣，她也会迅速地扑上去，然后根据判断，该推的就推，该拉的就拉。所以大部分情况下（当然仅限于恋爱），她都能得偿所愿。没能按自己的意愿发展的大概只有黑田一个人。

斟酒，上菜，洗碗碟，劝酒，喝酒，给客人点烟，为上完厕所的客人递上热毛巾。然后又是洗碗碟，斟酒，冷淡了客人必被骂，然后就得道歉。听着客人们说的笑话，要拼命地笑。又是斟酒，给客人点烟，喝酒，当希麻子看到指针指向十二点时，立刻跟剩下的客人和妈妈桑打了声招呼："失礼了，我先走了。"说完她便飞也似的向着深夜的街道跑去了。虽然喝得醉意还不够，但今天的事是绝对不能忘的，所以她既没有买罐装啤酒，也没买果汁和碳酸酒，而是直奔车站。正好小田急线有辆车就要开了，她飞奔着上车后，车门瞬间就在她身后关上了。

沿着早上走过的路走着，这个时间，路上几乎没有行人，无论是一家一户的独栋，还是整幢公寓楼里的住户，人们都早已进入了梦乡。

在楼下设有自动电子锁的大门口按下房间号码，听到"喂"的一声后，希麻子说道："是我，希麻子，这么晚了，对不起。"本来还想说忘了事先要打电话告知了，但已经听到了玻璃大门打开的声音。

"对不起，忘了给你打电话了。"当林久信为希麻子打开家门时，希麻子首先道了歉。

"我家什么也没有，要不我们去外面？唉，可是这附近好像也没什么可以去的地方。"

"什么都没有也无所谓呀，哦，如果你想要喝点什么或者吃点什么的话，我倒是愿意奉陪。"

久信像是怕站在走廊门口的希麻子进来似的，像个门神一样站在门口考虑着。已经脱了鞋的希麻子因为无法进去，只好穿着丝袜一直站在玄关处，她感到脚底板冰凉。

"这样吧，还是去外面吧，我家真是什么吃的喝的也没有。"久信说完，家里的灯也不关，就那样穿上鞋准备出门。希麻子也穿上鞋，和久信一起走出了家门。她以为会走一阵子呢，可当他们看到有辆出租车驶过来时，久信抬起手拦了下来。希麻子有些惊讶，心想：仅仅是为了吃点东西还值得打车去吗？是不是想尽量把我带到离他家远一点的地方去呢？久信先坐上去，跟司机说了要去的地方，希麻子也上了车，当她刚在久信旁边坐好后，出租车就开动了。

"嗯……是不是你爱人或者其他同居的女人在家？"希麻子装作不经意的样子问道。

"不是，没有的。真的，我家里真的什么东西都没有。"

为什么他这样反复强调家里什么东西都没有呢？希麻子觉得很不可思议，她问道："你们那栋楼好像是那种适合家庭居住的公寓吧？独身住在那样的公寓里，好优雅哟！与你交往的女孩难道不愿意跟你在这里同居吗?"侦察又进了一步。

"哦，你说的那样的人，现在还没有。"久信老老实实地回答道。

"啊？你长得这么帅，又有这么好的工作，怎么可能？好奇怪呀。"希麻子喃喃地说道，她早已心花怒放。

"跟人接触的机会很少。"

"哦，是吗？也难怪，你的工作就是整天在家里写写画画，对了，我斗胆向尊敬的老师问一个问题，可以吗?"

"我不是什么老师。"久信说完终于笑了。他笑起来像个孩子，让希麻子不由得想起了小学时的同学梨本。记得梨本总是爱穿一条短裤，两个小腮帮子总是皱皱的，很多女孩子都喜欢他。

希麻子暗想：看来他既不是不爱说话，也不是对人冷淡，只是在陌生人面前有些局促罢了，在一起熟了的话，话肯定会多起来的，比那个男的强多了。那个时候自己选择离开那个男人，真是太对了。如果还在那里住下去的话，大概就遇不到这个人了。

出租车驶过涩谷车站的时候，希麻子被车外的景象吸引住了。虽然已经快深夜一点了，但道路上还有很多来来往往的人，建筑物上的霓虹灯像跳舞一样闪烁着，把夜空染成了粉红色。希麻子还是第一次从车窗里看到夜色下的涩谷。

"好漂亮啊！"她不由自主地轻声呢喃道。

出租车爬到宫益坂的坡顶上时，停了下来。久信非常自然地付了车费，接过找回的零钱后，下了车。希麻子跟着久信沿着昏暗的小路往前走了一点，来到了一幢大楼的地下，推开一扇沉重的大门后，眼前出现了一个很宽敞的酒吧。他们被带到了一个看上去很高级的沙发座位前，这里的档次很高，希麻子工作的日式酒吧无法与其相提并论。沙发坐上去仿佛整个身子都要陷进去似的。"啊!"点了鸡尾酒的久信突然叫道,叫声把希麻子吓了一跳,"手表忘了,我真笨!本来打算给你的。"

希麻子又一次心花怒放,她笑了,久信也笑了。希麻子感到两个人之间的空气中飘荡着一种从未有过的亲密感。

"回去的时候,我顺路去取吧。"

"对不起,又得让你跑一趟。"

就这样,今天一天的计划——延伸开来应该说是希麻子的人生计划——可以说进展得非常顺利,希麻子暗自欢喜。

她和久信的交往越来越合拍。对于希麻子来说,这样的交往很少有不顺利的时候,可是近来进展的顺利程度简直可以说是奇迹。虽然久信还从没跟希麻子主动联系过,但只要希麻子给他打电话约他吃饭,他从来没有拒绝过,而且总是他去找饭店并预订好。残暑渐尽,秋风乍起,该穿风衣的时候,希麻子对林久信已经了解得差不多了。

据他说，他的大学生活几乎和绘画没有丝毫关系，毕业旅行去奥地利的时候，他看了一位艺术家的画展，让他崇拜得五体投地，于是回国后，他把已经内定录取他的工作辞掉，开始在美术学校学习。二十四岁时，他提交的一幅画获了大奖，这才慢慢地有了一些委托他画插图的工作，但仅仅靠这些是无法维持生活的，所以他同时打着一份按天数结算的临时工。二十六岁的时候，他在一次企业广告设计大赛中胜出，他的画被制作成海报张贴在街道各处，这成为他生活的转机。从此，广告设计的工作一下子多起来了，作品集的出版也定下来了，再也不用打临时工了，生活也有了保障。现在居住的公寓有一间屋子用作他的工作室，和客户的交涉以及工作时间的管理等，他全部委托给了为他出版作品集的出版社。

久信的话让希麻子惊讶不断。怎么说呢，从他的话里可以感觉到，他的每一步都走得脚踏实地。希麻子也是因为在高中的时候看了一部舞台剧，感到了心灵的震撼，所以才在上了大学后加入剧团的。从那时起，她觉得除了演舞台剧再也不想做别的了。被某件事物感动后，自己也走上某条路，并摸索着去做自己想要做的事，从这个意义上来说，自己跟林久信没有任何不同。但根本的区别是，人家发自内心地把它当作一个工作在做，而且是踏踏实实地在做，把它作为自己的饭碗，靠着它在生活。更让希麻子感到意外的是，他在做这些时竟如此低调、毫不张扬。在他身上完全看不出要大干一场的那种虚张声势，既没有豪言壮语，也没有任何抱怨，只是默默地埋头实干，给人感觉他是那么泰然自若地生活在这个世上。这让希麻子不得不感慨"才能"这个东西原来是如此安然、静谧呀！

久信和希麻子身边的人完全不同。比如黑田这些人，他们总是把目标说出来（要聚集几千个观众啦、去哪个剧场演戏啦、要赚多少啦），把意志说出来（不想出卖自己的灵魂啦、不仅仅是为了赚钱啦、一直坚持下去直到死啦），把别人所处的位置说出来（谁一心想博上位啦、谁没有什么才能全凭关系啦）。大家就是靠着把这些东西说出来，才会互相推着往前走（如果可以算是往前走的话）。而林久信和自己周围的这些人正好相反。像自己圈子里这些只会说大话的人，他们连自己的生活费都得靠打工去挣，这才是他们的实际状况。

而且迄今为止，如果黑田不算入其中的话，自己交往过的男人里面也没有一个像久信这样。喜欢登山的公司职员，为了去国外过一年放浪的生活而选择打零工的自由职业者，一个自己拍摄电影的居酒屋店长，一个不停地挑战铁人三项的健身俱乐部的雇员，一个原来是音乐家现在却在一家设计事务所工作的职员。相对来说，这些人都和希麻子差不多。深夜，希麻子打完工回到家，一边在一张广告纸背面写着数字，一边按年代顺序对比着自己多大的时候久信在做什么。比如：当他们剧团的一帮人坐在居酒屋里哀叹观众太少时，久信的双脚已踏进了奥地利那个决定他命运的美术馆；当朋友给她介绍了一个上电视的工作，她做完后拿到了十二万日元的报酬，为此高兴得想哭时，久信却在一个设计大赛上取得了优胜；当自己开始在火影打工时，久信大概已经在柏林开了个人画展了。当希麻子对比、思考这些的时候，她被彻底地打败了，她终于认识到自己不仅什么都不是，而且终将一事无成。明白了这些后虽然很受打击，但奇怪的是，那却是一种很爽快的痛，被打败的痛楚就这样转化成了对久信的爱恋。那年的年底，希麻子坠入情网，陷入了对久信的痴恋中。她甚至认真地回想过，这样痴情地喜欢一个人，好像自十九岁起就再也没有过了。

虽然希麻子还没说过"我喜欢你""从今天开始，我们交往吧"之类的话，可是每周肯定有两三次，她会在深夜打完工后来到久信在驹场东大前的住处。久信有时会带着希麻子一起坐上出租车，到涩谷附近的酒吧或饭店去喝酒或吃饭，然后再坐出租车回到住处。希麻子睡下后，久信却不睡，总是待在玄关旁边的工作室里干活儿。第二天中午，待希麻子醒来后，两个人再一起出去吃午饭。他们偶尔也会坐着电车去中华街，看某部电影的首映式，但大部分时候，久信会回家继续干他的工作。

因为他好像不太愿意让人进入他的工作室，所以每当他开始工作的时候，希麻子就会一下子变得很无聊，她一会儿在客厅和卧室之间走来走去，一会儿翻一翻书架上的书籍和杂志，当找到刊载着久信所写的文章的杂志时，她还会读一读。她还找到了有久信出场的电视节目的录像带，于是，她便用录像机播放着来看。每次在久信家她都是这样度过的。看了过去的杂志和电视上有关久信的文章和画面后，希麻子才知道久信比想象中要有名得多。她觉得特别不可思议。虽然久信被这么多杂志登载过，在那么多电视节目中出过镜，但知道他的人好像并不是太多，像自己的父母是肯定不会知道他的。自己不也是一样吗？如果不是听黑田说，她大概至今也不知道有这么个人。介绍久信的那个制作人说她是"林先生的粉丝"，可见那个时候连中田舞也不知道久信。那么，一个人要想拥有广泛的知名度，让普罗大众都知道自己，得做多少工作呢？得把工作做到何种程度才能实现呢？希麻子这样思考着。希麻子二十几岁的时候，曾经非常真诚地期待自己能成为一个知名演员，而且她确信自己能够做到。可是，如果现在能够遇到原来的那个自己的话，她可能会告诉原来的自己："就是天翻地覆，这个愿望也不可能实现。"

两个人说话好像很投机，却又不合拍。久信几乎没有什么业余爱好，一说起绘画或自己过去的工作，以及对未来的展望，他的话就会很多。除此以外，他丝毫没有显示出自己的爱好和兴趣。当希麻子告诉他自己是舞台剧演员时，他也只是"哦"了一声、点了点头而已。如果热情地约他去看独家放映的电影，他也会陪着去，但看完后，连个好看或不好看之类的感想也从来不说。对于音乐他好像也没有什么特殊的爱好。他房间里的CD，有的是他设计了封套，公司赠的样品，有的是朋友送的，除此之外再没有别的了。甚至有三分之一的CD还未拆封。

希麻子至今也不知道他是否对自己有兴趣。当告诉他自己要去打工时，他也从未问过自己打的什么工；当要来他家或者约他见面时，他也从未拒绝过。不管在他家住多久，他也从未有过想赶她走的意思。对于希麻子来说，她觉得那些爱好和兴趣什么的都不是问题，比起自己对久信的爱慕之情，这些早已不重要了。

对于希麻子来说，久信的家并不是一个轻松随便的处所，因为太过干净。他家里不会随便乱放任何一样东西，虽然委托了专业的清扫公司每周来打扫一次房间，但他每天依然会用吸尘器吸尘，所以地板上看不到一粒灰尘，房间里到处摆着的小摆设也好像都有着固定的位置。希麻子从来不敢用手触碰它们，也不敢靠近它们，生怕不小心碰到地上摔坏了，或是不小心弄倒了划破了哪里，或是弄乱了位置以致恢复不了原位。厨房里既没有米面，也没有油盐。有一次，她想给久信做几道自己的拿手菜让他尝尝，于是去买了些材料。虽然久信从未说过不要在家里做饭，可是等希麻子下次再去时，米、味噌酱、盐和甜味料酒等已全部被他扔掉了。为此，希麻子备受打击，此后便再也没在他家做过饭。当她打开冰箱时，看到里面如此整洁，她甚至怀疑这不是冰箱，而是艺术品。外国产的果酱，瓶装的意大利面，连装蛋黄酱的瓶子都那么漂亮。软管装的辣椒酱也像摆放的CD一样整齐有序。摆放和搭配的位置，仿佛都经过了精确的计算似的，美观整齐得让希麻子都不敢伸手去拿。一个星期后，当她小心翼翼地打开冰箱再看时，依然如此，一个月以后再看时，所有的东西依然紧凑整齐地摆放在原位。所以，希麻子得出了个结论：这不是冰箱，而是摆设。从此她便断了在这里做饭的念头。

既不能做饭，也不能打扫房间，既不敢买杂志来读，也不敢带漫画来看，因为她怕弄乱他的房间。她不敢把化妆品和衣服带来，以至于每天在这里闲得不知道做什么。而当她一旦回到自己租住的房子时，就会大松一口气，然后仿佛是被什么东西勾了魂似的开始忙活着煮牛筋，还会把买回来的鲷鱼剖开弄干净后再烹煮，做的全是费时费力的饭菜。做好后她还会一个人把这些菜吃得干干净净。即便在久信那里待着不舒服，希麻子也毫不在意。到了第二天，希麻子打完工后依然会急急忙忙地直奔久信的公寓而去。

圣诞节时，久信预约了餐厅并事先问了希麻子想要什么礼物，然后他买了一对她一直想要的耳环。两个月前，朋友和剧团的伙伴为希麻子介绍了几个电视剧和电影的临时演员的工作，均被她拒绝了。她觉得已经没有必要再做这类工作了。

日式酒吧从年末到年初也休息，于是希麻子便住进了久信的家。久信只在除夕和元旦的上午没有工作，从元旦那天下午起就待在工作室里开始工作了。希麻子无事可做，只好站在阳台上眺望着万里无云的晴空消磨时间。

大年初四那天，久信说傍晚有个新年会，很罕见地准备出门。虽然久信告诉希麻子可以待在家里，但因为她明天又要开始打工，便和久信一起出了门。在车站的站台上分手时，久信说如果结束得早，他会给希麻子打电话，然后两个人挥手道了别。

剩下希麻子一个人坐在站台的长椅上，等着反方向开来的电车。天空清澄高远，站台上寂寞冷清，看不到一个人影，时间好像停滞了一样。电车进站后，希麻子站起身来，正当她要上车的时候，提包里的手机震动了。希麻子拿出手机，看到屏幕上显示的名字后，她没去坐车，而是又坐回到站台的长椅上，而后按下了通话键。电车关上门开走了，站台上又恢复了寂静。这时希麻子清清楚楚地听到了黑田的声音：

"怎么，你现在在外面?"

"嗯，不过没关系，你说吧。"

"过年，你是怎么过的?"

"嗯……也没做什么，每天就这么晃来晃去的。"

"想喝酒吗?"

希麻子抬头看了一下站台上的挂钟，下午四点刚过，她虽然心里说着我还有点事，但嘴上却回答道:"我今天不能喝得太晚，如果你不介意的话……"

"真的吗? 那怎么办? 现在这个时间，不知有没有正在营业的地方。"

"车站附近的店应该开着吧。"

"那我就在车站那边的店里等你。"

"哎，从驹场东大前到江古田站怎么坐车呀?"希麻子问道。

"啊? 你怎么会在那儿呢? 算了不问了，驹场站不是在井之头线上吗? 先坐到涩谷，然后从涩谷坐到池袋，再换西武线。如果反方向的车先来的话，就坐到下北泽，然后换车坐到新宿，从新宿再到池袋倒西武线。"

"啊？听起来好远啊！"

"不远，也就四十来分钟。看来你到现在也没记住市内的电车路线。"

"那，一会儿见。"

"嗯，一会儿见。"

刚挂断电话，车就进站了。希麻子坐上了这趟车。希麻子生长的地方虽然也叫东京，却是在田园和青山环绕的东京西部。十八岁时，她离开家来到新宿，开始了独立生活，至今已经快二十年了。跟原来的家乡比，希麻子现在生活的地方才算得上是真正的市中心。可是正如黑田所说的那样，至今她对地铁和JR的乘车路线也不熟悉。如果从新宿到驹场东大前，或者从池袋到江古田，还有从涩谷到中野的话，她倒是都知道如何坐车，可是一旦需要换乘两次以上的话，她就糊涂了。那时手机还不像现在这么普及，所以一直到去年为止，她每次都是用公共电话给黑田或者当时交往的男朋友打电话询问换乘路线。每次回答得最快、最准确，而且总是能告诉她N个乘车方案的，只有黑田。所以，二十岁左右的希麻子从心里尊重并敬佩黑田，毕竟黑田是新潟人，无论是涩谷还是新宿，都是他在十八岁的时候才第一次去，可是，才几年的时间，东京的乘车路线在他的脑子里已经形成了一个网。

对于黑田，当然也包括那些能够立马回答出如何坐车从一个地方到另一个地方的人，希麻子都尊敬到近乎崇拜的地步。可是那天，当希麻子按照黑田告诉她的乘车方式从涩谷坐山手线到池袋下来，再在池袋换乘已经坐过无数次的黄色电车时，她发现自己对黑田的尊敬好像减少了不少。

不是有出租车吗？希麻子坐在暖烘烘的电车里想。从驹场东大前到江古田，如果不知道怎么坐车的话，可以坐出租车呀。黑田不去想这个方式，而是一味地把乘车路线牢记在心；而自己也从未考虑过坐出租车，只是一味地依赖黑田。这仅仅是因为他们没有动不动就坐出租车的经济条件，以及因此而派生出来的念头啊！

当然，希麻子清楚地知道，自己现在之所以能够这样想，是因为背后有个叫久信的人存在，那个出门就叫出租车的久信。

车站前，一家低档的居酒屋开着门，店里坐着几个中年男性，他们的穿着打扮仿佛是克隆出来的一样，坐在吧台那里喝着酒。黑田坐在店里的和式座位上等她，和式座位的榻榻米已经旧得泛起了毛刺。希麻子在黑田的对面坐下，点了啤酒和卤大肠。

互相道了"新年好"后，他们俩端起啤酒杯碰了杯。啤酒的泡沫溢出来，弄湿了希麻子的手。

他们一边吃着卤大肠、烤鸡串、凉拌黄瓜，一边有一搭没一搭地聊着。黑田不管是除夕还是大年初一，都一直待在家里喝酒、写剧本，剧本则写完撕掉、撕掉再写。他说他已经很久没有见过什么人了，也很久没有这样跟人说过话了。希麻子从他说话的样子就知道这不是真的。心想：骗人！他肯定和原先在打工的地方认识的那个女孩打情骂俏来着。不过她并没有揭穿他的谎言，只是听着，"哦？""是吗?""嗯、嗯"地敷衍着，然后她骗黑田说："我也是一直一个人待在房间里，既没有看红白歌会，也没有看热闹的娱乐节目，而是炖了牛尾，自己擀皮包了饺子。"希麻子不知道自己的谎话是否被黑田识破了。她想：如果黑田问起那个林久信是怎么回事的话，自己也许会告诉他一些。她一边这样想，一边跟黑田聊着天，可是关于这件事，黑田自始至终都没有提起。

"对了，你看《楚门的世界》了吗？特别好看！"

"哦？有点儿想去看，不过已经演完了吧？"

"可能还在演吧，因为十一月才开始上映的。不过也说不定被贺岁片挤掉了。"

"记得你说过要去看《绿宝机密》，一直也没去，这个电影的导演是保罗·奥斯特吧？"

"对，对。他的《烟》也很好看。那一年好电影真多啊！"

"那是哪一年来着？十七岁那年？我们一起去看了不少电影呢，那时有大把的时间。黑田，那回看《小猪宝贝》，你还哭了呢。"

"胡说，我哭了吗？不过说起来，今年虽然没有什么重要的事做，但好像也没有什么想要看的电影了。"

"这么说来，你是不是已经从精神上步入中年了？是不是感性已经迟钝了?"

"没有的事，去年，我去看《花火》，还哭了呢，怎么能说迟钝呢?"

"还是哭了嘛。"

"不是的，真的，你也去看看那部电影，真的特棒!"

希麻子突然有了一种仿佛全身泡在温泉里的轻松感、释放感以及快感，这些感觉混合在一起，一下子涌了上来。啊!真是太舒服了!可是这种感觉刚在脑子里冒了下头，她却马上又因此而焦躁不安起来。因为这样想的话，就意味着到现在为止，自己一直是以一种憋屈的姿势憋闷在一个很不舒服的地方。

希麻子从十八岁时就喜欢上了黑田，但她既没有告白，也没有专门表示过什么，他们就那样慢慢地交往起来了。好像从来没有过约会什么的，两个人总是在黑田的住处或者希麻子的住处见面，偶尔去附近的居酒屋喝喝酒。希麻子从内心深处崇拜着黑田，觉得这个世界上再也没有像他这样才华横溢、长得又帅的男人了。凡是黑田喜欢的东西，希麻子都会喜欢上，詹姆斯·艾尔罗伊、松本清张、豪林·沃尔夫、詹姆斯·布朗、蓝尼·克罗维兹、安德烈·塔可夫斯基，都是因为黑田喜欢，希麻子才喜欢上这些人的，还有熏制的鱿鱼须、鱿鱼片、醋拌海蕴、炸鸡翅等。只要是黑田不喜欢的东西，希麻子也会觉得不好，觉得像冒牌货一样，不管是登上发行排行榜的书、流行歌曲，还是自己看上的法国料理店，乃至公司职员、高级车以及名牌货。就这样，两个人的价值观变得惊人地相似，朋友们甚至说他们俩之间的对话都像在对暗号一样。在一起大概三年之后，黑田跟别的女孩子好上了，他表情严肃地跟希麻子提出了分手。说实在的，当他第一次跟希麻子提出分手的时候，希麻子真想自杀来着。她觉得是自己没有魅力，黑田才要离开她的，此后便开始随便和男人上床，即便是自己不喜欢的男人，她以为这样就可以使自己产生魅力。第二回分手的时候，希麻子就不觉得有多意外了，她很容易地就接受了，然后很快就和一个自己觉得还不错的男孩子开始交往了。当第三回分手的时候，她觉得自己好像已经弄清楚他了，每当倦怠期来临的时候，他就会喜欢上别的女孩。可是当他看到希麻子有了别的男朋友时，又会后悔地来找她复合。所以希麻子知道，当她被黑田甩后，她只要火速地交一个男朋友就行了。到了第四回的时候，希麻子已经有了准备。从第五回往后，连她自己也闹不清他们俩究竟是什么关系了，这算是交往着呢，还是已分手呢？希麻子也曾经有过其他男朋友，可是每当黑田要求复合的时候，她从未拒绝过。只要黑田一声呼唤，她立马就能跟当时的恋人分手，飞身投向黑田的怀抱。

黑田在他打工的录像带租赁店和一个年轻的女孩陷入热恋的时候，希麻子也没觉得有多么难过，只是觉得他们早晚都得分手，所以她曾经在一个前音乐家——在打工的日式酒吧里认识的——住处借宿过一阵子。她也曾试着往恋人的方向发展，但终究还是喜欢不起来。从那个前音乐家的住处搬出来时，不知怎么回事，她好像对一切都变得厌倦起来。厌倦那个在并不喜欢的男人家里借宿，并故意把这些告诉黑田的自己；厌倦那个和一起打工的女孩交往了很久，并一起照了大头贴的黑田；

厌倦了在惰性的驱使下，虽然知道这些却依然保持着性关系的他们俩。所有的这一切都让她厌倦透了。正是在这个时候，她遇到了林久信，这次她真正地爱上了林久信。希麻子觉得，她对林久信的爱和至今为止一直等着黑田回头的那种爱不同，这种爱比自己在十八岁时对黑田的那种爱有过之而无不及。只是有一点不同：黑田当时只是一个穷学生，自己却依然爱上了他；而林久信，则是自己喜欢的一个成功的插图画家。不过，即便有这种不同又能怎么样呢？

所以，希麻子现在和黑田在这么一个讨厌的地方，竟然觉得放松、解脱和舒畅，她绝不允许自己这样。于是，她在心里对自己说，如果久信来电话，马上就回去。可是看了好几次电话，都没有久信的来电。黑田又要了几个菜，希麻子虽然肚子已经饱了，但看着端上来的炒菜和豆腐汤，只好继续慢慢地吃着、喝着。

快到十一点的时候，手机响了，希麻子急忙掏出自己的手机看，而铃声却是黑田的手机发出的。

"嗯，嗯。现在在外边，知道了。那，再见。"黑田用一只手遮着电话，说了两句就赶快挂了。只见他端起酒杯，纯粹是为了掩饰，一口气喝光了杯子里的鸡尾酒。

"女朋友的电话？"希麻子有些扫兴地问道。

"嗯，啊？你说的是谁呀？"

"其实你不必遮掩，没关系的。不就是你打工那里的那个女孩吗？我们走吧？"

"不是的，唉，算了，走吧。你好像也不能回去得太晚，对吧？"黑田站起来，本来是他想走了，却又说这种话。希麻子还以为今天黑田会请自己呢（这种事虽然很稀有），而算完账后，却见他回过头来把手伸到她的面前说道："两千三百八十日元，还是这么便宜。"

希麻子和黑田道别后，来到了车站。她先坐车到了池袋，又倒车到了涩谷，最后不由自主地又回到了驹场东大前。心里一边想着不知久信是否已经回来了，一边朝着久信家的那栋公寓楼走去。正月的夜晚冷得刺骨，希麻子往手上哈着气向前走。黑田被女朋友叫走，自己却一点也不觉得痛苦，希麻子想着，好像要把这些话记下来提醒自己似的，接下来她在心里回答道：因为自己也有了新的男朋友呀。

久信已经回来了。希麻子进了房间，发现久信少见地正坐在沙发上喝着酒，沙发前面的茶几上摆着威士忌和冰，还有一袋打开的牛肉干。见到希麻子进来，他问道："希麻子，你要不要也喝点?"语调沉稳，但据他自己说，已经喝了一阵子了。

"好啊，好啊。"希麻子说完，从橱柜里拿出一个像是艺术品、平时连摸都不敢摸的特别薄的玻璃杯，她往杯子里放了几块冰后，又倒了些威士忌，然后端着杯子坐到久信的身旁。在这个家里，竟然有了能吃喝的东西，仅这一点就足以让希麻子感到格外高兴。

"新年会，开心吗?"

"嗯，这些都是老师给我的。"久信指着牛肉干和威士忌说。

"老师?"

久信说了个名字。

"你不知道吧？是一个非常有名的人，也是我在美术学校上学时的老师。每年大家都和老师聚在一起开新年会。"久信慢慢悠悠地说道。

"这位名人是干什么的？画画吗?"

"希麻子真的是什么都不知道啊!"久信说道。因为久信说这话时，脸上一副失望到极点的表情，希麻子终于对这个男人涌上来一股火气。恨不得想问：那么你呢？你知道保罗·奥斯特吗？你知道Boredoms①吗？但她终究还是没有说出来，只是冲着他笑了笑，喝了口威士忌。

"最初提交的作品获奖的时候，有一阵子我觉得挺不错，挺得意的。可是慢慢地就变得不安起来，因为虽然获奖了，却没有什么工作委托给我，美术学校虽读了，但终究不是从美术大学毕业的，而且入行也比别人晚。当我把这些跟老师说了以后，老师骂我说：'笨蛋！你不是被看到的东西感动，觉得那些东西特别了不起才入行的吗？这些就足够了！这些和简历什么的都没有关系，只有当初感动你、让你觉得特别棒的东西，以及你自己内心的强烈愿望，才是今后指引你不断前行的动力！'老师的话实在是让人佩服。"

---

① 日本的一个噪音摇滚乐队。

久信的声音有些哽咽，希麻子有些纳闷地扭头看他时吓了一跳，只见久信在哭。

"老师还说：'学习之类的会成为你的累赘，你看那些在学校里得了高分的画里有几幅能打动人心？'从那时候起，我就一直把老师的话牢牢地记在了心上，直到现在我也是一直牢记着老师的这些话而努力着。"

"哦。"希麻子说道，但她根本不知道久信为什么而哭。是见到老师高兴的？可是他好像每年都能见到啊。是想起了往事？可是不可能每想起一次往事就哭一次吧。是不是今天在新年会上有什么令人伤心的事啊？比如：老师开始有些老年痴呆了，或者被告知得了重病；要不就是现在的工作遇到了坎儿，很艰难却无法跟人倾诉，一直一个人在扛着。

"不过正是你老师的那番话，才使你有了今天的成功，所以你老师真的好了不起呀！真的!"希麻子说道。她觉得不管怎样，现在首先应该说点什么。

"你觉得什么才是成功呢？我这算什么成功啊？因为有工作、有钱就算成功吗？我不觉得。老师也是这样说的。"

类似这样的话，希麻子好像在哪里也听过，她抿了一口威士忌，突然想起来了，对了，是在那个前音乐家的房间里听到过！记得他还说过虽然不知道希麻子所说的成功究竟指的是什么。希麻子想：难道成功还有不同的种类吗？

"我觉得，自己照现在这样下去可不行，我还得更加努力、更加拼命地去做才行。"

久信抽抽搭搭地说着，然后用力吸了一下鼻涕，往杯子里倒满酒，一口喝了下去。

"嗯，如果你觉得我还可以的话，我愿意帮把手。有些杂七杂八的琐碎事，比如把画送到公司这样的工作，保管画完的作品，还有现在你跟出版社之间的电话联系……，我都可以做。我可以帮你接接电话什么的，只要能使你的工作变得顺畅，再烦琐的事我都可以替你去做。"希麻子不失时机地把第一次见到久信后设计好的人生计划的一部分向久信提了出来。

"谢谢。"久信擤着鼻涕，鼻音很重地说道。

嗯，我要实现我的人生计划！希麻子攥着拳头在心里说道。她捏起一块牛肉干放进嘴里嚼着。再见，黑田！我很快就能走自己的路了，希麻子在内心里欢叫着。

坐在电暖桌旁，希麻子凝视着坐在对面的黑田。黑田并不看希麻子，而是把她面前的酒杯斟满了烧酒。在电暖桌上，有从二十四小时便利店买回来的关东煮、六品脱奶酪、已经开封的薯片，还有希麻子带来的烤鸡串。希麻子没有喝酒，而是捏起薯片放进嘴里，咯吱咯吱地吃着。

"从十月末开始，为期一个星期，已经订下了青叶工作室，很快就要开始排练了。"黑田盯着自己面前盛着烧酒的杯子说，"我觉得排练场也该马上预订了。"

就是现在了！希麻子在心里暗想。

一直以来，像这些安排剧团的日程、排练场的预订、和每个团员的联络等的杂活都是希麻子在做。

"剧本已经写好了，你要看吗？"黑田把食指伸进杯子里搅了搅，冰块随之在杯子里滴溜溜地转了起来。

就是现在了！希麻子又一次在心里给自己打气，可嘴巴张开，又闭上了。她把这些天练习了无数遍的台词在心里又过了一遍，开口前又对自己说道"就是现在了"，然后才终于说道："嗯，我吧，想退出了。这些只好你们来做了。"

"啊？"黑田抬起头看着希麻子，脸上露出吃惊的表情，"你要辞职？"

希麻子冲着他笑了笑，心想：我赢了！我终于赢了！我终于赢了这个家伙！

"嗯，我要辞职，彻底地，所以刚才你说的那些，还有峰介绍的演电影的事，都帮我推掉就是了。"

"可是，你知道吗？那什么，能出演这部电影真的是个特别好的机会呢。"

"嗯，反正我要辞职了。"希麻子又说道。她望着天花板，强忍着没笑出来，又一次说道。

"如果你拒绝的话，这个好差事，就该轮到夏实了。"

"让夏实去演也挺好的呀，她肯定会特别高兴。"

"你是认真的？"

"是认真的。"希麻子点点头，又冲黑田笑了笑。

黑田瞪着希麻子，随意喝了口自己面前的烧酒，拿了一片放在电暖桌上的奶酪吃着。

"这么说，这些都是因为那个作家喽？"他从烟盒里拿出一支烟，一边在手里玩弄，一边问希麻子。

"不是作家，是插图画家。嗯，也可以这么说吧，跟他有点关系。"

你也嫉妒了吧，希麻子得意地想，什么作家，故意说错的吧。

"可是你现在辞掉的话，能干什么呢？演着舞台剧，你还能说自己是个演员。如果辞掉了，你就成了一个没有工作的三十六岁的女人了呀。哦，对了，马上就三十七了。"

"嗯，工作嘛，已经找到了。再说，即便像这样一直演下去，也看不到一点希望。"

黑田什么也没说，点着了烟。在恢复了寂静的房间里，希麻子环视着四周。黑田搬到这里来住，已经有八年了。一室一厅的房子每个月八万两千日元租金。她一下子想起了那天帮他搬家时的情景。从原来只有一个房间、每月六万五千日元租金的房子里搬出来时，是她和黑田还有仓本三个人一起搬的东西，他们还租了一辆卡车。当打开这个房间的房门时，三个人禁不住大声叫了起来："好大呀！好大呀！发财喽！发财喽！"然后笑成了一团。搬完家，他们一起去吃了烤肉，黑田请客。放CD的架子、书桌和电暖桌，都是从青梅街道上那家卖生活用品的店里买来的。书架是黑田用一个舞台道具的架子改造的。这个屋子里的每一样东西是怎么回事，是怎么被运到这里的，甚至连厨房洗碗池下面的橱柜里放着的每一个汤勺，希麻子全部知道得一清二楚。

"这么说，今后也不会再和我联系喽。夏实一直都在帮我，如果我跟她说一声，这些事可能她都会帮我做的，虽然不知道像我这样的，能不能算是个有才能的人。"

希麻子听着笑了，黑田却没有笑。

"你不喝吗？"

黑田用下巴对着希麻子面前的酒杯示意道，好像已经知道希麻子今天决心滴酒不沾了似的。希麻子想：不，他肯定是知道的。这个人什么都知道，我想要做什么，他一清二楚。

"是吗？要辞职吗？也是啊，每个人都有每个人的具体情况。莫非你打算和那个作家一起做点什么？"黑田下意识地来回倒换着关东煮和薯片的位置问道。

"嗯，怎么说呢，我也不知道。"希麻子尽量忍着笑，慎重地回答着。

"是吗？要辞职吗？嗯，要辞职啊。"黑田自言自语着点了点头，把杯子里的酒一口喝干后，自己又把杯子斟满，说道，"明白了，理解！"他的眼睛并没有看希麻子。

接下来，黑田一直沉默着，什么也没说。希麻子也不好判断这种时候自己是说点什么好，还是什么也不说好，只好也选择了沉默。闹钟秒针行走的声音显得特别响。那个闹钟还是在一个大学朋友的婚礼上中的奖品，那个朋友也是他们俩共同的朋友。

"好了。"希麻子在内心里给自己发出了号令，"我该走了。"

说着她站了起来。本以为目送自己到门口的黑田肯定会说点什么，比如其实你在不在都一样之类的。希麻子想象着，等着他说句难听的话，可是，黑田什么也没说。希麻子站在门口，对着黑田说："再见。"

　　这时，就听黑田说道："来看演出吧，如果忘了的话，也无所谓。"他脸上的笑容好像是勉强挤出来的。

　　希麻子没有回应，关上门走了。在去车站的路上，她跑了起来。虽然空气依然有些寒冷，却有了一丝柔和的气息。

　　"太棒了！太棒了！太棒了！我赢了！我赢了！我赢了！我赢了黑田！再见黑田！再见黑田！"

　　希麻子轻声叫道，内心里无数次欢快地挥着握紧的拳头。同时，她真的就那样一边握紧拳头挥动，一边向前跑着。嘴里依然在轻声说着："太棒了！太棒了！"然而，说着说着，眼泪却啪嗒啪嗒地掉了下来。希麻子也不管路上人们的视线，就那样用举起的拳头的手背，一边擦着泪，一边继续往前跑。

黑白系列、近代艺术系列、猫狗系列、摄影家系列、摇滚系列，希麻子坐在柜台里面，用透明的文件夹把明信片分着类。里面事务所的门敞开着，老板矢萩的声音从里面传了出来："这不就是一张普通照片吗？你这样拍摄是没有人会关注你的。你肯定觉得这样拍挺不错的，对吧？可是这样的照片别人早已经拍过了，你再拍就没有任何意义了。懂吗？"希麻子回头，越过肩膀瞄着事务所里面。看不到矢萩的样子，只能看到坐在对面的那个年轻男孩，只见他噘着嘴低头坐在那里听着。这样被一个人贬斥，他肯定还不习惯吧。

　　"所以，就这样吧。等你照出有新意的东西再拿来吧。记住，照出一些只属于你自己的东西。"挪动椅子的声音响了起来，接着，拎着大包的男孩低着头从里面走了出来，路过柜台这边时，他跟希麻子说了声"谢谢"，然后头也不抬地走了出去。

　　"希麻子，我出去吃午饭，吃完饭直接去谈事。美惠来了的话，你就去吃午饭吧。"从里面房间出来的矢萩一边往外走，一边说道，声调又高又尖。

"哦，知道了。"

"那我走了。"

说着，他走出了自动门，身上那件白色衬衣在五月的阳光的照射下，泛着明晃晃的光。几乎同时，门外走进来两个女孩，不知是美术大学还是美术学校的学生，两个人的打扮都很稀奇古怪。"哇，好可爱！"只听她们喊道，娇滴滴的声音和她们那一身奇装异服很不相称。只见她们一边叫着，一边互相给对方看着自己拿起的明信片。希麻子不由得在心里暗自感叹："好年轻啊！"

今年希麻子已经三十八岁了，在她的记忆里，演舞台剧，还有喝醉酒后随便住到男人家里，仿佛都是很久很久以前的事了。但其实，也就是一两年前的事。希麻子看着这些女孩，心想：原来那些事情都应该在二十岁左右的时候就全部经历一遍。

也就是在三个月前，希麻子的人生计划遇到了挫折。

和黑田分道扬镳后，希麻子从一点希望也看不到的剧团表演中全身而退。之后，她一边继续在日式酒吧打工，一边上赶着给林久信打杂。每天她会主动上门，问林久信今天是否有工作，是否有杂事需要她干。一开始林久信总是说没有，慢慢地也开始让她去新宿帮忙买一些指定的绘画工具，或者让她把某些东西送到出版社，或者把发票按照日期输入计算机，就这样渐渐地开始给她派活儿了。不管希麻子的工作量增加多少，林久信也绝对不让她踏进自己的工作室一步。外出时，他总是把那个房间的门锁上。这种拒她于千里之外的感觉恨不得从紧闭的门缝里渗出来，这使得希麻子连敲门或者隔着门叫他都不敢，只能待在客厅里等着他安排什么杂活。

后来，不知道是否因为希麻子一天到晚待在家里影响了他的创作，久信又另租了一个地方作为事务所，而实际上就是在他住的公寓楼旁边另租了一间房而已。他把电话、传真机和书桌都搬了过去。希麻子激动地以为自己的人生计划就可以这样顺利地进行下去了。为了专心干事务所的工作，她把日式酒吧的工作也辞了，虽然少了本就不多的日式酒吧的收入，但久信这边倒是一直很正规地给她开着工资。这都是去年这个时候的事了。

希麻子每天就在这个单间里等着久信的指示，有时帮他出去买买东西，有时帮他邮寄点什么。因为过去在剧团里所有的杂事都是希麻子负责，所以久信的这些活儿对于她来说并不算什么。工作之余，久信也会和她一起去外面吃吃饭、喝喝酒，也会像以前那样在酒吧里喝到很晚。希麻子说服了久信，让他把过去一直交给出版社做的处理来电事务的工作也交给了自己。这样一来，所谓事务所就真的开始有了名副其实的事务所的功能了。

一切都很顺利，希麻子为此高兴得忘乎所以。正好在这个时候，黑田寄来了一盘录像带，是原来他俩说过的那部电影，说是特别有意思。只要黑田说好看，希麻子总是条件反射似的马上就想看，于是黑田就把录像带给她寄来了。希麻子用事务所的新电视机看了那部电影，看完后她觉得一点也不好看，全是俗套的故事，一点意思也没有。希麻子不禁带有一丝优越感地想，黑田和自己已经是身处两个不同世界的人了。从这个男人身上已经没有什么要学的东西了。

在事务所正常运转起来的四个月后，希麻子已经能够跟久信提出这样那样的建议或意见了。她建议久信把事务所改成股份有限公司（当然她自己也想当董事）；为了日程安排更顺利，她还建议在新闻杂志来采访的时候，让久信带她一起去（她想让更多的人知道她是久信的合作伙伴）；当有电视节目请久信去做嘉宾却被久信拒绝时，她还会建议久信接下这一工作（其实是她想看那个节目）；因为没有暑假，所以事务所在冬季有一个连休两周的长假，这时她还会建议久信为了扩大视野、增加见闻，应该安排去国外旅行（当然是她自己想去）。因为久信对于她的每一个建议总是暧昧地笑着称"是"，所以她一度以为对于久信来说自己早已是不可或缺的存在了。

　　进入十月，久信事先一点招呼也没打，就雇了一个新的女事务人员。据说她原来在出版社工作，所以无论是电话的对应，还是日程的安排，甚至久信作品的整理，做事的方式和要领都与希麻子完全不同，她彻底发挥出了原来在出版社工作过的优势。

　　到了十一月，事务所又进了一个人，是美术设计学校毕业的年轻女孩。久信经常打电话叫这个女孩去他工作的公寓楼，据说是让她帮忙做一些画作的最后处理、捆包之类的工作。

因为这两个有能力的女孩的出现，希麻子越来越闲。面对这种状态，希麻子心里很着急，一着急就会疑心生暗鬼，于是就做了现在回想起来很不应该的事。她跟久信吹耳边风，说这两个女孩儿的坏话，拼命强调原来自己一个人有多累，然后有些胁迫似的要久信跟她结婚。那是去年圣诞夜的事了。

渐渐地，久信不再邀请希麻子一起去吃饭了。希麻子在他的公寓楼下按门铃，也听不到他给自己开门的声音了。给他打电话，他接是接，但叫他一起去吃饭，叫五回能去一回就不错了。也不再让她去他的家了。二月情人节那天，为了把特意给他买的巧克力送给他，希麻子把他叫出来一起去吃饭。在餐厅里，坐在希麻子对面的久信一脸认真地说自己是同性恋，不能结婚。

"可是我们不是做过吗？和女人能做那种事的话，怎么会是同性恋呢？"希麻子忘了自己所在的场合，一下子站起来说道。

"那种事做是可以做，但喜欢的还是男人。"久信说道。

"不，你不可能是同性恋。"她依然不肯承认。就这样在争论不休、互不相让的过程中，希麻子渐渐明白了，这只是个借口，他是想和自己断绝关系，才迫不得已找了这么个借口，而这个借口仿佛是在照顾她的感受，充满了对她的体谅。而且，希麻子终于意识到，过去几个月自己所感觉到的顺利，其实仅仅是自己的一厢情愿而已。

之后不久，事务所又来了第三个女孩，是个外语非常棒的女孩。希麻子听这个女孩儿说，纽约的一个画廊邀请久信去办画展的事定下来了。那天事务所下班后，希麻子来到久信的公寓楼下，按响了可视门铃。看着依然关闭的大门，希麻子对着可视门铃的摄像头说："我要辞掉事务所的工作了，这么长时间，谢谢你的照顾。"

没想到久信来到了大楼的门口。当希麻子看见久信的那一瞬，她还以为久信是来挽留她的，但事情并不是她想的那样。只见久信拿出了一叠用横格纸裁成的纸条，递给了希麻子。

"这上面全是我的朋友，你跟他们联系一下试试吧，他们全都需要人手。"然后弯下腰说，"该说谢谢的是我。"一瞬间，他们的视线重合到了一起。

当希麻子说"那，再见了"时，她看到久信有一种终于松了一口气的表情，他回答道："再见。"走在去车站的路上，令希麻子感到奇怪的是她竟然没有掉眼泪。她想哭，却哭不出来，反倒有一种轻松的感觉，仿佛脱下了一件高级塑身内衣，把它扔掉了似的，全身有一种解放感。这周末，自己要炖牛尾、煮豆子、和面做饺子。在去车站的路上，希麻子满脑子考虑的竟是这些。希麻子想，也许是为了跟黑田分手，才让自己有了这次的痴心热恋。

希麻子现在在青山一丁目的一个专门经营明信片的美术店工作，是久信介绍的那些工作中的一个。

现在，希麻子每天从上午十一点到下午五点作为一个合同工在这个店工作，下午六点到晚上十一点则在一个很时尚的居酒屋打工。这家居酒屋是一家用有机食材提供创意料理的店，店老板也是矢萩。两个工作加起来的工资，比原来在那个自己经常缺勤的日式酒吧打工时的工资高多了。希麻子想：原来我也能有这种早上按时起床、晚上按时睡觉的生活呀，每天早上起来都有一种新鲜感。虽然没有男朋友，也没有喜欢的人，可是每一天她都过得很充实。同样，黑田、舞台剧、电视剧的临时演员，还有酒精的味道、从出租车里看到的夜晚，以及一厢情愿的单恋，仿佛都是很久很久以前的事了。

女孩儿们买了几张明信片就走了。上晚班的美惠来了后，希麻子把看柜台的工作交给她，就去收拾里间的事务所了，当她想把杯子收走时，发现桌子上有一个黑色的文件夹，是刚才低头走出去的那个男孩的。希麻子把放着咖啡杯的托盘重新放回到桌子上，伸手拿起了文件夹。矢萩除了明信片的专卖店，还经营着咖啡屋、居酒屋、画廊、杂货店等，涉猎的范围很广。他特别欢迎大家带着自己画的插图或者照的照片来找他。如果有让他看上的东西，他就会把它们制作成明信片，或者挂在居酒屋的墙上展示。据说如果看到特别喜欢的作品，他也会策划在他的画廊举办一场个人画展，当然这种情况少之又少。

希麻子翻看着文件夹里的照片，照片上朦胧的中间色非常美，可是的确让人有一种在哪里看过的感觉。希麻子继续翻看着。

"老师说：'只有当初感动你、让你觉得特别棒的东西，以及你自己内心的强烈愿望，才是今后指引你不断前行的动力！'老师的话实在是让人佩服。"希麻子突然想起了久信说的话。

没有明确过恋人关系，也没有相互确认过是否喜欢对方，即便如此还在一起一年多。可是希麻子至今也不明白为什么那个时候他哭了，而且她可能永远也不会知道了。还有成功到底是什么，她也一直没弄清楚。希麻子曾经以为，成功也许就是久信眼里所看到的世界，是他一天到晚闷在里面工作的那个工作室，也许这些就叫作成功。希麻子想：也许在成功这个华丽的辞藻背后，都有一个让人佩服的孤独和寂寞的场所，那个自己曾经想要进去却被拒绝了的地方。这是当然了，仙鹤织布的时候是绝对不会让人看的①，更不用提和别人共享了。

当再也见不到久信以后，希麻子觉得仿佛失去了一切，未来本来就不曾有过，而今连过去也没有了。实际上希麻子也的确失去了一切，黑田、舞台剧、原本计划出演的电影，还有人生计划，她忽然觉得自己像浮萍一样无根无依。不过也正是因为如此，她才能够像现在这样开始一种全新的生活。快四十岁了，苦笑着面对自己一无所有的新生活，希麻子觉得自己很棒。觉得一个近四十岁的女人竟能如此一身轻松，真的很棒，也许这个"很棒"与久信说的那个"真棒"不同，可是，我就是我，浮萍就浮萍吧。希麻子仿佛自我安慰似的这样想。

希麻子"啪"的一声合上了对自己没有任何吸引力的文件夹，把它放进了书橱。洗完咖啡杯后，她折回店里，告诉美惠自己出去吃午饭，然后便只带着钱包走出了店门。

五月的天空清澄如洗，几朵大大的白云飘浮在蓝天

---

① 来自日本的神话传说《仙鹤报恩》。仙鹤为了报答老大爷的救命之恩，拔下自己的羽毛织进布里，所以织布的过程不能让人看到。

上，格外醒目。道路上，汽车的车体在阳光下闪着光奔驰而过。街道两旁的树叶落在柏油路上，晃动着，把反射在上面的光线不断变换出各种形状。意大利面？炸猪排？寿司？拉面？希麻子正考虑午饭吃什么，突然觉得好像刚才有个人和自己擦肩而过，而且那个人好像有点面熟，于是她回过头来，只见在一座高楼上挂着一块巨大的牌子，上面是林久信画的一幅画，是一幅黑熊和狗一起荡秋千的画。那幅画看上去很可爱，却又觉得在哪里隐藏着一种邪恶的东西。哦，希麻子嘴里轻声嘟囔着，那幅画上的熊和狗看上去就像黑田和久信。

"嘿，别来无恙？"也不知道自己到底是在跟谁说呢。希麻子举起拳头，对着那个好像是给谁的新乐谱画的宣传广告似的大牌子晃了晃，然后转过身继续朝前走去。

"OK，午饭就吃牛排了。"希麻子抬起头看着天空，决定了。

光之子

初次见到野坂文太，还是在十九年前，即一九八一年的夏天，那一年久信十四岁。那年暑假，久信是被圈在河口湖的一个牧场里度过的。在学校放春假、暑假、寒假期间，那个牧场开了一个"露天教室"，从全国各地赶来的少男少女聚集在这里，在集体宿舍里同吃同住同劳动。来的都是些有问题的少男少女，他们并不是自己主动要来的，而是被父母或老师逼着来的。简而言之，那个牧场在春假、暑假、寒假期间，就成了这些不良少年们"洗心革面"的场所。

　　在千叶外房地区出生、长大的久信，上了中学后，并未感到自己有什么逆反心理和暴力的冲动。好像仅仅被潮流裹挟着似的，他的身上就有了很多不良习惯。他被附近的朋友叫去，参加了飙车族，骑着改造过的摩托车到处乱窜，偷东西，恐吓别人，每天都是过了中午才去上学，整天穿着一条像和式裙裤一样又肥又大的学生裤晃来晃去。他之所以这个样子，其实并不是因为想要标新立异，而是因为周围的人都这样，于是他慢慢地也就习以为常地穿成这样了。这样一来，因为他旷课太多，三年级家长会的时候，老师通知家长说："如果能去参加一个暑假的露天教室，还可以发给他毕业证书，否则就无法毕业了。"于是久信被父母逼着来到了河口湖。

和自己差不多，这里的少男少女大都把头发染成了金色、粉色或白色。久信每天跟这些从全国各地来的少年们一起清扫牛舍、给牛喂草，向来牧场游玩的大人和小孩兜售冰激凌，或者在"与动物亲密接触"的动物广场做服务人员，每天的工作都被安排得满满的。工作完了以后，大家还会被安排按照指定的分班进行学习和运动。不知道是不是故意的，在那里，几乎所有的男女生都是一副德行——萎靡不振、无精打采，时不时就会冒出一句"开什么玩笑"，动不动就骂人。在这些人里面，有一个特别活泼的男孩，这个男孩就是野坂文太。文太总是带头去干活儿，还自荐做了炊事班的班长，带着三四个腻腻歪歪、因为抽中了签才不得不来到炊事班的男女生，每天给四十多个人做一日三餐的饭菜。"那个家伙爱显摆！""让他一个人干吧！"虽然有人在背后这样咒他，但总的来说，文太很受大家欢迎，而且好像很多女孩子都喜欢他。

久信一开始也和这里的其他男女生一样，不管干什么都无精打采，动不动就说"开什么玩笑"，一副玩世不恭的态度。实际上，能离开家并在这片陌生的土地上生活，久信感到特别兴奋。小牛犊是那么可爱，牛粪的味道好像也没那么刺鼻。在牧场的商店里，很多家长带着孩子来店里买冰激凌，有时会听到有人夸他："这位小哥哥，真了不起啊！"久信听后总是高兴得不得了。

不过，每天他最期待的还是吃饭。久信的母亲很少做饭，他家的早饭和晚饭总是纳豆、咸菜和大酱汤。如果哪天多加了一个鱼肉香肠或者烤制的食品，加个金枪鱼罐头，就算是好的了。住在附近的奶奶有时会带些炖煮的菜过来，这对于久信家来说就是很丰盛的一餐了。所以，久信觉得家里的饭菜和牧场提供的一日三餐简直不在一个档次，牧场的三餐高级极了。早餐是法式烤面包片或甜松饼，还有粥或三明治；午饭往往是什锦煎饼或墨西哥卷饼，意大利面或中式凉面；晚餐则有时候是俄罗斯沙拉酱牛肉，有时候是用很多种蔬菜做的什锦奶酪烤菜，有时候是奶油炖牛肉，有时候是泰式咖喱饭，有时候是芝士汉堡，有时候是蔬菜肉饭。在久信的脑海里，关于那个夏天的记忆，就是这些法式烤面包片、甜松饼、什锦奶酪烤菜、奶汁海鲜饭、俄罗斯沙拉酱牛肉等一系列料理名字和那梦幻般的味道。

　　一个和自己一样的不良学生，竟然能够独自定下菜谱并完美地做出来。仅这一点，就让久信感到惊讶并感慨不已。于是，当他们俩一起在牛棚里干活儿时，久信会主动跟文太打招呼，并告诉他能做出那么棒的料理真了不起。

　　文太看着久信开心地笑了，他的笑容是那么纯真，就像婴儿的笑容一样。久信突然觉得自己的脸一下子红了，在他还没有意识到这是不好意思时，文太开口问道："你觉得好吃吗?"

久信急忙回答:"好吃! 特别好吃!"

从此，两个人只要见面，总有说不完的话。文太升入初三以后，就不怎么去学校了，这次的"露天教室"是他的父母给他申请的。其实，文太不去学校并不是因为不想去学校或被人欺负了，而是因为他有其他更有趣的事情要做。因为他想优先做那件事，所以才不去学校的。文太所说的其他更有趣的事情就是做菜。他不去上学，却一天到晚地待在厨房里做点心、做菜。

"妈妈和外婆一开始吃得特别开心，还说我帮了她们的大忙。可后来被老师叫到学校谈了一次话以后，她们的脸色顿时不一样了，整天催着我去学校。这下好了，在这里好开心! 而且除了家里人以外，我还是第一次听到有人说喜欢吃我做的饭菜呢。"文太说完开心地笑了。

这时久信才发现，自己参与过的恐吓也好，偷东西也罢，还有飙车族的集会以及来到这个牧场后做过的各种事情，没有一样是因为发自内心喜欢才去做的。同时他也意识到，来这个牧场后，因为这里与原来所有的一切都不再有任何关系，所以在这里的每一天都让他觉得特别踏实。

暑假结束的时候，那些头发是粉色、金色、白色的孩子们，都非常一致地从发根处长出了黑发。他们告别牧场，各自回了家。久信和文太已经成了好朋友，两个人互相交换了地址，文太住在东京一个叫中野的地方。从此，久信便开始不断地往这个自己从未去过、也不清楚在哪儿的中野寄信，那时还没有手机和电子邮件。

在父母和老师看来，从露天教室回来的久信，非常彻底地得到了新生。过去久信出门时总是以朋友们都这样、没办法拒绝、闲得没事做等为借口，现在他再也不会以此为借口去和那些人交往了，他不再参加他们的集会，不再偷东西，也不再穿那条走起路来松松垮垮、邋里邋遢的肥大裤子。久信觉得正是因为有文太的帮助，自己才最终考上了高中。后来，久信甚至认为，是文太救了自己并改变了自己的人生。

在这十九年里，只要文太约自己，如果不是万不得已，久信是绝对不会拒绝的。如果没记错的话，因为久信的原因而未能与文太见面的情况，至今为止只有三次，一次是久信的祖母病危，一次是因为有个活动出差去了大阪，还有一次是因为在柏林开个人画展。为了和文太一起喝酒，他曾临时取消某个媒体的采访，也曾为文太专门变更过座谈会的时间。之所以那么迫切地想见文太，是因为这些年来文太总是居无定所，如果他不跟久信联系，久信就无法联系上他。他去大阪出差那一回，因为有一阵子没有联系，回来后便彻底跟文太联系不上了，那段时间里他不知道文太是死是活、何去何从了。而一旦有了联系，他就想抓住这个大活人，好好问问他在做什么、住在哪儿、今后有什么打算，否则怕他一下子又音信全无。

久信坐在出租车里看着窗外，出租车正好从原宿车站经过，路边的商店几乎都打烊了，不过还有一些餐饮店里的灯光星星点点地亮着。走在路上的年轻人还是和白天一样多。久信焦急地一次次看手表，才刚过九点。

信号灯变成了红色，出租车也停在了等信号的车队后面。久信强忍着不让自己发出焦急的喷喷声。

本来，久信想和过去一样取消今天的行程，但因为今天有一个颁奖会，需要分别身为作家、音乐家、电影导演和文化人士等的六个人对当年上市的家电产品进行审查，然后选出最佳设计奖。两年前，久信才成为这个审查委员会的委员，而其他几位都是五十多岁的各界权威。久信觉得自己在这里可有可无，不去也无所谓，可没想到被事务所的中村美绘教育了一通："既然接受了这份工作，就该做好。再说你在里面最年轻，如果你都无故缺席，不太合适。"于是，他只好很不情愿地走出了公司。

久信二十岁时深切地感到，要想像自己想象的那样做自己想做的事，首先要提高自己的知名度，为此他拼命地努力过。而今久信认为，那个时候所期望的知名度，现在已经算是拥有了。虽然走在大街上还没有多少人能认出自己，但至少还有点知名度，能够让最佳设计奖审查委员会请自己去做审查委员。实际上，和十几年前比，他已经有了很多的自由，可以去做自己想做的事情了。现在他可以选择工作，再也不用给那些没有多少读者的专业杂志画卡片了。那些卡片不但不能署他的名，还要被那些不懂绘画的杂志编辑们指手画脚，为此他不得不一遍遍地修改。现在，即便他在不经意中稍微有所表示，"这个产品，我想画画试试"，人家马上就会把工作交给他。现在，像这样为一些与音乐家们有合作关系的公司制作T恤衫、杯子之类的能让久信感兴趣的工作越来越多了。

可是，工作以外的自由却与此成反比，他觉得自己现在所受的约束也好像越来越多了。要想让私事优先于工作，并不那么容易。

"难道不该这样吗？"在事务所工作的美绘认真地说。她认为，这才能证明他是个成年人，是个成功人士。

"这算什么成功呀？"坐在黑暗的出租车里的久信苦笑着嘀咕。终于，出租车又开动起来，路两边的霓虹灯以及悠闲地逛着街的年轻人的笑容，都向后面慢慢闪去。

"到了辩天町的幽灵坂，下车以后给我来个电话。"

三天前文太在电话里是这样跟他说的。文太说他买了个小灵通，然后告诉久信一个070开头的电话号码。

"还有叫'幽灵坂'的地方啊?"久信问。

文太告诉他，如果司机不知道的话，就说"宝龙寺坂"，一说都知道。不过，当久信在涩谷上了出租车，告诉司机去幽灵坂时，司机马上就明白了。

久信按照文太所说的，在幽灵坂下了出租车。幽暗的道路两旁没有一家餐饮店或商店，久信掏出手机给文太打了个电话。已经九点半了，本来久信还担心他万一有别的事外出了，或者不接电话怎么办，没想到电话才响了三声，文太就接了起来："哦，到了呀? 我这就去接你。"

久信坐在石阶上等着文太。夜晚依然像蒸笼一样闷热，有蚊子在耳边嗡嗡地飞来飞去。

文太就在这附近住啊，久信心想。半年前他跟久信联系的时候，他们是在青山见的面，记得当时文太说来青山这边要倒好几次车，好麻烦啊! 可是，是他给久信打电话让久信请他吃饭的，而当时青山这里新开了一家意大利餐厅，久信想无论如何也要带他去吃一回。那时，文太告诉久信他寄居在一个朋友家，虽然前不久刚刚在惠比寿租了房子，但因为马上要去西班牙，所以只好退掉了。那次之前的见面，他是这样告诉久信的："在目黑租了套房子，可是因为马上要去葡萄牙了，所以只好退掉，暂时住在胶囊旅馆。"再往前，他说："在广尾租了间特别小的房子，因为要去比利时了，暂时回到了中野的父母家住。"可是，葡萄牙也好，比利时也好，西班牙也好，文太到底去没去，久信也不知道。

"这里既然叫幽灵坂，是不是真有幽灵出没呀？"久信这样想着，转过身，抬头看向延伸到黑暗尽头的台阶，那里突然出现了一个人影，他轻轻地"咦"了一声，只见那个人影高高地举起了一只手。

"嘿。"

是文太。半年不见，文太胖了，脸圆了，腰也粗了不少，可是久信觉得那张笑脸还和十四岁时一样。

跟着文太攀阶而上，再爬上一个坡，才看到坡上有一栋很旧的公寓楼，文太就住在这栋楼的三楼。在文太的催促下，久信进了屋。一进门就是厨房，里面放着一张室外用的那种塑料圆桌。一个正站在洗碗池旁边切着菜的女人，笑着对久信说"欢迎欢迎"。他还从未见过这个女人。房间里空空荡荡的，看样子是刚刚搬过来，墙角堆着一摞纸箱。房间里空调的冷气虽然开得很足，可汗水还是不断往外冒。

"来点啤酒吧？烧酒也有，是红薯烧酒。"来到桌前，文太坐在久信对面的椅子上，用手示意道。

"太热了，来点啤酒吧。"椅子也是那种室外用的塑料折叠椅，那个女人笑容可掬地把杯子和瓶装啤酒摆在了桌上。

"这位是苑子。"文太介绍说。苑子鞠了一躬，说了声"你好"后，又回到洗碗池那边去了。

"好久不见了，身体还好吗？知道你很忙，还把你叫来，真对不起。"

"哪里，我本来想早点过来的，结果却弄到这么晚。"

"你那么忙，没办法。你可真了不起啊！现在是大家喽。"

"别这么说。"

"请慢用，实在不好意思，只会给您做这么简单的东西。"

苑子把几个小碟子摆在桌子上，有腌咸菜、烤茄子、凉拌炸豆腐皮和魔芋糕、葱油炒小银鱼和花生、大蒜酱油拌西芹和黄瓜。这时，久信心里突然腾地一下升起了一股无名火，为什么文太在这里却不让文太做菜呢？为什么这个女人在文太面前竟敢这么满不在乎地摆出这么寒酸的料理呢？当然，这些话久信并没有说出来。

"啊，对不起，那我就不客气了。"久信礼貌地回应着。他一口气喝下半杯啤酒，用筷子夹了点菜尝了尝，然后笑着对苑子说："好吃。"

"我没说错吧？你看，连久信都说好吃呢。"

"承蒙您的夸奖。"苑子笑着说道。也许她还想要上一些菜，只见她一会儿把冰箱门打开，一会儿又关上。文太喝着红薯烧酒，话渐渐多起来了，比如：家里的洗澡设备坏了，只好去附近的公共浴池洗澡啦；在幽灵坂那儿看到过类似幽灵一样的东西啦；经常参加业余棒球队的训练和比赛啦；然后就是十九年前那个暑假。每一次都是这样，文太的话总是没有个脉络，每说上一阵，总是会拐到河口湖那个露天教室的话题上来。那时候，久信头上剃了好多花纹，眉毛也剃得光光的，卖冰激凌的时候连着把三个孩子都吓哭了。

"你还记得吗？周末休息的时候，我们去河口湖游泳，没带游泳衣，就那样光着身子跳进了水里。"

久信一边随声应和着文太的话，一边不经意地瞟了眼站在厨房里干活儿的苑子。久信觉得这个女人长得实在说不上好看，而且特别显老。她脸上的雀斑和皱纹就那样原形毕露着，也不化化妆遮盖一下，个子也很矮。从她在洗碗池那里露出的两条胳膊的肤色和松弛程度可以看出，她可能已经四十多岁了。久信不由得有些难受。至今为止，他见过好几位文太交往过的女朋友。从十四岁时起，对女孩们来说，文太就有着很强的吸引力。且不说他作为时代的宠儿春风得意的时候，即便是后来他失意的时候，也同样有着很强的魅力，虽然那时他没有工作，也没有钱。久信觉得文太过了三十岁以后，对女人的要求降低了不少，当然，说起来那也是必然的，但文太自己完全没有意识到，依然很单纯地依靠女人生活着。年轻漂亮的女孩子自然不可能让他依靠，但也不至于依靠这么一个穷酸、又老又丑的女人啊！竟然能如此满不在乎地当着文太的面摆出如此寒酸的料理。久信看着文太身上那件Ｔ恤衫，真想一把揪住那个松垮破烂的领子，告诉他：文太，你还不至于落魄到这个地步吧！

"不过，你真是好了不起呀！真的，我从心里佩服你。苑子，这个家伙真的是个了不起的人物。那是哪个偶像歌手来着？他的ＣＤ唱片的盒套就是这个家伙制作的呢。还有帽子啦、Ｔ恤衫之类的，都是这家伙设计的呢。我到现在仍然怀疑眼前这个人跟那个剃了眉毛的家伙是同一个人呢。"

"我已经听小文说过你好多次了，他说你做了很多了不起的事情，特别优秀。这些他都跟我说了不知多少遍了。"苑子笑着对久信说道。

其实，久信想让他们夸的不是他设计的那个流行歌手的ＣＤ盒套和他们团队统一穿的Ｔ恤衫，因为那个Ｔ恤衫本来就是他设计着玩的，他希望他们能说说他两个月前举办的个人新作画展以及在美国美术杂志上获得了盛赞的评论等。可是看着没完没了地谈论着自己的文太，久信只能报以微笑。

"哪里呀，文太比我优秀多了。我就是因为有了文太这个榜样，才一直在努力工作。"

久信这句话不是客套，而是发自内心的真实想法。苑子笑了，不知说什么好。

"哎，这家伙的啤酒喝光了，快给他再拿一瓶，快，再来一瓶。"文太赶紧催促苑子，那声调好像是故意说给久信听似的。

"其实吧，我要搬家了。"文太给久信的杯子里倒满啤酒后说道，他的鼻孔一下子张得好大。久信摆出架势等着听他说这次是去意大利还是去法国。

"哦，所以这么多纸箱啊。这次要去哪儿？"久信问道。

没想到文太笑着回答道："热海。"

"啊？热海？"久信颇感意外地又重复了一遍。

"在热海有一个集体宿舍，住的都是些在酒吧打工的女孩子。那里要招一个会做饭的人，还提供住处，所以我们这就打算搬过去住了。我们去那里看过一次，房子虽然不大，可是打开窗户就能看到海。苑子，是吧？"

"说是能看到海，其实仅仅能看到一点，像切下来的一小块比萨一样。"苑子笑着说。

"不管是比萨也好，意大利面也罢，海终究是海嘛。我们九月份搬家，今年已经来不及了，明年吧，明年夏天来洗海水澡吧。而且那里还有个院子，我们还可以做烧烤吃。"

"说是庭院，不过只有猫的额头那么大罢了。"

"不管是猫也好，老鼠也罢，如果觉得那里地方不够宽敞的话，我们去海滨沙滩上烧烤不就行了吗？"

久信一副木然的表情，来回看着文太和苑子。不知文太是太兴奋了，还是故意想让气氛活跃起来，说起热海，他的话多得有些过分，而苑子却像一个技艺拙劣的捧哏，时不时地插上一句。热海，一片小小的三角形形状的海。给在酒吧干活儿的那些女孩子们做饭。久信木呆呆的脑子里浮现出一幅活生生的画面：结满水垢的洗碗池、扇叶上沾满油污的换气扇、只有两个灶眼的煤气灶、满是茶渍的茶杯、粘着许多小飞虫的荧光灯。这就是五年来什么都不想做的文太描述的他要去工作的地方。

是吗？这样的地方不太适合你吧？

本来久信想这样跟他说来着，可实际上他还是什么也没说出来。之后，他在沉默中注意到，除了空调在那里发出嘎啦嘎啦的声音，房间里又恢复了宁静。

"我吧，这次想脚踏实地地做点什么了。"文太用食指来回摩挲着杯子，突然张口说道。杯身上的水珠弄湿了文太的手指。

"那里入住的条件是必须是夫妇，因为是女子宿舍嘛，可能怕出事吧。我就和她登了记，准备搬过去了。今天特别想跟你说说话，所以把你叫过来了。"

文太的眼睛一直没有看久信，只是用手指执拗地摩挲着杯子，嘀嘀咕咕地说着。刚才一直站着，一会儿收拾一下空盘子，一会儿给文太的杯子里加几块冰块的苑子，现在也站到了桌子旁，一下一下地瞟着文太。

房间里又一次陷入了沉默。久信盯着文太，仿佛要看看他说的到底是不是真心话。脚踏实地、热海、登记结婚，这里面是不是有什么隐情？是不是被这个女人撺掇着登了记？文太突然抬起头，瞪大眼睛看着久信。

"那恭喜了！"久信急慌慌地挤出了一个笑脸，"'脚踏实地'呀，没想到能从文太嘴里听到这个词。也是啊，我们都已经三十好几了。"本来已经不想喝了，可是杯子里还剩了一点啤酒，久信端起来一口喝干了。苑子很殷勤地又给他把杯子斟满。为了掩饰焦躁的表情，久信赔起笑脸说了声"谢谢"，又一口气把杯子里的啤酒喝光了。

"你现在知道了吧，我是不可能成为你那样的人物的。"文太坐靠在椅子上，望着天花板突然说道，声音大得吓人一跳。

"你说什么呀？"

"我一直期待着有一天能时来运转，可是现在看来，这显然是不可能的了。我知道自己这辈子都不可能像你那样成功。每个人都有运气这种东西，而在运气之上还得有那个天分、是那块料才行。这是我最近才终于悟出来的。"

你说的都是什么呀？你是因为和这么一个又老又丑的女人在一起，才会那样想的，不是吗？你知道我每天都是以谁为目标在拼命地工作着吗？我不就是想跟你一样才那样努力的吗？说什么脚踏实地，说什么天分，到热海去做那种破事，那是你文太做的工作吗？那种工作那些从公司退休的老头子们都能做！这些话在久信的脑子里急速地转来转去、转来转去，最终他却一句也没说出来。而且他喝着又被苑子斟满的啤酒，觉得特别苦，苦得让他都想皱眉头。

"就是这件事，能在搬家前跟你说说，真是太好了。接下来可能要忙一阵，等搬完家以后我就跟你联系，过来玩吧，别等夏天了。啊？"文太好像不是在问久信，而是在请求苑子同意似的说道。

告别时，久信期待着文太会跟他说"我送你到能打到出租车的地方吧"，可文太只是站在门口，笑眯眯地跟他说了句："慢走啊，小心点，说不定那个坡上真的会有幽灵呢。"苑子站在他身旁，深深地鞠了一躬。

"对了，能把这里的电话号码告诉我吗?"久信留恋地站在门口说道。

"可是马上要搬走了啊。"文太说着，还是拿过来一张小广告纸，在背面写下了家里的电话号码。

久信沿着漆黑一片、没有一个人影的台阶往下走着，不断地嘎着牙龈。虽然不愿意去想，可是一想到站在文太身边的那个和中年妇女一样的苑子，他就气得要命。肯定是那个女人的主意！那个女人可能不愿意像文太以前那些女朋友们一样仅仅玩一玩就算了，或者是因为对将来感到不安，才强拉着文太去热海的！怎么能让他去做那样的工作呢？怎么能让他去做那样的工作啊?！

走下那个坡，还是看不到一辆出租车。夜越来越深了，久信又嘎了一下牙龈，开始朝着大路的方向走去，决定先上了大路再说。

"哪儿有什么幽灵?！笨蛋!"久信轻轻地嘟囔道，自己也不知道是在说谁。

自从久信十几岁那年来到东京，他和文太就用见面取代了书信来往。久信考上了一所私立大学的经济学专业，但他对那些课程一点兴趣也没有。只是为了增加和女孩子们交往的机会才加入的全能运动俱乐部也让他觉得郁闷无聊，所以那时他经常去找文太玩。当时，文太在新宿的一家意大利料理店打工，他经常到久信租的那间只有四张半榻榻米大、有厕所却没有洗澡间的小屋子里来玩。两个人喝着大瓶装的烧酒或日本酒，吃着文太做的菜，一聊就是一夜。第二天，久信可以找个理由不去学校，而文太虽然一夜没睡却不得不去打工。每次目送文太出门，看着他的背影，久信总有一种自惭形秽的感觉。

文太刚满二十岁就拿到了厨师资格证，之后不到半年，就去国外开始了所谓"修业旅行"。那时久信常常收到他从国外寄来的各种明信片，明信片上盖的印章有时是英国，有时是意大利，有时是德国，有时是法国，有时是葡萄牙。有的明信片上写着，他在一家日本料理店当搬运工；有的明信片上写着，他在当地的一家食堂做洗碗工；有的明信片上写着，在他的恳求下，店主让他在厨房里掌一个星期的勺。寄来的明信片印章上的地址，快的时候不到一个月就变了，慢的时候三个月才换。但每次接到明信片，久信感到的并不是文太的不踏实不着调，而是一种异样的热情和活力。文太在异国的土地上，怀着一种久信从未感到过的强烈的紧迫感，在拼命地想要学点什么、吸收点什么、得到点什么。

出国一年以后，文太突然停下了旅行的脚步，住址也不再变来变去。每次收到他的明信片，上面总是盖着西班牙的印章，他在明信片里告诉久信，在格拉纳达的阿尔汗布拉宫附近有一个面向大众的食堂，那个店的料理好吃得让人想流泪，他现在在那个店里工作。同时，他还详细地写了店里的人是如何亲切，第一次带他采购时的情景，以及鉴别食材时采购人的眼光是如何重要等。这些他都热情洋溢地像写文章一样，不断地讲给久信听。有时热情得过了头，写得竟让人不知道他要表达什么。久信升入大三的那年，正是日本泡沫经济达到顶峰的时期，当时就业情况特别好，久信几乎没费什么力气就拿到了一家证券公司的录用通知。可是，每当接到文太的明信片时，久信就会对如此顺利幸运的自己产生一种异样的感觉。

久信本来毕业旅行想去文太所在的西班牙，可是事前突然接到文太的明信片，说店里给了他几天假，他要去奥地利看看。于是久信也随之心念一转，把自己的旅行目的地改成了奥地利。因为久信只知道文太在西班牙的住址，并不知道他在奥地利的住址，所以能不能见到他，除了凭运气去赌一把外再也没有别的办法了。久信每天穿梭在奥地利的大街小巷寻找文太。有一天，他迷了路，在一个住宅区的拐弯处看到一座很奇特的建筑，原来那座建筑物是一个博物馆，他被吸引着走了进去。从这一刻起，他便把想要寻找文太的事忘到了九霄云外。那些挂在墙上的绘画如此强烈地吸引着他，让他强烈地感觉到：自己就是为了看这个美术馆才来到这里的！

第二天、第三天，他都去了，最后一直到离开这里回国，久信几乎每天都到这个美术馆来。这里展出的大都是一些使用原色加以表现的抽象画，每次去看，那些画好像都在变，变得和原来不一样。而且那些被框在画框里的强烈色彩，仿佛每次都在跟久信诉说着什么。

"你在胡说什么啊？为什么那么轻易地随波逐流呢？为什么你总是放弃你的所思所想呢？你内心里的真实究竟在哪里呢？"一幅幅的画，仿佛一下子抓住了久信的心似的这样跟他诉说着。"太棒了！太棒了！太棒了！太棒了！"久信在不断重复这三个字的同时，眼泪在不知不觉中流了下来。他就那样涕泪俱下地在那些画前，伫立了很久很久。

久信最终也没有见到文太。在回国的飞机上，久信决定回绝已经拿到的录用通知。在久信心里，如果进入证券公司工作的话，那么他就和过去那个从不去反抗、整天随波逐流地剃着个花纹头、骑着个摩托车到处乱窜的自己没什么区别了。久信想：在中学时代是文太救了自己，这次又是文太救了自己。如果不是文太写明信片告诉他要去奥地利的消息，那么他就不会看到那些画了。

久信回绝录用通知的事惹怒了父母，他们一气之下中断了提供给久信的所有费用。久信只好在学习之余兼职打工，为自己挣生活费、美术学校的入学金及学费。

为此，他一天能睡三个小时就不错了，可是他一点也不觉得这样的生活苦，更不觉得累。深夜在空荡无人的大楼里做清洁时，在大街上统计过往的人数时，在读西洋美术史那厚厚的教科书时，久信总觉得文太就在身旁，觉得文太也和他一样揉着没睡醒的眼睛，扭动着因肌肉酸痛而抽搐的脸，擦着满脸的汗水。他能想象到，文太也是一个人在没完没了地切着葱头、炖着肉、刷着巨大的洗碗池。

　　一开始，他的画看上去总像他在奥地利看到的那些画的拙劣模仿，美术学校的老师们给他的评价总是：这些画好像在哪儿见过！而在久信考上美术学校一年后，文太的名字开始不断地出现在媒体上。久信不知道文太是什么时候回国的，他把一辆带篷卡车改造成了一个可移动式的西班牙料理店，开始经营西班牙料理。久信从美术学校同学那里的一本杂志特辑上知道了文太已经回国的消息。久信给文太父母所在的中野的家里打电话，没想到连他父母也不知道他已回国。后来，久信曾在各种场合听到文太"移动式西班牙料理店"的传闻。当听说文太好像经常在下北泽一带出没时，久信便天天去下北泽；当他从另一本杂志上看到文太在午饭时间以公司白领为主要顾客群，经常出现在大手町那里时，他便经常跑到大手町那里转来转去。为了得到有关文太的消息，久信经常站在书店里，浏览相关信息的杂志、美食刊物和专门报道行业内消息的报纸等。同时，久信依然执着而盲目地画着，他常常有一种被烧火棍在身后赶着的感觉，不管是拙劣的模仿也好，还是其他也罢，他只是一味地埋头画着。就这样，从拙劣的模仿中慢慢地显现出了他自己的风格，仿佛是想要把那些拙劣的模仿全部抹消似的，他紧紧地抓住这些新生的东西，沿着它们所显现出来的轨迹不断地画下去。终于有一天，久信的画摆脱了那种拙劣的模仿，有了独树一帜的风格。就在这时，还没等久信找到文太，文太就和久信联系上了。已经四年没见过面的两个好朋友终于在青山的一个酒吧里再次聚到了一起。

两个人先互相通报了一下自己的近况，之后，文太告诉他，移动式西班牙料理店不做了。他带着久信走出酒吧，来到一处偏僻的建筑施工现场，他告诉久信，半年后这里会建起一栋大楼，他准备在这个楼里开一家店。

"我想开一家类似大众食堂那样的料理店，不需要预约，随时都能衣着随便地进来吃。不仅价位要低，而且还能让大家吃得肚子圆滚滚、喝得痛痛快快，然后感慨：'啊，人活着真好啊！'我想开的就是这样的店！我原来在西班牙工作过的那家店就是这样，来的都是工人，吵吵嚷嚷、热热闹闹，人们在这里大口地吃喝着、大声地说笑着。"

久信仿佛在这个被蓝色的塑料布遮盖着的建筑工地上看到了那个店：虽有些说不出的土气，却干净整洁，来店的客人们虽然谈不上文雅时髦，气氛却热闹欢快。当你从附近路过时，飘过来的菜香会勾起你的食欲，让你感到饥肠辘辘。那里的客人们第一次吃到这如梦幻般美味的料理，从此，他们记住了这些菜名，并惊讶地发现为他们烹饪如此美味的料理的竟是一个如此年轻的厨师，就像当年十四岁的久信那样。

半年，再有半年。在文太开店之前，自己也得做出点儿什么。久信比从前更加勤奋地画着，随着打工时间的减少，收入也比过去少了很多，所以他只好节减伙食费。他着眼于自己的风格，坚持不断地画着。于是，在文太开店一个月后，久信也在一个名为"新人跃龙门"的绘画比赛上获了大奖。

移动式西班牙料理店改为正式的料理店了。文太的店很快就受到了关注，不仅被刊登在广告杂志上，而且也被登载在时尚杂志上。这家跨越了西班牙、法国、葡萄牙、日本、中国等各国料理风格的无国籍创意料理店转眼间好评如潮，神采奕奕的文太也开始经常被杂志采访，被请到电视台做节目。在中午的综合节目里有一个五分钟的节目是专门为他制作的，叫作《文太的轻松午饭》，还有好几本杂志也专门介绍了文太的菜谱。本来文太的理想是要开一个"不用预约，随时都能进去吃饭的料理店"，可是恰恰相反，文太的料理店如果不提前两个星期预约，根本就预订不到座位。久信虽说拿了大奖，但依然没有什么工作机会，他不得不继续打零工，另外也要做一些自己并不感兴趣的事情。慢慢地，久信有了一种自己和文太的距离越来越远的寂寞感，心里感到很焦急。为了不让自己和文太的距离拉得太远，久信觉得自己唯一能做的就是心无旁骛地画画。与其没完没了地思虑，不如一心一意地去画、不停地画。他不再在意别人的作品和评价，只是专心致志地画着自己的画。虽然文太随时欢迎他去店里吃饭，也不会要他的钱，但他很少去文太的店里。他很想吃文太做的料理，可是又觉得自己一事无成，没脸去白吃文太创作出来的料理。

当他觉得自己大概没有这方面的才能时，当他觉得自己可能这辈子都无法靠绘画维持生计时，当他觉得自己的画没有卖出去的可能，想要停笔时，久信就会努力回忆起在奥地利美术馆里听到的那个声音："你在胡说什么啊？为什么那么轻易地随波逐流呢？为什么你总是放弃你的所思所想呢？你内心里的真实究竟在哪里呢？"不知何时，这些话在久信的耳朵里都变成了文太的声音。

二十六岁的时候，久信终于不用再做零工也能生活下去了。二十七岁那年，久信的工作多起来了，而与之相反，这时文太的工作状况却每况愈下。

泡沫经济崩溃直接影响到了人们的日常生活，就这样，二十世纪九十年代中期，经济变得不景气，文太在青山的料理店因为好几个月没有交房租，被强制解除租约，搬了出来。其实久信并不知道文太走到这一步的真实原因。虽然文太告诉他是因为每一种料理的价格都定得太低，而他对食材又特别讲究，所以核算下来亏了本，但久信觉得恐怕还有别的原因。他用刚买的电脑检索后，看到了"味道差了""待客态度极差""厨师上了电视后，自我感觉过于良好，好像很少在厨房掌勺了"等负面评价。久信也不知道这些是否是饭店倒闭的真正原因，但不管怎样，文太终究还是把店转让给了别人。而原来那些把文太捧得高高的媒体，而今早已把视线转向了新的美食研究家，开始捧新人，早已把文太的存在忘得一干二净。后来，文太又在租金比较便宜的川崎住宅新区开了一家店，但经营了不到一年也关门了。从那时起，文太开始居无定所，想跟他见面只能等着他联系自己，除此之外没有别的途径能联系上他。饭店倒闭后不久，久信被文太叫去，两个人见了一面。久信以为文太接连经历了被强制清退、饭店倒闭这一系列变故，一定会情绪低落、意志消沉，没想到他还和以前一样开朗阳光、积极向上。

　　"看来在郊外开店还是不行，喜欢美食的人们还是喜欢到市里来吃。在郊区那边，人们住的都是一家一户的房子，一家人到外面吃的话，大都会选择面向家庭的餐厅。"解释了倒闭的原因后，文太爽朗地告诉他，"朋友在吉祥寺开了一家店，我现在在那里帮忙。回国后，因为一直都很顺利，还从来没有研修学习过，所以我把这看成是研修，打算好好干。你也过来吃吧。"说着，文太递给他一张吉祥寺那家店的名片，好像是一家提供创意料理的居酒屋。可是三个月后，当久信终于挤出时间去了那家店，却没能在那些穿着笔挺的白衬衫、忙着干活儿的年轻店员里面找到文太的身影。坐在吧台前的久信，看到厨房里一个正在干活儿的男的像是店长，于是问他文太的情况。可是当那人听到文太这个名字时，脸上明显地露出了不满的表情，他告诉久信文太两个月前就不在这里了。

快到关店时，店长终于有了点空闲，他从厨房走出来，坐在了久信旁边，好像已经积压了很久似的，把对文太的不满一股脑儿地全倒了出来。

"我和那个家伙是中学同学，因为他求我，我才雇了他。他倒好，好像自己是老板一样，在厨房里指手画脚，自作主张给客人推荐菜单上没有的菜品，并做好了给人家端上去。我也说过他，告诉他这是我的店，而且我也是厨师，叫他做好他自己的本职工作就好，不必管太多。如果他给我提建议，不管提多少我都会非常感谢并认真考虑，可是他这样自作主张，也不跟我说一声，很让我为难。按说他自己也开过店，应该明白这个道理。可是，他总是很自以为是地说：'哎呀，在西班牙是这样做的，在意大利也是这样做的。'简直没法跟他沟通！结果他领完第一个月的工资后，突然就不来了。不来就不来吧，我们这里还巴不得他别来了呢。可是，那个家伙如果一直那样下去的话，谁也帮不了他。他整天端着架子，一副自以为是的样子，那怎么行呢？如果你能见到他的话，请把我的这些话转告给他，不要总是觉得自己多了不起。

时代在变，如果整天抱着过去不放，会被时代淘汰的。"

之后，文太跟久信又联系了几次，久信每次都是按照他指定的时间赶赴他指定的地点。以前文太总是选青山的酒吧或者是名气很高的饭店作为两个人见面的地方，而后来他选的大都是一些居酒屋连锁店、大众酒吧之类的地方。文太来见他时的穿着也越来越寒酸，以前两个人喝酒都是AA制，现在变成了总是由久信做东。与文太相反，久信的工作越来越忙，收入也越来越高。所以在这种连锁店式的居酒屋和文太见面，让久信越来越难以忍受。于是他用电脑上网查询，自己选好知名的高级料理店，作为他和文太见面的场所。不过久信一直没有把吉祥寺那个店长的话转告给文太，因为他坚定地认为：时代也好，过去也罢，这些和文太所拥有的才能没有一点关系。因为他是个在十四岁的时候就能用自己的料理打动人们的男孩，是在二十四岁时就有了自己的料理店的男人，他的料理店曾不提前预约就预订不到座位，他是个能把料理店经营得如此兴隆的男人！现在因为整个世界经济都不景气，所以那种廉价又美味的B级餐饮才会这样盛行。大家都一心想着如何去节约，没有人再去关注文太的才能。在不远的将来，肯定会有追求货真价实的人发现文太的才能的。那时，原来的那个文太肯定会重新回来，再创辉煌。久信在内心深处坚信这一点。

二十九岁的时候，久信首次在柏林举办了个人作品展，那个作品展简直可以用盛况空前来形容。他还没从兴奋的状态中平静下来，就踏上了回国的旅程。回到家后看到有个录音电话。

"啊，不在呀？不在就算了，回头再说。"

是文太的声音，当久信听到这个电话时，他甚至突然有些后悔去了柏林。后来，他们几个月见一次面，可是每次见面，久信都觉得文太的样子有种说不出的变化，于是他更后悔去了柏林。久信觉得本来开朗向上的文太现在好像变得有些自卑了。为了给文太一些刺激，久信带着他去了那家知名的高级餐厅，可是文太苦笑着说："你多好啊，可以到这样的地方吃饭。"当久信跟他谈工作时，他又尴尬地笑着说："你真了不起啊！跟你比我算是完了。"

文太会带着貌似女朋友的女孩一起来和久信见面，这种情况越来越多，每次他都是这样跟那些女孩们介绍："这个家伙很了不起哟！他是著名的插图画家，在国外都很受欢迎呢。"说这话的时候，他的鼻孔会突然张大，一副自信满满、很了不起的样子。在久信眼里，笼罩在文太身上的那层光环仿佛消失了，这使得他变得越来越黯淡，越来越枯萎，越来越没有了色彩。

　　有一次，文太跟他说："我吧，虽说在西班牙的食堂里打过工，但其实并没怎么真正做过学徒，以前能够那么顺利，全都是借了泡沫经济的光。"

　　久信听了，情不自禁地用力反驳道："这跟学历资历什么的都没有关系，常规的研修学习只会成为你的绊脚石。文太，你还记得你从西班牙寄给我的明信片吗？那家味道特别棒的料理店，你说你在那家店打工，还记得吗？其实你只要记住初尝那种味道时的感动就好啊！那种感动才是你文太的财富！是能够把你的才能发挥出来的源泉啊！"在久信没有工作的时候，老师跟他说的这些话，现在他都原封不动地转达给了文太。剃着光头的那位老师，头衔是综合艺术家，不仅搞音乐活动，而且还写书，是个与众不同的人。他是久信上美术学校时的客座教授，久信一直很尊敬他，也很喜欢他。

"要不再试试，再去一回那个地方，说起来，毕竟那里才是我开始的地方呀。要不再重新去浪迹一回天涯，找个地方请人家让咱做点事，然后再从移动式料理店做起？"

听文太这样说，久信觉得特别高兴，他以为自己的话终于打动了文太，心想：是啊！就那样去做！如果你需要，我可以给你出旅费。他是真心想给文太出这笔旅费的，可是他怕说出来会伤了文太的自尊。到时候如果他真要去，毫不犹豫地给他就是了。可是文太自始至终也没有表现出想要出国的意思。

到底什么是成功呢？三十岁的久信开始思考这个问题。

他思考的不仅是文太这个人，而且还有他自己的工作。这时，他已经可以不必再去做他不想做的事情了。个人作品展已经排到了四年以后，有了个人作品展，自然就会有出版商前来洽谈出版作品集的事，就会有人出令人难以置信的高价让他画广告图，就会有很多人排着长队等着让他签名。即便他竭尽全力也未必能考上的美术大学，现在竟也邀请他去做讲演，偶尔在街上也有人上前来求他握握手了。

可是，这就是成功吗？这就能证明自己成功了，文太失败了吗？难道说被媒体捧着就叫成功，不被他们报道就是失败吗？难道成功就这么简单吗？可是，为什么我总觉得自己曾有过的那种"太棒了"的感觉跟这些都没有任何关系呢？那个奥地利的艺术家，也许正是有许多人觉得他的画太棒了，他才能建起那样一座美术馆吧。如果那些了不起的画只是放在自己家里的话，人们就不可能知道那些画有多了不起，就像眼下谁也不知道文太是一个多么了不起的厨师一样。成功究竟是什么呢？自己究竟应该朝着哪个方向、朝着什么目标努力才行呢？

久信一边思考，一边坚持不懈地画着他的画，有媒体要采访他时，他会接受；有特别感兴趣的项目时，他也会参与。当他待在工作间里作画时，也会想起他二十多岁时只会拙劣地模仿别人的画的样子。那时，他觉得自己画出来的作品，跟自己曾经感觉到的那种"太棒了"的标准相距越来越远。即便如此，久信也不允许自己搁下笔。不管那个"太棒了"在哪里，如果你不一点一滴地积累，不一步一步地踏踏实实地往前走，你就永远也触摸不到它。久信想：这些话什么时候能说给文太听，而且他也能听得进去呢？

一年前，久信的事务所成立后，工作效率一下子提高了很多。虽然私事还无法优先于工作，但像接接电话、把画捆包、邮寄、发送，以及和国外的繁杂的联系，等等，除了他不得不出面的工作，其余的全都交给事务所的女孩子们去做了。尽管如此，因为久信把多出来的时间又全部投入了工作，所以他依然没有多余的时间和精力干别的。

八月中旬的一天，久信终于挤出了一点时间，他给苑子打了个电话。久信原来一直以为苑子可能在某个日式酒吧工作，没想到她是一个公司的普通白领。久信告诉苑子他想跟她见一面，但让她不要将此事告诉文太。

苑子告诉久信她中午有一个小时的休息时间，如果他不介意的话，可以见一面。另外她离职以后准备搬家，她也想问问久信，文太最近都跟谁见过面。于是那天上午，久信把当天要提交的画稿画完后交给美绘，自己坐车来到了京桥。

两人商量来商量去，最后敲定了京桥站附近的一家店。这是一家午餐时间也营业的全国连锁式居酒屋，店内特别大，苑子已经先到了，坐在昏暗的、允许抽烟的席位向久信招手。久信在一张大极了的桌子前和苑子面对面坐了下来，刚才还在冒着热汗、张开的毛孔顿时收缩回去，他感到胳肢窝下和后背有些凉意。苑子点了当日的特价午餐，久信点了一份金枪鱼盖浇饭。

"真对不起，选了这么个地方。虽然知道对于您这样一位美食家来说，这里不太好，但这附近全都是些小店，没办法从容地聊，而且电话里也不容易说清楚具体方位。"

久信暗自觉得，苑子比上次见面时更能说会道了，而且给人的印象也很开朗，可是她原来给自己留下的那种又老又丑的印象并没有变。身材矮小这一点非但没让人觉得可爱，反倒使她显得更加难看。

"我可不是美食家。"久信露出了亲切的笑容。

"哦？可是，文太说你知道很多不错的料理店，请他吃过很多好吃的料理。"

久信想说"那是为了文太专门找的料理店"，却没能说出口。饭菜端上来后，"我不客气了。"苑子双手合掌说完，便开始吃她点的特价午餐——炸大虾和猪排套餐。久信也夹起金枪鱼盖浇饭吃了起来。刚吃了两口，久信便停下筷子抬起头来。

"搬家以后，要辞掉现在的工作吗？"久信问苑子。

"嗯，辞职的事已经跟我们领导说了，所以现在每天做的几乎都是工作的交接。"苑子用一只手遮住嘴巴，一边咀嚼一边回答。

"时间不多，我就有话直说了，你别带文太去热海了，可以吗？"久信把这些天反复练习的话一股脑儿地说了出来，"你可能不知道，文太是个特别了不起的人，十年前，他就很有魄力地在青山开了自己的料理店，电视上还曾有过他专属的节目。可即便很忙，他也丝毫不知疲倦，每天精力充沛、开开心心地做着他的料理。那才是真正的文太啊！我觉得，如果他去了热海，让他给那些女孩儿们做饭的话，他就完了，他这一辈子就再也发挥不出他原本拥有的那些才能了。"

苑子一边微微地点头表示赞同，一边继续吃着她的午餐。久信当时心想：这个人不仅相貌难看，而且还有些迟钝。

"再说了，你在这里也有工作，我觉得为了去那么个地方，不值得把这里的工作辞掉。一般来说，这种包吃包住给人做饭的工作，也不是一个三十多岁的男人应该干的。如果你在十年前就认识文太的话，是绝对不会让他去做这样的事的。他现在的怀才不遇只是暂时的，我相信终有一天他会东山再起，做出特别了不起的事情。"

刚才还只有一半客人的座席，不知何时已经坐满了，里面有很多公司职员打扮的男士。他们每个人都抽着烟，使本来就显得昏暗的店里又蒙上了一层白色的烟雾。这让久信觉得很不舒服。

"那你觉得怎么办才好呢？"苑子一边继续吃着饭，一边小声问道。

"再关照他一段时间就可以了。"

"关照？"苑子重复道，接着扑哧笑了出来。

"之前我见过几个文太的女友，她们都是这样做的呀。"久信突然有些恼火，一下子加强了语气，"大家都知道文太身手不凡，现在他只是休息一下而已，所以谁也不去干涉他，只要在他重新开始要做什么的时候，帮助他并为他加油就是了，大家都是这样的啊。"

"可是，那个人不是什么都做不成吗？"苑子突然毫不客气地甩出一句，而后又一次在胸前双手合掌，轻轻点了一下头说道，"我吃完了。"只见她面前的盘子、茶杯、盛日本酱汤的碗已经空空如也。久信在心里暗自感叹：这个女人吃饭好快呀！

苑子冲着从身边走过的服务员要了杯咖啡，也不管久信是否吃完饭，就在他对面点着一支香烟抽了起来。她摆出一副落落大方的样子笑着对久信说："跟你说吧，想去热海、想去那个包吃包住的地方给人做饭的不是我，而是小文本人。他终于想干点什么了，我怎么能给他泼冷水呢？再说，我在这个公司已经工作十二年了，我喜欢这份工作，并不想辞职，可是因为小文说想要去那边，我才决定跟他一起去的。他对那份工作是那么期待，你不是也看到了吗？"

这个女人，她算什么呀？突然摆出一副了不起的样子，终于让我看到了她的庐山真面目。而且，工作了十二年的话，不也就跟我和文太同龄吗？为什么那么显老呢？

久信觉得自己对文太的感情里一直包含着尊敬。想要跟他见面也好，想要跟他说话也好，想要得到他的认可也好，想要追上他也好，除了尊敬再也没有别的因素了。在久信二十多岁一直没有工作的时候，他想成为文太那样的人。独自向前拼命地飞奔着，抓住自己想要得到的东西，得到了也不妄自尊大，而是潇洒地笑着，能够把下一步想要得到的东西不露痕迹地说出来，而不会让人觉得他是在炫耀。这样的文太一直是久信的榜样。

高二时，久信初次和女孩子交往，升入高三的那年夏天，他完成了和女孩子在一起的初次体验。大学时代他也曾有过女朋友，上美术学校时也有过，但每次交往的时间都不长。即便是在没有工作的时候，他也曾有过一个经常请他吃饭、年龄比他大的女朋友。工作激增以后，他接到的女孩子的邀请也多了起来。所以久信身边从来没有缺过女孩子。

可是去年，他和一个女的交往时，才突然意识到，自己对文太的感情，不是尊敬，不是感谢，也不是向往。

那个女的名叫片田希麻子，不知怎么回事，久信总觉得她是那种欲望得不到满足的女人。久信觉得她和文太有点像，都是行动先于思考，什么事情都还没考虑好，就先做起来了。什么是才干呀？什么是成功呀？这些他们从来没有思考过，只是单纯地认为：有钱总比没钱好，能上电视的人总比上不了电视的人了不起。他俩都属于那种特别简单的人。过去，和久信交往的女孩子们总是刚过半年就会抱怨，抱怨他没有情趣、冷淡、对她们不感兴趣、只考虑自己、太自私等，大部分女孩都是因为这些原因跟他分了手。可是，片田希麻子从来没有这样埋怨过。她拼命地想帮久信做事，在她的建议下还成立了事务所，久信的工作效率也因此一下子提高了很多。可就是从那时开始，久信心里越来越感到不舒服。因为他觉得自己好像在被人操纵着设定目标，而自己的目标则不知何时被她给偷换了。即便如此，他也没有讨厌希麻子，反而觉得两个人在一起还是很快乐，而且希麻子也给了他很大的帮助。可是，当希麻子提出想要跟他结婚时，他却突然害怕和焦躁起来，有一种被人追进了死胡同的感觉。结婚，显然一下子就把未来拉到了眼前，久信觉得仿佛让人把想法强加在了自己头上似的，这意味着自己将永远地被控制了。

于是，他就像从希麻子身边逃出来似的和她分了手。久信对此并没有一丝罪恶感，他相信希麻子即便离开他，也能很快找到另一个人，把那个人的目标换成她自己的，然后百折不挠地、坚强地生活下去。他给她介绍新工作并不是因为罪恶感，而是因为他想感谢她，如果不是希麻子，他可能永远也不会意识到自己对文太的感情。

"你在胡说什么啊？为什么那么轻易地随波逐流呢？

为什么你总是放弃你的所思所想呢？你内心里的真实究竟在哪里呢？"他觉得时常这样质问自己的正是文太。

在他对文太的感情里，丝毫不用去考虑交往或结婚这些因素，这让他感到轻松、简单。久信没想到这样单纯地喜欢一个人竟是如此快乐。只要看着他就行，只要给他加油就行，只要等着那个真正的文太回归就行。

在苑子短暂的午休时间里，久信无论如何都要把自己的想法告诉她。

"因为你只看到了现在什么也没做的文太，所以你以为这是真正的文太，其实他是个特别了不起的家伙，不信你上网查查，你就知道野坂文太是怎样一个天才了。你根本不了解文太，你是一想到结婚、一想到未来，自己先着急了吧？"久信毫不客气地说道。

"在我看来，"苑子从鼻孔里呼出一股白色的烟雾，依然和之前一样面带笑容地说道，"文太既不是天才，也不是什么了不起的人，他只不过是一个会做饭、三十三岁了却还没有工作的男人。当他提出要去热海给人做饭的时候，我一下子松了一口气，他没变成一个三十多岁的无业游民真是太好了。"

"也许现在他是这么想的，可真正的他并不是这样。我们再等等他，我相信到四十岁之前他肯定能做出些成绩的。"

"人，只有当下，不是吗？"苑子突然收起了笑脸，正言厉色地说道，"才能也好，什么也好，它们的有效期只有当下，和过去做过什么没有关系，跟将来想要做什么也没有关系。如果当下什么都不是的话，那就什么都不是；如果当下什么都不做的话，那么将来也什么都不会有。零乘以零还是零，不是吗？小文现在就是个零，跟你的记忆没有任何关系。"苑子恨恨地瞪着久信说完，故意摆出一副架势，把服务员送上来的咖啡慢悠悠地端起来喝了一口。

什么呀？这个丑女人！一副了不起的样子！说什么现在不做点什么，将来就什么也没有，这么着急的是你吧?!老气横秋的女人！那一瞬，久信真想骂她一顿，但他还是生生地把这些骂人的话都咽了下去。他觉得自己好像还有什么没有弄明白，所以与其骂她一顿，不如弄明白那些东西更重要。于是久信静默地凝视着眼前的金枪鱼盖浇饭，陷入了沉思。虽然自己不知道成功到底是什么，可是如果不一步一步踏踏实实地做好，就永远也达不到"太棒了"那个目标。现在，眼前这个老气横秋的女人所说的，不正是自己这些年来一直在思索的东西吗？

"哎，久信先生，您是个艺术家，对吧？"

苑子往前探着身子问话的声音，打断了久信的沉思。

"我哪里能算是什么艺术家。"

"肯定有很多年轻人从心底里仰慕你，想成为你这样的人吧。"

"啊？"久信丈二和尚摸不着头脑，不知道苑子要说些什么。

"以前我认识一个这样的年轻人。他过分地醉心于一个艺术家，连自己的生活和嗜好都因那位艺术家而改变了。那种感觉就像恋爱一样，他想成为和那个艺术家一样的人，这种感情说不定就是恋爱的原型吧。"

"你想说什么呀？"久信有些不快地问道。

"我觉得吧，你已经超过文太了。我说的不是知名度、收入什么的，而是你已经超过了你一直想要成为的那个人。这一点，只是你自己还没有意识到罢了。"

这个女人在说什么呀？她总是说这些话，好像她多明白似的。这个丑女人！

"我在一家经营儿童服装的公司工作，原来总觉得每天的工作特别没意思，自己不仅长得不好看、土里土气的，而且还小气。即便如此，随着时间的推移，我还是慢慢地对自己的工作产生了兴趣，渐渐认识到土气、小气什么的跟自己的人生一点关系都没有。两年前，我终于调到了从进公司开始就一直想要去的那个部门。现在，我真的觉得工作是件特别开心的事。从热海往返通勤也不是不可能，我一开始也考虑过把现在的工作继续做下去，可是，现在和自己生活在一起的那个人说想要做点什么，我怎么能不支持他呢？所以我最终还是选择跟他在一起。我知道自己这十多年的事业等于白做了，工资和原来比也是天壤之别，这些我都知道。可是我觉得土气也好，小气也罢，事业、工资这些都和人生没有一丁点儿关系。想要实现自己的理想，就得对眼前的事一个一个地做出选择，然后一个一个地把它们做好。我想小文现在肯定也是这样想的。"

她算什么东西？她在说什么呀？当苑子把手巾递到久信面前的时候，久信才终于意识到自己在哭。什么呀？怎么递个破手巾呀？应该给人递纸巾呀，一点儿常识也不懂！他像赌气似的一把抢过苑子递过来的上面绣着小兔子图案的手巾，胡乱地用力擦了擦脸。当手巾从脸上拿开的时候，水一样透明的鼻涕在空中画了一个弧。气死我了！什么啊？这个又丑又矮的女人，我到底还是输给了她。她能说出这样一番话，我怎么可能赢得了她？！这次我输定了啊！

苑子后来再也没有说话，只是默默地抽着烟、喝着咖啡。久信点的金枪鱼盖浇饭一点儿也没吃，他的眼泪就像水管漏了水一样不断地涌出来，只好用手巾不断擦拭。

如果和这个女人在另一种场合认识的话，说不定能特别谈得来呢，久信一边用手巾擦着鼻涕一边想。关于什么是"成功"、什么是"想做就做"、怎么才算是"形象好"、什么是"老"等等，这些永远也无法跟文太用语言沟通的东西，说不定能跟她没完没了地谈论下去呢。还有自己以前喜欢过的人，喜欢过自己的人，自己喜欢人家而人家却不喜欢自己的人，以及这些人给予了自己什么、没有给予自己什么等，说不定都能跟她用一种简单明了的方式谈论起来呢。

"对不起，我得回公司了。"苑子说道。

低着头的久信听到这话，把头更深地低了下去，额头都快碰到那碗还没吃的金枪鱼盖浇饭了。

"文太就拜托你了。"久信好不容易才挤出这句话。

每年夏天和新年前后，久信总能收到文太和苑子从热海寄来的明信片，夏天是暑中问候，新年是贺年卡。每次卡片上面都龙飞凤舞地写着"来玩儿吧"，可久信还一次也没去过。跟文太最后一次见面，还是几年前那个夏天的夜晚。虽然工作忙是一个原因，但久信觉得主要还是因为害怕。他害怕看见文太在那个孤零零的女子宿舍，在破落的厨房里弯着腰做饭的样子。

文太他们的孩子出生以后，久信终于有了要去热海看看的想法，于是他找了一个连续三天都没有任何安排的日子，决定去一趟热海。

　　三年前，苑子和久信开始用电子邮件联系。久信原本想用这种方式和文太联系，可文太不仅不会用电脑的键盘打字，甚至连手机的很多功能也不会用，久信只好作罢。久信从苑子发来的电子邮件里得知，他们从七年前搬到热海开始，就打算要孩子，可是一直怀不上。最近这三年，一直在治疗不孕，但还是无法怀上。去年，就在他们打算放弃的时候，苑子竟然怀孕了。今年年初，马上就快四十岁的苑子终于生下了一个男孩。虽然苑子已经用电子邮件给久信发来了孩子的照片，但久信无论如何也想亲眼去看看文太的孩子，于是终于在七月末找了一个日程安排的空当，买了票，坐上了去热海的东海道本线的列车。

　　因为不熟悉，在久信的印象里，一直觉得那里好像特别遥远，没想到坐上电车没一会儿就到了热海。久信出了检票口，拿出苑子寄来的地图，穿过南面的站前广场，离开车站往前走，一会儿就看到了大海。只见沿着海水浴场搭了一排海之家，海滨上插满了各种颜色的遮阳伞，再往远处看就是一望无际的大海了。

文太搬过来已经有七年了，久信在这七年里几乎没有什么变化，只是工作越来越忙，去外国出差的机会也多了起来，事务所的规模扩大了一些，现在有五个人在事务所工作。为了把当下的事一件一件地做好，他几乎竭尽了全力。他不再像以前那样去思考什么是成功、什么是自己的奋斗目标了，因为想也没用。可当他能够领悟到这一点时，他不知道这算是有出息了，还是太寂寞了。和希麻子分手后，他也曾和不同的女人一起出去吃过饭，但都没有发展到能够称得上是正式交往的程度。最近他甚至想，也许这辈子都不会结婚了吧。上了年纪的父母每次都在电话里质问他："你是不是打算就这样整天工作、工作，一个人生活到死啊?"可是久信觉得，即便是像父母说的那样，他也丝毫不觉得孤单寂寞。他甚至想，如果有一天他老了，不用工作时，他就在热海买套房子，和文太夫妻来来往往地生活，每每想到这些，他就觉得特别快乐。

提包里的手机在响，他把手机拿出来放在耳边。

"到了吗？现在在哪儿？"

文太气势磅礴的声音响起来，每次听到这爽朗的声音，久信总有一种看到光的粒子飞弹起来的错觉。

"我怎么知道在哪儿，正沿着海边走呢。"

"过了贯一和御宫了吗？"

"啊？你说的是什么呀？"

"铜像，铜像！"

"嗯？你说的这些，有吗？"久信停住脚步，向四周望了望，没看到有类似铜像那样的东西。

"算了，算了。我现在就去接你，你就那样一直沿着海边往前走，我马上就过去。"

文太最后那句话的声音太大，震得他不得不把手机从耳边拿开了一些。文太说完就把电话挂了。久信手握手机，放慢脚步。一望无际的大海慢慢地展现在眼前，当波浪涌向海岸的时候，救生圈、塑料彩球都高高地浮了起来。而远处的海面上却一个人影也没有，海面在太阳的映照下，像金属板一样反射着光。右手边的道路上接连不断地有汽车驶过，音量很大的嘻哈音乐或流行歌曲声一会儿近了，一会儿又飘远了。

久信终于看到有人从道路的尽头朝这边走过来。虽然还看不清，但久信知道那是文太和苑子，而且文太还抱着孩子。

久信强忍着想要飞奔过去的冲动，继续慢悠悠地朝前走着，汗水浸湿的衬衫在海风的吹拂下猎猎地抖动着。他们的孩子长得像谁呢？像苑子，还是像文太？如果孩子像文太就好了。还有，孩子叫什么名字呢？照片是发过来了，却没有写名字。是苑子忘了呢，还是那个时候还没有起名字呢？

人影越来越近了，现在久信已经能够清楚地看到是文太和苑子了。苑子大幅度地向他挥动着手，文太比上次在幽灵坂见到时又胖了一圈，他把孩子举得高高的，朝着这边跑过来。只听到苑子笑着喊道："太危险了。"孩子沐浴在阳光里，开心地笑着。久信觉得眼前文太手里举着的不是出生不到半年的孩子，而是一个明亮的光团，它被文太高高举起，闪闪发着光。久信觉得那个光团正是他眼里一直以来的文太，是他对文太那种无以名状的感情。

"你终于来了啊！久信先生哟！"

抱着孩子、喘着粗气的文太，身上有一股汗水和酱油混合的味道。孩子流着口水，开心地笑着。

"孩子叫什么名字？小文太？"

"咦？没告诉过你吗？对不起了，事后才请求你的恩准。我们希望他能跟你一样成为一个活跃在国际上的人，所以取了你名字里的一个字。"

"你好，好久不见。"追上来的苑子从文太背后露出头来说。

"啊？到底取了什么名字啊？"

"久太，很久的久，太胖的太。"

久信听了禁不住腿直发抖。文太把孩子递到久信面前，久信想叫一声"久太"，却没有叫出声，他怕一不小心自己会当场哭倒。他咬着牙站稳，把提包扔在地上，伸出双手，生怕把这个沐浴在阳光下的笑容灿烂的孩子摔了似的，小心翼翼地接了过来。

少女咨询室

山里梢惠三十六岁的时候，数了数和自己交往过的男人的数目，发现人数和自己被甩的次数完全相同。

　　那时，梢惠在长期的吵闹后，终于离了婚。在他们历时五年的婚姻生活里，最后一年几乎是在吵闹着离婚中度过的。离婚的原因是她的丈夫日向彻喜欢上了别的女人，恳求梢惠跟他离婚。可是，梢惠听了这些后，以为他们的婚姻也许还能修复，还能回到原来的轨道上。所以，当丈夫告诉她"有了别的喜欢的女人"后，头三个月，他几乎每天都费尽口舌地想要说服她离婚，两个人天天谈到深夜。之后的半年，每到周末丈夫彻便公开不回家住了。最后又用了三个月的时间，梢惠终于同意了离婚。开始办离婚手续后，梢惠的心情反倒越来越轻松。一个身心都跑到别人身上的男人，自己干吗还死乞白赖地想要留住他？现在想来真是不可思议。作为补偿，彻帮她支付了首付，让她又买了一处两室一厅一卫的公寓。

　　两个月前，她办完离婚手续后搬到了这个公寓。这是一个房龄为五年的二手房，公寓一共有八层，梢惠买的房子在六层拐角的位置。虽然三十年才能还清贷款，但对于在西点制作公司广告部工作的梢惠来说，这点贷款数额并不会给日常生活支出带来多大的压力。原来她和彻一起租房子时，每个月也要交房租，而现在每个月还贷的金额还不到原来房租的一半呢。搬过来两个月了，梢惠每到周末都要去逛家具店和室内装饰店，常常会为了一件自己喜欢的家具，而不惜动用储蓄把它买下来。和原来与彻一起生活的时候比，现在的家整洁多了，因为梢惠终于可以完全按照自己的意愿和喜好来布置房间了。同时，她也渐渐地适应了一个人的生活空间，每天就盼着下班回家。

　　那天是星期天，梢惠心情愉快地一边哼着歌，一边做着饭，傍晚会有两个学生时代的好友来家里玩。她上午去了一个离家较远的外资超市，买了整条的牛舌、番茄汁、玉棋①、葡萄酒、巴伐露蛋糕等，拎回来一大包东西。

炖上牛舌，切着蔬菜，停住歌声，她在心里暗想：看来离婚是离对了，我干吗要浪费那一年时间去费力挽留呢？她一边想着，一边把胡萝卜切成了不规则的块儿。这时她脑子里突然一闪，心想：自己到现在为止一共跟几个男人交往过呢？她停下手里的活，眺望着窗外一望无际的天空，暗自数了起来，一个、两个……，然后又数了一下自己被甩的次数，两个数字竟然完全一样!

梢惠手里拿着菜刀，目瞪口呆地望着窗外。她备受打击，难道这意味着和她交往过的男人全都把她给甩了？当她在心里这样嘀咕的时候，顿时感到惶恐不安，两条腿竟不由得有些发抖。这是怎么回事？这究竟是怎么回事？想着想着手也抖了起来，梢惠看着手中抖动的菜刀，低声嘟囔道："嘿，危险!"说完便把刀放在了切了一半

---

① 意大利面食的一种。

的胡萝卜旁边。

梢惠离开厨房的工作台，来到摆满各种食材的餐桌旁坐下，无意识地嗅了嗅手指，手指上除了胡萝卜味以外，还有一股甜甜的味道。她又一次呢喃道："五回。"初中的时候，她和同班同学刚刚交往了一年，那个男孩就跟她说："有个低年级的女孩跟我表白了，我想跟她交往。"他的口气就好像跟家长汇报一下似的。高二那年，被一个比自己高一年级的学长追了很久后，梢惠才终于开始跟他交往，可是，当那个男孩考上理想的大学，去了东京以后，就一下子跟她中断了联系。当梢惠往他住的宿舍打电话时，他告诉梢惠说："对于我俩来说，远距离恋爱不太可能。"于是便再也没了下文。后来梢惠也考到了东京，一年级时交了一个同龄的男朋友，两人交往了四年多，同时就职后，他却告诉梢惠："我觉得工作比你有意思多了。"他把她和工作放在一个天平上，最后选择了工作。二十四岁的时候，她又交了一个比她大两岁的男朋友，两人交往了五年，就在梢惠有了结婚的想法时，那个男的却告诉她"还是忘不了自己的初恋女友"，最后也离她而去。就这样，到了三十一岁结了婚……，所以说她应该被划分在"被甩"的行列里。

梢惠把嗅着的手指放下来后，抬头看着天花板，这是怎么回事？这到底是怎么……？疑问忽地一下涌上心头。接着她又自问："难道是我自身有问题？或者说是我在选择男人上有问题？净选那些会甩了自己的男人？我到底什么地方做得不对呢？到底是什么问题呢？"

算了，这些问题再考虑也没用了。于是她站了起来，可是就在站起来的同时，她却不知道自己该做什么了。她只好又重新坐下，然后再站起来。哦，对了，做饭，正做着饭呢。于是她赶快拿起菜刀，可是拿着菜刀的手依然抖动不止。

就这样，当学生时代的好友公实和深雪进门的时候，牛舌已经被煮得烂烂的了，可是奶油炖菜还没有做好。蔬菜沙拉已经放在冰箱里冰着了，番茄汁煮玉棋还有奶酪煮饭都还没有做。也就是说，一直到傍晚的这段时间里，梢惠一会儿拿起菜刀，一会儿放下菜刀，把她迄今为止的恋爱经历整个回忆了一遍。过了五点，当门铃响起来的时候，她才终于回过神来，为她们打开了公寓楼大门的电子锁。

"哎呀，怎么这么乱呀？"

"是不是正在做什么好吃的？我帮你做。"

两个人把带来的礼物递给梢惠，先后来到厨房洗手。

"哎，做什么好吃的呢？这些胡萝卜打算怎么做？"

"这些拿出来的玉棋，我把它们做了吧？"

虽然是第一次来，但两个好朋友好像对梢惠的家了如指掌似的，在厨房里干了起来。梢惠手里拿着她们带来的礼物袋子，呆站在她们身后说道："那个，我想做奶油炖牛舌。那些米已经洗好了，炒一下就行。那瓶白葡萄酒……"梢惠一副刚刚睡醒的样子指挥着。结果，几乎所有的饭菜都是公实和深雪做好并摆到餐桌上的。

"哎，公实，你被男人甩过吗？"刚刚端起啤酒干完杯，梢惠就迫不及待地问道。

"说什么呢？当然有了。"公实咯咯地笑着回答道。

"那深雪呢？"

"那还用问，当然有啦。为什么突然问这个问题？"深雪一边分着沙拉，一边皱着眉头问道。

"我吧，在你们来之前，回忆了一下自己的恋爱经历，结果发现，全都是别人把我给甩了！"只喝了一口啤酒的梢惠瞪大眼睛，一副要倾诉的样子。而公实和深雪并没有觉得多么惊奇，两个人只是交换了一下眼神，便又埋头到美食上去了。

"咳，这类事也是免不了的，大概这就是命运吧。"

"再说了，其实甩掉别人比被别人甩痛苦多了。不过，这一次梢惠你终于离了婚，不是很好吗？"

"是啊，这次我们不正是为了庆祝才聚到一起的吗？过去的就让它过去吧，咱们向前看，向前看。"

两个人你一言我一语地说着，转眼间啤酒就喝光了。两人又去厨房拎了一瓶葡萄酒和几个葡萄酒杯出来。

"可我是不是哪里不对头啊？因为光被别人甩了。哎，公实、深雪，你们俩即便被别人甩过，但肯定也甩过别人，对吧？"

"那倒是，大概有过两回吧。再有就是拒绝过男孩的表白。"

"我大概是一半一半吧，其实甩了别人的滋味更不好受，被别人甩我觉得还好些。"

"我从来没甩过别人呢！"

梢惠的声音又高了起来，公实和深雪再次交换了一下眼神，说道："都已经三十六岁了，这些已经无所谓了吧。毕竟你离婚还是离对了，早点结束是好事啊。这套房子真不错，还好，毕竟这次婚没有白离。我觉得你真的很不简单呢。"两人你一句我一句前言不搭后语地找着话，不断地安慰着梢惠。

蔬菜沙拉、玉棋、焗饭、奶油炖牛舌转眼间都被吃得干干净净了，这时梢惠才留意到，葡萄酒已经喝到第四瓶了。她觉得自己一味地去谈论这个问题也许不好，于是小心谨慎地不再去触碰"被甩"这个话题了，不过，这个问题她始终无法从脑子里挥去。今天聚在一起的目的的确是为了庆祝梢惠离婚，两个好朋友狠狠地贬斥了一顿梢惠的前夫，并一再夸奖梢惠的英明果断。不知是不是对这个话题谈腻了，她们开始以恋爱为中心谈起了自己的近况，两个人争论着，舌头都有些捋不直了。公实有一个交往了七年的男友，但好像并没有结婚的打算。深雪去年跟男朋友分手了，现在只要有人给她介绍男朋友，她就去见。和那个男朋友分手，也是深雪甩的他，说是因为两个人在一起时他总是爱谈论工作，这让深雪很反感。梢惠一边在脑子里想着甩和被甩的问题，一边随声附和着。

梢惠准备的两瓶葡萄酒和两个人带来的两瓶葡萄酒、一瓶烧酒，全都被喝光了。已经醉得晕头转向的她好不容易想起还有巴伐露蛋糕，于是她摇摇晃晃地来到厨房，把蛋糕盛到碟子里。虽然手抖得很厉害，但她已经顾不了那么多了，最终倒是平安无事地把蛋糕端了过来。酒量最大的深雪还给大家冲泡了咖啡。

"我觉得被甩这件事，不仅会让你在精神上备受打击，而且也会让你在肉体上饱受摧残。"梢惠用小勺吃着蛋糕，又提起了这个话题。

"又来了。哎，是不是离婚让人特别痛苦呀？到现在还磨磨唧唧地没完没了。"喝醉后变得有些攻击性的公实探起身子问道。

　　哎呀，我这是想谈论自己离婚的事呢，还是希望大家一起思考一下为什么会连续被甩这个谜一样的问题呢？已经喝多的梢惠早已辨别不清了。只是在翻来覆去地思考公实的质问这一过程中，她终于明白：离婚真的让人非常痛苦。

　　"是的，特别痛苦，太受打击了。"梢惠说，"只不过才在一起过了五年，身体竟像被撕裂开了一样。"本来想轻松地、满不在乎地说这些的，可是她觉得自己好像还是没有跨越过去。

　　"什么？身体被撕裂？"深雪咯咯咯地笑了。

　　"就像是自己的身体从两条腿那里被生生地撕开了一样。就像这样，肉体被哗哗啦啦地扯开一样。"

　　"哦？就是那么一个有外遇的破男人也能让你如此痛苦吗？"

　　"就因为这个，你竟然用了一年的时间硬拉着他不放？如果一开始他提出离婚时，你马上就答应的话，也许你早就轻松了呢。"

"你呀，是不是太没自尊了呀？对那种说自己喜欢上了别的女人的混蛋男人，干吗还要为他撕裂自己啊？本来就是陌路人嘛！"

"你们俩根本就不懂！"梢惠有些生气地提高了声调，用仅剩的那一点清醒在想：啊，我是不是喝醉了。

她又说道："甩过别人的你们俩是不会懂的。"

"哦，是，是。"两个人异口同声地应着，喝了口咖啡。

无论是深雪和公实，还是公司里的同事，无论是公司里的老员工，还是年轻人，大家谁也没有认真地把梢惠这个"被甩"的问题当回事。每当梢惠说起这个话题时，大家都毫不例外地把话题转向别处，比如他们会马上开始热烈地讨论起"从来没有被人甩过的男人或女人肯定自信心特别强，根本不需要忍耐"，或者很快又议论起"甩掉别人和被别人甩哪个更要命"这类议题。其实梢惠并不想谈论这些，而是想知道她每一次的结局都是被人甩，是不是自身哪里不对头。可是，即便她努力想要回到这个议题的原点，大家还是会以一种听起来很像是敷衍的口气对她说："没有的事，只是偶尔被你遇上了而已。"然后又继续谈论他们感兴趣的话题，无论是谁，只要开个头就能说起来没完没了。他们的话让梢惠明白了两点：一是梢惠对于全部被甩这个话题想得过于深刻了；还有一点就是，按照他们的说法，在男女交往中从来没被甩过的人是不存在的。虽然明白了这两点，但梢惠还是很不满意，她甚至觉得还不如不去弄明白。

有一天，一个女孩给梢惠发过来·封邮件，发信人的名字很陌生。邮件里写道："真对不起，也许是我多事了，发给你一个网址，如果有兴趣的话可以看看。"下面附了一个网址的链接。发信人一栏写着"商品管理部佐竹祐子（临时工）"。梢惠点击链接打开了那个网页，只见在一大片薰衣草的背景下出现了"少女咨询室"这几个字，然后是致辞、迄今为止的活动介绍、日程预定表、活动的宗旨、留言板等。梢惠皱着眉头一个个地浏览着。这好像是一个为失恋女性互相舔舐伤口、互相安慰而开设的网页。

梢惠关掉网页站起身来，也不坐电梯了，沿着楼梯跑下楼，来到了商品管理部。走出楼梯间，她正好看到和自己同期进入公司的纪子，便咬牙切齿地问："佐竹祐子是哪位？"

正在走廊里给纸箱开封条的一个女孩子抬起头来，有些惧怕地看着梢惠。

"就是那个人，怎么了？"纪子问道。

梢惠根本没听她在说什么，就毫不客气地走到了佐竹祐子面前："那个，你什么意思？"梢惠叉着两条腿，像个门神似的站在那里问道。

"那个……对不起，我是听小优说的。"佐竹一边战战兢兢地抬起眼皮看着梢惠，一边说道。

"哦？她说什么了？"

"那个……说山里小姐因为总是被人甩，很苦恼。"

"小优是谁？"

"嗯，就是那个临时工吉川小姐。"

临时工吉川小姐，梢惠倒是认识，可梢惠不记得自己跟她提过被甩的事。可能是公司里的年轻女孩工藤美千代她们和临时工们一起喝酒时谈起来的吧。一想到连公司里陌生的年轻人都知道了自己总是被甩这件事，梢惠是又气又羞。

"那个，到底是怎么回事？"

"其实，那个不是什么不好的网页。我以前失恋的时候去过几次，觉得那里对自己从失恋的打击中恢复过来还是有些帮助的。"

梢惠依然在那里叉着腿站着，像个想要吓唬人的兔子一样俯视着佐竹祐子，这个样子看上去有些傻乎乎的。

"谢谢了。"梢惠冷冷地说了句，转身上楼去了。

回到自己的办公桌前，她环顾了一下，见四周没有人后，她又一次打开了"少女咨询室"的网页。

的确像佐竹祐子说的那样，好像不是什么不好的网页，法人代表叫吉井麻子，从贴上去的照片来看，这个女的应该快五十岁了，本职是料理造型师。她在自我介绍一文里说，她曾有一个好朋友，因为失恋痛苦得不能自已而自杀了，为了防止类似的悲剧发生，她便设立了一个这样的场所。她的梦想是将来这个组织能够成为非营利法人。在留言板上，失恋被甩后无法从痛苦中站起来的女孩儿们，有的在这里交换意见，有的上传一些自己写的体会，还有些互相安慰勉励之类的留言。从很多被删除的痕迹来看，这里的恶意帖子也不少。从她们迄今为止组织过的活动来看，好像会不定期地在东京都内的各个地方举办网友见面会，有时也会请一些名人做讲师跟大家一起座谈。在留言板上写帖子的女孩子们，如果她们填写的是自己的真实年龄的话，那么她们大部分都是十几岁到二十出头的年轻人。有人用蹩脚的语言发了一篇诉说自己失恋后的痛苦的帖子后，下面便有人也用蹩脚的语言在跟帖里拼命地写一些在哪里都能听到的那种安慰鼓励的话。

"哦，这个世上倒是什么都有啊。"梢惠自言自语着把网页关掉了。

梢惠坐在自己家的书房里，对着电脑思考着，人到了一定年龄再经历失恋，如果说有什么好处的话，那就是无论自己如何不安，都能心如明镜似的感知到这种不安了。年轻的时候就不是这样，五次失恋每次都不一样。中学那次失恋，她曾一时想不开想要跳楼自杀，结果三天后就喜欢上了别的男孩。高中时的那次，她曾经一个人跑到东京，仅凭着记忆中的地址，想要找到男朋友住宿的地方，结果却一无所获。大学考到东京以后，她依然忘不了他，曾暗下决心要把东京的地图全部记在脑子里，并继续寻找前男友的住址。这次倒是找到了，可是写着"兔子庄"的公寓前的信箱上没有他的名字，梢惠只好一间一间地敲门去问，仿佛不确认一下就不死心似的。现在回想起来，那个时候，什么犹豫呀、不安呀，连想都没想过，总觉得自己做的都是理所应当的。"工作比你有趣"的那次，她连续三个月信用卡透支，可即便如此，梢惠也没有察觉到自己内心的不安。自己那时像得了梦游一样，清醒过来时，已经购完物、刷完卡并在购物票上签完了自己的名字。突然有一天，直到发现自己已经透支了五十万日元时，才哭着让父母帮自己还了债。之后用了五年时间，梢惠才把这笔钱分批还给父母。

而男朋友选择了初恋女友的那次，有一段时间，梢惠则是靠乘坐电车度过的。当她愣愣地想心事的时候，突然听到报的站名很陌生，这才发现自己坐反了方向，就这样她经常无意中坐到陌生的地方。那个时候梢惠就明白了，自己现在的身心状态不正常，身体里有什么地方出故障了。于是，梢惠在陌生的车站站台的荞麦面馆里，一边站在面馆中央气急败坏地吃着荞麦面，一边拼命地安慰自己没关系。虽然出了故障，但很快就会恢复的，没关系。

所以，这次她彻底明白了，现在做的一些正常情况下绝对不会做的事，都是自己内心里不安的缘故。和丈夫离婚、全部被甩这些事，让她太没有安全感，所以她才会那样。说什么解脱了，那是违心的；说什么每天一个人回家特别开心，那也是骗人的。再这样演下去的话，不安肯定会像雪球一样越滚越大，最后事态会变得无法收拾。不安时，想干什么就干什么好了，只能用这种无防守战斗法来战胜自己了。梢惠一边在脑子里小题大做地思考着，一边在书房里打开了"少女咨询室"的网站，盯着活动预定表的网页看了起来。

下一次网友见面会的时间定在了梅雨季节结束后，地点则是在新宿的一家居酒屋。人员是二十五个人，以报名先后为序，会费为五千日元。梢惠把鼠标对准"申请请点击这里"的画框，箭头瞬时变成了一个竖起了食指的手，梢惠一边暗自念叨：我现在心里会感到不安，所以，首先只能把这种不安交付给身体，听凭自然了。她点击了一下，在打开的申请表上迅速地打字填写表格。是啊，是啊，因为自己现在还是感到不安啊！所以才不在乎和那些十几二十几的年轻女孩儿们混在一起，一边大口喝着酸味鸡尾酒，一边你一言我一语地说着"很痛苦吧?""是啊，真痛苦啊!"之类不咸不淡的话。但豁出去了，就算是把自己分到少女那一类也没关系，谁爱说什么就说什么吧。没办法，谁让这种不安和不成体统总是像配套商品一样一起搭配着来呢。梢惠一边独自点着头，一边按下了发送键。

关了网页，转换到邮箱，点击了一下接收和发送键，每次按下这个键，梢惠发现自己好像总是在等待什么似的，虽然只有片刻，却觉得特别紧张。也许会有前夫的邮件吧。也许会有来自过去甩了自己的男朋友的邮件吧。说不定是久违了的好事呢，比如中了什么奖啦，令人兴奋的晚会邀请啦，说不定来的是这类邮件呢。不管怎么说，总觉得来的都是些令人高兴的事、令人兴奋的事、好事。当然，前夫自从离婚后再也没有跟梢惠联系过，原来的男朋友们也不知道梢惠现在的电子邮件地址，自己也从来没有买过奖券，更不可能中奖。而酒会之类的邀请一般会发到公司里的那个电子邮箱，家里这台电脑的邮件地址收到的八成是垃圾邮件。可是，当看到"接收完毕"的字样后，还是会莫名地有点儿紧张。梢惠当下就是怀着这种紧张的心情打开电子邮件的。"少女咨询室"来了一封"参加申请已经受理"的事务性的邮件，但即便是这样一封邮件，也足以让梢惠感到高兴，到这时，她才终于听到外面下雨了。

出乎意料，少女咨询室并不像梢惠当初想象的那样都是些年轻的女孩子，甚至可以说，这个场所对于当时正处于不安这一心境状态下的梢惠来说非常合适。

三十六岁、离婚三个月的梢惠，忐忑不安地来到了西新宿一家中法混合风格的居酒屋，梢惠强忍着羞涩和尴尬跟戴着耳麦的店员们打听"少女咨询室……"，可她的话音还没落，就被店员带到了一个可以容纳三十多个人的和室，那里已经坐了几个女孩儿，看到进来的梢惠，都瞟了她一眼。门口坐着一个年轻的女孩儿，确认了梢惠的名字后，她递给梢惠一张手工制作的姓名卡，还收了五千日元的会费。梢惠在空席上坐下，规规矩矩地跟坐在那里的女孩儿们打了招呼。七点整宣布活动开始，大家共同干了杯。梢惠数了一下，一共有二十五个女的，但并不像梢惠想象的那样都是年轻女孩儿。八成左右看上去都像是三十多岁了，有的女的甚至怎么看都像是五十多岁了。网页上看到的法人代表吉井好像没来。

干杯过后，大家开始自我介绍，以顺时针的顺序介绍自己的名字以及过去参加过这个会的次数。像梢惠这样第一次参加的有五位，还有的是两次，有的是六次，有的是二十次，各不相同。大家好像都互不相识，怎么说呢，这个会有些像女子学校的同学聚会，充满了温馨祥和的气氛。梢惠开始还茫然地以为，这个会就像那种为酒精依赖症患者举办的戒酒会一样，每个人按顺序谈谈自己被甩的经过，然后由被甩的"女专家"们跟大家谈一下恋爱指南之类的呢。但会议开始一会儿了，没有见到一点儿这样的迹象。大家只是慢慢悠悠地吃着喝着，就像和旅行中遇到的人那样聊着——做什么工作的呀，在哪儿住呀，是不是第一次参加这个会呀，等等。随着会议的进行，二十五个人各自随意地分成了五个人一组，聊的内容也从类似旅行中的对话变成了更深入一些的话题，令人惊讶的是会场顿时热闹起来了。

梢惠就这样和坐在自己附近的几个女的聊了起来，大家的年龄各不相同，一开始特别客气地聊着自己从事的工作和哪家餐厅有什么美味的料理，等等，慢慢便聊起了自己的恋爱经历。大家说，单从名称看，大家都觉得这个组织好像很可疑，但每个人又像是抓住了一根救命稻草一样，最初都是怀揣着极度不安的心情报的名。聊到恋爱经历，像初恋时那种光彩炫目的感觉，恋爱初期那种脚不着地的飞翔感，互相表白"喜欢"时的如梦如幻感，甚至充满自信地津津乐道别人怎样追自己，等等，这些话题好像与大家都无缘，在座的人里谁也没有提到过。不管谈论着的那个人怎样自嘲、怎样大笑，但大家谈论的话题给人的感觉终究不是阳光的，而是阴郁的；不是脚不着地的，而是深陷泥沼的；不是如梦如幻，而是让人想深深叹息；不是从此有了自信，而是从此变得自卑；不是满怀希望，而是充满了绝望。

对于别人，而且是不认识的女人的失恋故事，梢惠从来都不曾有过兴趣。也许是因为第一次参加这样一个"面目不清"的聚会，特别紧张兴奋，她选择了洗耳恭听。她竟发现不管是谁的发言她反倒都深感兴趣了，比如有一个叫友里绘的女的，年龄好像和自己差不多，她谈了自己和常年崇拜的摇滚歌手恋爱交往的经历，她的被甩不是因为那个歌手对她的态度，或者对她说了什么，而是她私下里觉得自己输给了一个经常来他家的女亲戚，所以选择了主动退出。从形式上来说，她不是被别人甩了，而是甩了别人，可她却说"完全就是被人甩了的感觉"。说这话时，她的手里端着盛满乌龙烧酒的酒杯。她说总觉得自己被抛弃了，是那个男的选择了别的女人，自己就像个破砖头一样，一点儿魅力和可取之处都没有。梢惠和在座的所有人一样，边听着她的叙述，边表情严肃地不断点头。

可是，事情并没有就此结束。友里绘又要了一杯乌龙茶勾兑的乌龙烧酒，说："不管运气怎么不好，毕竟是和自己喜欢了多年的摇滚歌手交往过了，还是觉得很满足的，只是因为自己太笨，最终失败了。之后再和一般的男人交往时，看谁都提不起兴趣。当有人说喜欢上我时，就交往交往，看到我觉得很帅的就接近接近，也努力去交往，但总是在交往的过程中觉得越来越没劲。当我的任性被迁就的时候，当对方对我特别客气的时候，我就没兴趣再交往下去了，觉得这个男的实在是太无趣。我甚至怀疑自己是不是不适合找公司职员。就这样，一直无法从那次恋爱中走出来，现在真的不知道怎么办才好。"

从友里绘的话里可知，她那次似乎并不是被人甩了，之后好像也没被人甩过，但梢惠特别理解她那种恐惧和不安的感觉。她觉得自己再也说不出"你从来没被甩过，是无法理解的"这种话了。因为她明白了有人处在与自己不同情形的黑暗中，也和自己一样在摸索着前行。

不知不觉中，同一个小组的人都说完了一遍。大家都悄悄地瞄了梢惠一眼，目光里饱含着一种宽容和随意：如果不想说的话，不说也没关系；如果想说的话，就请说吧。梢惠一口把杯子里的酒喝干，开口说了起来。

"我三个月前离婚了，因为丈夫告诉我他喜欢上了别的女人，所以我才离的婚。真是深受打击！因为那个曾经发誓一辈子要和我在一起的男人，才过了四年就把我给抛弃了。"梢惠不知怎么，觉得自己的登场亮相好像跟大家都不同，但她还是接过了有人递过来的酒，一边喝，一边继续说下去，"不过，离婚这件事本身倒没什么，重要的是我因为受到打击而发生的变化，一个是我这么一个怕见生人的人竟然能够下决心来参加这样一个聚会，还有一个就是在我离婚两个月后，我发现迄今为止我的人生中全是被人甩的经历。这件事让我深受打击，不知道怎么办好，甚至一度怀疑我是不是性格有问题，或者是不是我的名字笔画不好。但我身边的人谁也不曾认真地听我说过。"

"我理解！"探直身子回应的是里米，半年前她被比她年龄小的男友无情地甩了，"因为被人甩就好像是自己的存在感被人给否定了似的，如果连续有几次的话，不用说，肯定特别痛苦。"

"可是，我不觉得自己的存在感被人否定了。"一个低沉沙哑的声音插了进来，是美奈，刚才她先告诉大家她四十三岁了，之后才开始了她的失恋叙事，"绝对不是否定。怎么说呢，就像是你走在一条很平常的路上，前面的路突然断了。想回头，后面却是陡峭的悬崖。就是这样一种感觉。"

"就好像是自己计划好的未来，一下子被人给毁了似的感觉。"小声插话进来的是一直喝着乌龙茶的菊子。

"还有哈……"和摇滚歌手交往过的友里绘用一种不经意的语调说道，"和谁交往吧，就好像自己迎合着那个人的喜好，又造了一个自己的分身似的。有没有这种感觉？和本来的那个自己不一样，在不知不觉中成了一个只为了和那个人在一起才活着的自己。当分手时或者被甩时，那个自己就像是被哗哗啦啦地扯下来一样，哇，疼……疼……疼死了！那种感觉。"

"从两腿间撕裂那种!"梢惠不由得大声说道。

"啊?你说的是什么?"

"就像被五马分尸地处刑那样痛苦!"

"对,对,对,对!就是那种感觉!不是被否定了什么,而是从两腿间一下子把身体撕成两半的那种感觉!"

"所以我觉得既然是伴着这种生理性的疼痛,那么对于我这个每次都是被甩的人来说,等于每次都是让我品尝着这种疼痛走过来的啊!这也太不公平了吧。"

"不是的,梢惠。这不是被甩的疼痛,而是分手的疼痛。其实提出分手的那一方也很痛苦。当然被甩的一方更痛苦,这是因为被甩的一方所受到的打击是无法预知的,这就加剧了痛苦的程度。其实提出分手的那一方也同样品尝着痛苦的滋味呢。"美奈磕磕巴巴地说道。四十三岁的女人的话,倒是让梢惠觉得很有说服力。

"甩掉别人,还是被别人甩掉,我觉得没有什么太大的差别。谁在交往中越认真,谁受的打击就越大。另外,我刚才也说过,我仿佛中了什么魔似的,和任何一个男的交往都会越来越觉得没劲,可是在和人家提出分手时,却又觉得不是我甩了人家，而是人家甩了我，每一次都好像是又被那个摇滚男甩了一次一样。"

"嗯！那种感觉我知道。"

梢惠集中注意力，听着这些刚刚认识的女人们的谈话，把她们说的每一句都记在心里。她环顾着这间和室，所有来的人围成一个个圈，坐在榻榻米上说着笑着，也有哭着的女人，还有又哭又笑的女人。桌子上的菜全被吃光了，到处都是空酒杯和空酒瓶。"结果是脚踏两只船""怎么也忘不掉""想找个男朋友""痛苦得都快要疯掉了"等等，阴郁和深陷泥沼、叹息和自信丧失以及绝望的声音不断地从各个圈子传到梢惠的耳朵里。

聚会整整进行了三个小时，不知不觉就到了散会的时间，大家好像还有些难舍难分，于是梢惠邀请友里绘和美奈再去喝第二轮，两个人很爽快地同意了。她们朝着高层建筑群的街区那边一家门口挂着红灯笼的店走去，在窄小的店里喝酒的全是些疲乏不堪的中年男性，空调制冷的功率好像有些不足，店内又加了三台电风扇，每一台都脏兮兮的，扇叶转动的速度一会儿快一会儿慢。

三个人进了这家店，围着餐桌坐下来，继续重复着她们那些抑郁的经历。四十三岁的美奈，刚才在会场里自我介绍时说过，她和一个有家室的男人交往了十二年，分手后再也不敢跟男的认真交往了。这六年来她没有跟任何人谈过恋爱，所以一直参加这个少女咨询会，到现在已经四年了。

"我开始还以为都是些年轻的女孩儿呢。现在放心了。"梢惠说。

"来的也有年轻人。明摆着，到了我们这个年龄段，即便是在留言板上留言，也还是无法释怀，对吧？终究还是想见面聊一聊。所以真实的平均年龄说不定会高一些。"美奈一边喝着冷酒一边说。

梢惠想，如果说能有这种直接见面聊的想法，那么应该是能够恋上谁的呀，可在那个会场里大家好像都顾忌说这个话题似的。在刚才的那三个小时里，梢惠明白了一些东西，那就是，这里的人谁都不是为了得到几句简单的建议和不疼不痒的宽慰话而来的。虽然是第一次来这里，但梢惠知道，你不能说"你的那些伤痛根本不算什么，比你更痛苦的大有人在，十年过去后自然就淡忘了。恋爱并不是人生中最重要的，不是吗"这样的话，否则瞬时就会造成冷场。其实每个人都带着自己的伤痛，在不可思议的黑暗中艰难地向前走着。她们只不过是想把这些"痛苦""黑暗"说出来而已。可是她们知道，无论用怎样的语言诉说出来这些"痛苦"和"黑暗"，能够感同身受、和自己共同分担的人也是寥寥无几的。所以她们需要这样一个没有一点儿可发展性，不需要前行和远瞻，甚至可以放任自己留在原地不做任何改变的地方，梢惠明白，只有这样的场所才是这些女人所需要的。当然，梢惠自己也是这样。

三个女人一台戏，刚才还一边喝着酒，一边用一种奇怪的目光瞟着这三个热闹的女人的男性客人们，现在几乎走光了。这时她们才发现，已经凌晨两点了，三个人均摊了酒钱，走出店门。友里绘说想吃拉面了，于是在这个黏黏糊糊的闷热的深夜，三个人在副都心转来转去地找着拉面店，最终还真被她们找到了一个。三个人并排坐在吧台桌前，汗流浃背地一起吃完拉面，又互相交换了通信地址，然后分了手。梢惠和家住同一个方向的友里绘坐上了同一辆出租车。

"啊，今天好开心啊!"梢惠说道。

"真的，下回我们还去吧。"友里绘说。

"我们身上好像有些大蒜的臭味。"梢惠笑着说。

"梢惠，你是在公司里工作，对吧?"友里绘问道。

"是啊。怎么了?"梢惠答道。

"如果是你特别感兴趣的工作的话，是不是就不想再考虑谈恋爱之类的事了?"

"嗯……可能不会吧。"在办理离婚手续前的三个月里，梢惠在工作中不断出错，她曾经非常担心如果再这样下去，自己会不会被降工资。她甚至还向神灵祈愿，只要能让彻回心转意，即便是工资被降也没关系。

"我吧，在和那个特别喜欢的人恋爱的时候，为了那个人，我把自己的工作都给辞了，那时觉得这也没什么关系，因为自己是在这样一个了不起的人身边嘛，和这个人比，工作什么的都无所谓了。可是，当和那个人分手后才发现，自己什么都没有了。现在我虽然也做着一份工作，但实在感觉不到现在这个工作是否有意思，是否是自己想要做的。总觉得好像只有那个已经分手的摇滚歌手活得精彩、活出了自我。而我只不过是在混日子似的，有一种低人一等的卑劣感。在这样的状态下，当我和那些与自己情况相似的男孩儿交往时，总会越来越焦躁。我会心生怨恨：都是因为和那个摇滚歌手交往，所以我才辞掉了一份喜欢的工作。有时甚至痛恨那个早就见不到面的人，都是因为他，我的生活、心情才会如此一团糟。真没想到工作和恋爱竟有着如此错综复杂的关系呢。"

仿佛今天聚会上兴奋的余韵还没有散去，友里绘望着车外不停地说，语句间几乎没有间断，这使得她的话好像不是在对梢惠说，而是一个人在写日记似的。

"是这样啊。我还真没往深里想过。自己的工作到底做得开不开心、是不是适合自己、是不是自己想做的之类的，我自己也不太清楚。可是，即便你在做特别想做的工作，即便那个工作特别能够体现你的价值，我觉得当两个人分手后，也照样会痛苦得要死。"

"'想成为那个人'的心情，很像恋爱，对吧？不过肯定还是不一样的吧？"友里绘问道。

梢惠暂时没能回答友里绘的问题，她回忆了一下自己迄今为止的恋爱，可是，却不记得自己曾经有过因为想要成为某个人而恋上那个人的经历。所以，对于友里绘说的那种感觉，她真的一点儿也不理解。

"友里绘，你是什么时候和那个摇滚歌手分手的？"

"嗯……"友里绘换了一个坐姿，掰着手指头数了数说，"四年前。"

梢惠听了有些恐惧，她想：难道像今天这样的场所，我还得来四年吗？怎么办？她不由得长叹道："好长啊！"

"是啊，很长。"友里绘一脸严肃地说道，然后又补充了一句，"和人打交道真的好可怕呀。"

住在方南町的友里绘和住在久我山的梢惠，都说先送对方回家，谦让了半天，最后用"石头剪子布"做了决定，先送梢惠回久我山，梢惠把一半的出租车费事先交给了友里绘。梢惠下了车，对着在黑暗中远去的出租车招了招手。

今天一共听了多少失败的恋爱故事呢？梢惠一边回忆，一边朝公寓楼走去。街灯下聚集了很多小飞虫，却看不清里面的任何一个。友里绘的话不也是这样吗？虽然关于工作和恋爱的关系问题，梢惠从来没有思考过，不太清楚，但不可思议的是她觉得兴奋，就像是和自己中意的人初次约会回来那样兴奋。

乘电梯上了楼，用钥匙打开门，梢惠呢喃道："挺不错的一个会嘛。"这时，她想起来那个曾用惧怕的眼神抬起眼皮瞄着她的那个打工的女孩儿，那个女孩儿肯定也是被谁甩了，一直恢复不过来，才去参加了几次那个会的吧？现在梢惠一想起自己那天的态度，就觉得特别对不起那个女孩儿。下次请她吃饭！梢惠在仿佛已经习惯了，其实却还远远没有习惯的黑暗中伸手摸到开关，打开了房间里的灯。

虽然不是上了瘾，但那之后梢惠又去了几次少女咨询室的聚会。来的人尽管每次都不同，但见过几次后，身边就又多了几个能够聊得来的人。梢惠有时开完会就直接回家，有时也和几个谈得来的朋友一起再去喝第二轮、第三轮。在那里，能够收获到在其他朋友身上得不到的东西。当知道了有那么多人有着和自己一样的痛楚时的那种安心感，当知道自己不用逼迫自己硬从里面拔出来时的那种放松感，那种可以不顾自尊、虚荣，自由自在地倾诉的畅快感，还有和那些随心所欲地诉说自己经历的女人们那种淡淡的、宽松的关系，梢惠觉得这些都是她所需要的。友里绘说跟人打交道好恐怖，梢惠觉得，也许自己内心里也是这样想的呢。在这里，大家除了对某个人的名字、大致的年龄以及这个人大概是什么原因被人给甩了以外，其他什么都不了解。但梢惠却觉得知道这些已经足够了，除此以外她也不想与大家有其他什么更深层的关系。

第二次聚会见面的时候，友里绘和梢惠交换了电子邮箱，现在两个人经常用电子邮件联系。有时相约着一起来少女咨询室举办的聚会，有时告诉对方这次的聚会决定不去参加了。两个人偶尔也约着一起去喝酒，但见了面所聊的除了停留在自己的失恋外，一步也没有向前迈进。两个人对彼此的经历、兴趣、价值观等，依然互相不了解。当友里绘告诉梢惠自己有了喜欢的人，这次说不定能修成正果时，梢惠受到了不小的冲击。她这才发现从自己第一次参加这个少女咨询室的聚会，至今已经过去两年了。当然，梢惠的年龄也增长了两岁。可日子和两年前比，一点儿改变也没有。不，梢惠觉得还不如从前。分期付款的公寓里多了不少东西，搬进去头两个月时的那种解放感和轻松感早已经荡然无存。每天只是沉沦在已经习惯了的生活空间里走不出来，最近连朋友都懒得叫了。但是前夫的那句"我喜欢上了别人，请跟我分手吧"，却好像昨天刚说过一样，依然清晰地留在耳边。一想到自己失败的婚姻，不仅没有了那种痛快感，反倒一直有一种呲呲啦啦的灼痛。还有全部是被男人甩了的历史，依然让她难以释怀。现在她在与人（特别是男人）相处时，变得比两年前更慎重，所以即便是认识了感觉不错的男人，也很难发展到"喜欢"的程度。而能够把梢惠这个慎重的硬壳砸碎，告诉她"我爱你"的男人，至今也没有出现。

可是，友里绘有了喜欢的人。在自己离婚的时候还和自己处在同一个场所，或者说自己比她也晚不了几步的那个友里绘，不知何时已经向前迈进了一步。

十月的假日，少女咨询室将在大久保举办一个酒会，友里绘说因为她要从这里"毕业"了，所以打算去参加。梢惠掩饰着自己的失落，说为了庆祝友里绘"毕业"，也去参加。

回忆起来，这两年时间里，已经有几个混得脸熟的人从这里"毕业"了。有的人会正式地来跟大家说一声，道个别，告诉大家"终于有了喜欢的人，在这里这么久，得到了大家的关照，非常感谢"。有的人一声招呼也不打，就再也不露面了。大家总是真诚地祝福这些女人，并告诉她们如果感到不如意的话，随时欢迎她们回来。这里的人们就像娘家父母一样目送她们离去。这是少女咨询室一直以来的一个不成文的规定。

那天天气很冷，梢惠把不久前刚买的一件大衣穿上，向大久保方向走去。不仅仅是大衣，连里面穿的薄羊毛衫和下面穿的裙子以及脚上穿的鞋，也都是新买的。上个周末，梢惠一边叨咕着"友里绘有男朋友了，友里绘有男朋友了"，一边又梦游一样地进了百货商店，在一种奇怪的焦躁感的驱使下，花了一个多月的工资抢购了一堆冬季服装。

一家不算太大的韩国料理店被她们整个包了下来。梢惠把会费付给管接待的女孩儿，领了姓名卡，坐到了座席上。她要了杯啤酒，跟几个认识的人干了杯，又跟几个看上去像是第一次来参加的新面孔打了招呼，互相之间就像跟陌生人在旅途中遇上一样简单地做了自我介绍。友里绘还没有来。

七点钟，酒会刚开始不久，友里绘出现在大家面前。梢惠看到友里绘后不由得小声"哦"了一声。女性杂志上经常说，恋爱会使女人变得美丽，梢惠一直觉得不可能。可是，隔了这么久再见到友里绘，虽然她只穿着一件褪了色的套头棉毛衫和牛仔裤，但的确显示出一种娇艳的美。

二十多个女人都到齐后，大家按照惯例先干了杯，友里绘站起来干了杯以后，有些不好意思地笑着跟大家宣布："今天就从这儿'毕业'了。"于是大家又一次干杯，之后像轮番轰炸一样向友里绘提问。是个什么样的人？多大了？做什么的？在哪儿认识的？现在关系发展到什么程度了？已经接吻了吗？哪一方先主动的？

友里绘极其认真地一一做了回答。最近参加了一个运动俱乐部，在那儿认识的。比她小两岁。在一家制作公司工作，主要负责给乐队和演员制作宣传片。是男方主动邀她一起去吃饭的，一起喝了几次酒以后就好上了。接吻是在两个星期前，再进一步的关系是在一个星期前完成的。大家就这样问完了一圈，又冷嘲热讽地开了一圈玩笑。好奇心得到满足的女人们又和过去一样几个人分成一个小组，在私下里聊开了。

"实在太好了，真心祝贺你。好羡慕啊！"梢惠对坐在旁边的友里绘说道，友里绘嘿嘿地笑了。

"哎，这次你有自信从原来那次恋爱中摆脱出来，和这个顺利发展下去了呀，为什么呢？"

梢惠吃着蘸着红红的韩国辣酱的烤肉，好像好奇心还没有得到满足似的问友里绘。

"我发现吧，过去我把自己的那种无聊都强加到别人头上去了。"

"什么意思？"

"不知道自己想做什么样的工作，只觉得工作是为了赚钱。我以为自己喜欢的男人能把我从这种无聊的日子里解救出来呢，比如那个摇滚歌手，我以为只要借助他所从事的事业，就能够得到自我满足呢。总觉得虽然自己的每一天都这么渺小无聊，但我的男人事业有成呀，过去大概一直就是这样一种心理吧。现在突然发现自己大错特错了，我自己觉得无聊是我自己的事情，是我无法超越自己的缘故。这些不仅仅是在脑子里明白了，而且全身心地感知到了，当我感知到这一点的时候，很快就和现在这个人好上了。所以我暗自觉得这次大概没关系，可以顺利交往下去了。但也说不定半年以后，我跟大家打声招呼又回来了呢。"

"太好了，真是太好了。"梢惠一边往友里绘的空杯子里斟满马格利酒，一边说道。

"我简直要羡慕嫉妒恨了。而且你不在，我会觉得自己好孤单。说实在的，我甚至希望半年以后你再回来呢。不知道我是否也能找到一个那样的人。"虽然关系是"平淡如水"的朋友，但梢惠早就知道，在这个朋友面前，即使她说了真心话，友里绘也不会生气。

"没……"友里绘刚开口，又把嘴巴闭上了，"我也是用了比你多三倍的时间哟，不管怎么说，我毕竟是被那次恋爱拖了四年呢。"说罢，她一口把马格利酒喝干了。

梢惠知道，友里绘本来是想说："没问题，很快就会有那么一个人的。"但被她生生咽了下去。这就再一次让梢惠明白了，像这种谁都会说的宽慰人的话在这里是大家所避讳的。

"不过，即便是不再来参加这个聚会了，我们俩还是要时不时地一起去喝喝酒啊。"梢惠说道，但她知道友里绘从此会和她越来越疏远。

"那还用说，我们还像以前一样用电子邮件联系，一起去喝酒。"

梢惠觉得，她和友里绘的关系就是这样。不是因为嫉妒，也不是因为失落，只是在都曾经失恋过这一点上交汇在了一起，从而在这个共同点上建立了彼此需要的"平淡如水"的关系的。

实际上，在这之后，梢惠和友里绘很快就失去了联系。梢惠有几次想过跟她联系联系，一起去喝喝酒、聊聊天儿什么的。可这就像是走在路上，友里绘在前面走着，自己落后了人家几十米，却想主动找人家说话，总让她觉得不好意思，好像自己很可怜似的，所以一直都没有联系。日子一天天地过去了，每天都仿佛是昨天的重复，梢惠觉得自己好像一直在原地踏步，一点儿改变也没有。

也许自己不该在少女咨询室待下去了，再在那里待下去，可能一步也无法迈出去了。虽然这样想，可是每天晚上她依然会不由自主地去浏览那个网站，会不由自主地看看那些十几二十几岁的女孩子们写的恋爱故事，看到举办酒会的通知，她也会不由自主地申请参加。

就这样过完年，在进入第三年的时候，为了参加少女咨询室举办的新年会，梢惠坐上了井之头线来到了涩谷，打算换乘山手线去惠比寿。当她往换乘山手线的站台走时，在反方向的人流中看到了前夫。虽然三年来一次也没见过，但彻仿佛浑身挂满了装饰彩灯一样，一下子就把梢惠的目光吸引了过去。

而对方不知是真的没有看到梢惠，还是故意装作没看到。怎么办？是主动跟他打个招呼，还是装作没看见走过去？去打个招呼？可是说什么呢？要不还是装作没看见走过去吧。梢惠来来回回地想着，但还没等她想出来个结果，已经身不由己地横穿过人流，来到了彻的面前。

"没想到能在这儿见到。"梢惠跟他打招呼说道。一边说一边还在想：如果他身边有个女人的话，我大概就不会跟他打招呼了吧。

"哎呀，真想不到！"彻一副大吃一惊的表情说道。他好像有些胖了，看上去也有些老了，身上穿的大衣还是三年前买的那件，梢惠的目光快速地从彻的身上扫过，发现他左手无名指上没戴结婚戒指。

"真的是好久不见了，你还好吗？"

"嗯，你看上去也蛮不错的。"

"嗯，今天有个新年会。你呢？"

"朋友在永福开了个店，今天开张，我这是要去祝贺。"

会话到此中断了，前后来来往往的人们，都不得不从他俩的身旁绕行，显然他俩站在这儿有些碍事。梢惠想：如果他跟我说再见，我该怎么办呢？虽然想不起来要说什么，但却不愿意就这样擦肩而过。

"着急吗？"梢惠豁出去问道，"要不要去喝杯茶？"梢惠急忙又加了一句。彻抬起胳膊看了看手表。梢惠说完，又暗自想：如果他的左手上有婚戒的话，我就不会邀请他了吧。

"就一会儿的话。"脸上一直是一副为难的样子的彻笑了。

来到涩谷麦克城里的一家茶馆，梢惠和彻面对面坐下来。已经六点多了，茶馆里客人很少，窗外的天空乌云密布。

"好像要下雨了。"明知道是毫无意义的话，梢惠还是说了出来。

"不过天气预报说，今天只是阴天。"也许彻也是一样吧，梢惠想。

沉默。咖啡端了上来，依然是沉默，两个人各自喝着咖啡。三年未见的前夫，完全就像个陌生人一样忐忑不安地坐在那里。梢惠好像想寻求什么帮助似的看着叠放在旁边椅子上的彻的大衣。大衣比本人让梢惠觉得熟悉多了。

"在永福的朋友……"

"啊，是公司里的上司，提前退休开了个酒馆，突然……"

"是山野边先生?"

"你记得这么清楚啊! 是的，是山野边先生。你见过他吗?"

"虽然没见过，但好像经常听你提起他，说他很会做饭，口头禅就是将来要开一家酒馆……"

"对，对，就是那个人，就是那个人!"

"真棒! 他的梦想竟然真的实现了。"

"是啊，大家都震惊得不得了。今天是开店仪式，参加费用是三千日元，随便吃、随便喝，说是要大摆酒席。"

梢惠一边点着头，一边在心里暗自说，谁希望你说这样的话题。

"你的新年会在哪里？"

"惠比寿。"

"是吗？那，新居……当然那也称不上是什么新居。那个公寓住得还好吧？有没有什么难处？"

"没有呀，住得很舒服，每个月还贷的金额也不高，真的谢谢你了。不过还是一个人住。"

彻又露出一副为难的表情笑了。

"你呢？"梢惠刚一开口，忽然又把话打住了。她有一大堆问题想问，你现在怎么样？和你喜欢的那个人现在怎么样了？手上没戴结婚戒指，那你们订婚了吗？结婚了吗？还是结婚后又离婚了？她想把这些问题一股脑儿地抛给他，可是这些质问都堆在嗓子眼那儿，怎么也挤出不来。

"时间，没问题吗?"

"哦，就是啊，不过迟到一会儿也没关系。"彻虽然这样说着，却急急慌慌地一口气把咖啡喝光了。

彻付了钱，梢惠低下头道谢说:"谢谢了。"

"别……别。"彻也低头鞠着躬。

两个人一前一后地乘自动扶梯下了楼。得说点儿什么，梢惠焦急地想。这个像陌生男人一样的前夫，如果下次再在大街上擦肩而过的话，自己肯定不会再注意到他了吧，他身上大概也不会再有彩灯闪亮了吧，因为已经如眼前这样形同陌生人了呀，所以最后总该说点儿什么吧。梢惠在心里拼命地翻找着要说的话，可最想说的到底是什么呢?

少女咨询室的事?对了，这个的话，大概可以作为笑话轻松地说给他听吧。告诉他，跟你分开后，当我发现自己到现在为止全是被男人甩的时候，备受打击。因为不安，就参加了这么个聚会。是不是像个傻瓜?那里全是像我这样的女人，大家聚在一起，或咒骂原来的男朋友，或说些笑话，有时哭有时笑。你也常常是我们话题的中心呢。比如吃鱼的样子很难看呀，给你做了饭你却从来不表示感谢呀，除了商务用的书，从来不读书，却觉得自己是个读书人，等等，大家都知道了。整天说的就是这些，没有梦想也没有希望，就是一个很阴郁的聚会。大概就是因为我参加了这个聚会，所以直到现在还是找不到自己喜欢的人。自从跟你分开后，我还是原封不动地待在原地。哎，到底是怎么回事啊？为什么你就不能成为一个不甩我的男人呢？我们不是曾经说过喜欢彼此吗？

"啊。"这些话在梢惠的内心里剧烈地搅来搅去，她突然意识到：我是需要这个"少女咨询室"的，友里绘也需要，曾经聚到那里的女孩儿们，现在仍然聚到那里的女孩儿们，都需要这样一个场所。人们来到这里寻找着自己需要的东西。恋爱也是这样，她之所以已经被甩了四次，却还是果敢地爱上了这个男人，是因为在那个时候她需要这个男人。

"怎么了？"站在前面的彻回过头来问。

"没事，就是……"梢惠又不说了。她下来和彻并排站在自动扶梯上。

"我在想，我们结过婚吗?"梢惠很笨拙地试着把心里想的话说了出来。

彻沉默了几秒钟后，轻声说道:"对不起。"

"不是，我不是那个意思，我是怀疑我们曾经结过婚吗?"

"结过吧。"

梢惠笑了，彻好像是为了迎合梢惠似的，也笑了。

梢惠想起了在"少女咨询室"认识的那些女人。如果有二十个人，就有二十种恋爱和二十种失恋。因为每个人都在需要的时候，谈了自己需要的恋爱。有偶像型的恋爱，也有性格相投的恋爱，有性格互补的恋爱，也有被追求的恋爱，还有同情的恋爱。每个人都会在需要的时候和自己需要的人谈一次需要的恋爱。有时成了，有时不成，想要守住，却因为心急没能守住，于是到了某一天，关系彻底结束。这是因为本来需要的东西慢慢变得不需要了。大概对于双方来讲，都是这样吧。

可是，如果没有意识到这一点，就不会知道自己已经不需要这种关系了。那么当关系结束的时候，就会觉得事情大得好像天塌了一样。眼前一片黑暗，像是到了世界末日一样，恨不得想要结束一切。胃疼得什么也吃不下，觉得自己仿佛是个被人丢弃的、没有任何价值和魅力的石块儿一样，觉得自己的存在感被彻底否定了，觉得自己快要疯了，甚至觉得就这样疯了算了。就好像走在路上，前面的路一点儿预兆都没有就突然断了似的，回头的路也没有了，未来就这样被人随便地毁了。街道上的景色都能勾起对以前的恋人的回忆，走在外面让人眩晕，会不由自主地流泪，害怕与人打交道。

当与和自己交往过的人分手时，即便再短暂，也是如此痛苦，更何况有的人会在这痛苦的泥沼里挣扎四五年！比如美奈，她至今仍参加着少女咨询室的酒会。她不明白自己已经不需要那些东西了，所以一直蹲守着过去不肯前行，沉浸在回忆中不能自拔。因为她不知道下一步自己需要什么，或者说她还谁也不需要。梢惠想：可是，令人难以想象的是，我们终究会重新站起来的。

"没能相处好啊。"

乘自动扶梯来到了设有井之头线检票口的那层楼。

"是啊，是我不好，真对不起。"

下了自动扶梯，彻回过身来，深深地鞠了一躬。

"应该是我说对不起。对不起，没能跟你相处好。"

分手不是甩了别人，就是被别人甩了，那是两个人的放手。梢惠把头深深地低下去想，自己需要的东西，没能好好守住。

"别，别这么说。"

彻又急急慌慌地低下头。梢惠突然觉得两个人这样你一下我一下地互相鞠躬的样子很滑稽，禁不住笑了起来，彻也笑了，这次他的笑容里再也没有了那种为难的表情。为此，梢惠有了一种意想不到的安心感。

"那，再见。"

"嗯，注意身体。"

两个人在人群中摆了摆手。梢惠盯着那个穿着熟悉的大衣却像陌生人一样的男人的背影，好一会儿才转过身去。

梢惠想起了最后一次见到友里绘时的情景。褪了色的套头棉毛衫，穿得有些旧了的牛仔裤，却显得那么美丽。那个有着短暂交往的朋友，她的背影告诉梢惠，即便是这样，我们也终究会重新站起来，重新去爱的。

虽然有过那么痛苦的记忆，却依然会好了伤疤忘了疼，会再去爱上谁，再去不假思考地跟谁交往。即便是被甩过四次，我还是有了第五次恋爱，即便是第五次被甩，我还是会再去爱的。即便下次恋爱依然是被别人甩的结局，可是令人感到不可思议的是，自己依然还是会爱上谁。

这到底是怎么回事啊？想念一个人的感觉到底是什么东西啊？在我们所有的器官中，它竟然像现金那样坚挺顽固。假如一个人在滑雪时受过重伤，大概这辈子都不会再去滑雪了；假如一个人被热水烫伤过，大概这辈子都会记住那种痛而不会再去碰热水了；酒喝多了，得了急性酒精中毒，大概再也不会心急地一下子喝那么多酒了。可是我们却依然会爱上谁。骨折也好，烫伤也好，急性酒精中毒也好，都无法与其比拟，即便曾经有过那么沉重的记忆。

"没关系！"梢惠不仅仅脑子里这样想，而且全身心都鲜明地感觉到了。然后，混在人流中，朝着少女咨询室的会场，朝着那些只知道她们的名字和失恋经历的众多女人快步走去。梢惠想：今后大概可以不再去少女咨询室了，因为自己现在不是也"毕业"了吗？她回过头，目光越过人们的肩膀，只见远处的人流中，那件熟悉的大衣变得越来越小，刚才闪烁在他身体周围的那些彩灯正在一个一个地熄火。于是，他的大衣混在人群里渐渐看不见了。